heraus-arbeiten	Lautet deine Aufgabe, dass du bestimmte Informationen z. B. aus einem Text herausarbeiten sollst, musst du aus dem Material Sachverhalte herausfinden. In der Regel steht in der Aufgabe, um welche Informationen es sich dabei handelt. Wenn du die einzelnen Informationen herausgearbeitet hast, musst du abschließend Zusammenhänge zwischen ihnen herstellen. Formuliere in eigenen Worten und in sinnvoller Reihenfolge.	
analysieren	Wenn du Materialien wie Texte oder Grafiken analysieren sollst, geht es nicht nur darum, alle Besonderheiten des Materials aufzuzählen. Du musst die Informationen, die du dem Material entnimmst, ordnen, auswerten und in einen logischen Zusammenhang bringen.	
darstellen	Deine Aufgabe ist es, Informationen zu einem Begriff oder Thema in einem logischen Zusammenhang wiederzugeben. Dabei sollst du auch Fachwörter verwenden. Das Darstellen von zusammenhängenden Informationen kann auch anhand eines Schaubilds erfolgen.	
vergleichen	Vergleichen bedeutet, dass du Sachverhalte bzw. Informationen gegenüberstellen sollst, um Gemeinsamkeiten, Ähnlichkeiten bzw. Unterschiede herauszufinden.	

Anforderungsbereich III:

Arbeitsanweisung in der Aufgabe	Was ist genau zu tun?	Was dir zusätzlich helfen kann
begründen	Etwas zu begründen heißt, zu einer Aussage passende, logische Argumente zu formulieren.	Folgende Formulierungen können dir bei einer Begründung helfen: *„Dafür/dagegen spricht …"* *„Ein Grund dafür ist …"*
Stellung nehmen	Du sollst Stellung nehmen zu einer Aussage von anderen oder zu einem bestimmten Sachverhalt. Dabei geht es darum herauszufinden, ob die Aussage überzeugend und somit logisch oder z. B. gerecht ist. Gib dabei die Gründe für dein Urteil an.	Folgende Formulierungen kannst du verwenden: *„Ich halte die Aussage für überzeugend, weil …"* *„Weniger/nicht überzeugend ist, dass …"* *„Ich halte das für richtig (bzw. falsch), weil …"*
diskutieren	Im Unterricht setzt du dich mit verschiedenen Sachverhalten, Problemstellungen oder Konzepten auseinander. Beim Diskutieren geht es um einen Austausch von Argumenten bzw. verschiedenen Sichtweisen zu bestimmten Dingen, um sich am Schluss eine begründete Meinung dazu bilden zu können.	Diese Formulierungen kannst du verwenden: *„Dafür spricht …"* *„Dagegen spricht …"* *„Ich bin der Meinung, dass …"* *„Bei diesem Punkt muss ich dir widersprechen, weil …"*
(über)prüfen	Überlege dir auf Grundlage deiner Kenntnisse oder mithilfe zusätzlicher Materialien, ob du eine Aussage, eine Vermutung oder einen bestimmten Sachverhalt richtig findest oder teilst, oder nicht. Begründe dein Ergebnis mit Fachwissen.	

#Wirtschaft

Wirtschaft für die Realschule, Gesamtschule und Sekundarschule

Band 9/10

Herausgegeben von
Vera Kirchner

Bearbeitet von
Johannes Deeken
Christin Richter
David Schäfer
Marie Schmidt

UpdateCodes
Aktualisierung von Grafiken, Statistiken und Tabellen

Mit digitalen Aufgabenkästen
Digitale Hilfen für Operatoren und Methoden, Zusatzmaterialien, interaktive Anwendungen (Quizze, Rankings, Abstimmungen, ...)

Erklärfilm
73000-521

Nordrhein-Westfalen

C.C.BUCHNER

#Wirtschaft – Nordrhein-Westfalen

Wirtschaft für die Realschule, Gesamtschule und Sekundarschule

Herausgegeben von Vera Kirchner

Band 9/10

Bearbeitet von Johannes Deeken, Christin Richter, David Schäfer und Marie Schmidt

Zu diesem Lehrwerk sind erhältlich:

- Digitales Lehrermaterial **click & teach** Einzellizenz, WEB-Bestell-Nr. 822581
- Digitales Lehrermaterial **click & teach** Box (Karte mit Freischaltcode), ISBN 978-3-661- 82258-7
- **Wirtschaft: Differenzierungsheft** 9/10, 978-3-661-82250-1

Weitere Lizenzformen (Einzellizenz flex, Kollegiumslizenz) und Materialien unter www.ccbuchner.de

Dieser Titel ist auch als digitale Ausgabe **click & study** unter www.ccbuchner.de erhältlich.

1. Auflage, 1. Druck 2023

Alle Drucke dieser Auflage sind, weil untereinander unverändert, nebeneinander benutzbar.

Dieses Werk folgt der reformierten Rechtschreibung und Zeichensetzung. Ausnahmen bilden Texte, bei denen künstlerische, philologische oder lizenzrechtliche Gründe einer Änderung entgegenstehen.

Die Mediencodes enthalten ausschließlich optionale Unterrichtsmaterialien. An keiner Stelle im Schülerbuch dürfen Eintragungen vorgenommen werden. Auf verschiedenen Seiten dieses Buches finden sich Verweise (Links) auf Internetadressen. Haftungshinweis: Trotz sorgfältiger inhaltlicher Kontrolle wird die Haftung für die Inhalte externer Seiten ausgeschlossen.

Redaktion: Lisa Bauer
Layout, Satz und Illustrationen: Wildner + Designer GmbH, Fürth
Druck und Bindung: Firmengruppe Appl, aprinta Druck, Wemding

www.ccbuchner.de

ISBN 978-3-661-**82253**-2

Liebe Schülerinnen und Schüler,

in den letzten vier Schuljahren habt ihr bereits viel über das Wirtschaften gelernt. In diesem Jahr lernt ihr weitere Themen kennen, die euch auch teilweise direkt nach eurem Schulabschluss betreffen:

- Welche Möglichkeiten hat man nach der Schule?
- Welcher Beruf passt am besten zu den eigenen Stärken und Schwächen?
- Welche Ausbildung wäre geeignet?
- Wie bewirbt man sich?
- Wie lassen sich Arbeit, Karriere und Familie miteinander vereinbaren?
- Wie sorgt man für die Zukunft vor?
- Wie gründet man ein Unternehmen und was muss man dabei beachten?
- Wie funktionieren Unternehmen?
- Wie können Unternehmen erfolgreich sein?
- Welchen Einfluss haben eure Einkäufe auf Menschen in anderen Ländern?
- Wie nehmen internationale Akteure Einfluss auf die Wirtschaft?
- ...

Es bleibt also spannend mit vielen wichtigen Inhalten für eure berufliche Zukunft. Wir haben uns bemüht, dieses Buch so spannend und attraktiv wie möglich zu gestalten und hoffen, euer Interesse zu wecken. Wie genau ihr das Buch benutzen könnt, ist auf den Seiten „Zur Arbeit mit dem Buch" erklärt.

Wir wünschen euch, dass ihr euer Wissen zum Thema Wirtschaft vertiefen könnt und natürlich auch viel Spaß im Wirtschaftsunterricht habt!

Die Herausgeberin, das Autorenteam und der Verlag

Zur Arbeit mit dem Buch

1 Auftaktdoppelseite:
Jedes Kapitel beginnt mit einer Auftaktdoppelseite. Material und offene Aufgaben ermöglichen euch eine erste Annäherung an die Inhalte des neuen Kapitels. Dabei könnt ihr auch zeigen, was ihr schon über das Thema wisst. Außerdem hilft euch ein kleiner Einführungstext, einen Überblick zu bekommen. Über welches Wissen und Können ihr am Ende des Kapitels verfügt, könnt ihr ebenfalls nachlesen.

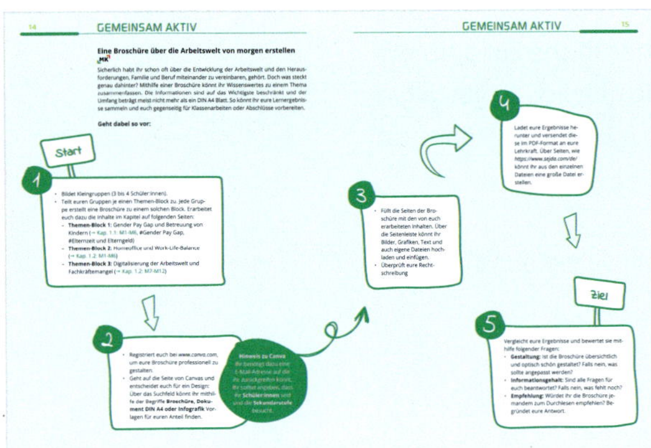

2 Gemeinsam aktiv:
Auf den ersten zwei Seiten im Kapitel wird euch immer ein Weg vorgestellt, über den ihr weitgehend selbstständig das Kapitel bearbeiten könnt. Dazu müsst ihr euch projektartig mit den Materialien und Inhalten des Kapitels auseinandersetzen und abschließend ein Produkt dazu erstellen.

3 Aufbau eines Unterkapitels:
Aufgebaut sind die einzelnen Unterkapitel ganz einfach: Das Thema wird in der Überschrift und wenige Zeilen darunter erläutert.
Die Materialien sind immer mit „M" gekennzeichnet und durchnummeriert.
Am Ende jeder Unterrichtseinheit ist ein Aufgabenblock platziert. Die Aufgaben zeigen euch, wie ihr mit den Materialien arbeiten könnt.
Natürlich lernt und arbeitet nicht jeder gleich schnell. Deswegen gibt es in der Randspalte oft Hilfen H oder auch Forderaufgaben F zu den einzelnen Aufgaben.

4 Grundbegriffe und Grundwissen:
Ausgewählte wichtige Begriffe eines Themas werden in blauen Kästen als Grundbegriffe erklärt und mit einem # gekennzeichnet: Die Kernaussage findet ihr jeweils gleich zu Anfang, ergänzt um Details, Beispiele und Fachbegriffe.
Das ebenfalls blaue Grundwissen schließt jedes Unterkapitel ab. Hier werden die wesentlichen Inhalte zusammengefasst. Ihr könnt zur Nacharbeit oder zur Vorbereitung einer mündlichen oder schriftlichen Prüfung das Wichtigste nachlesen.

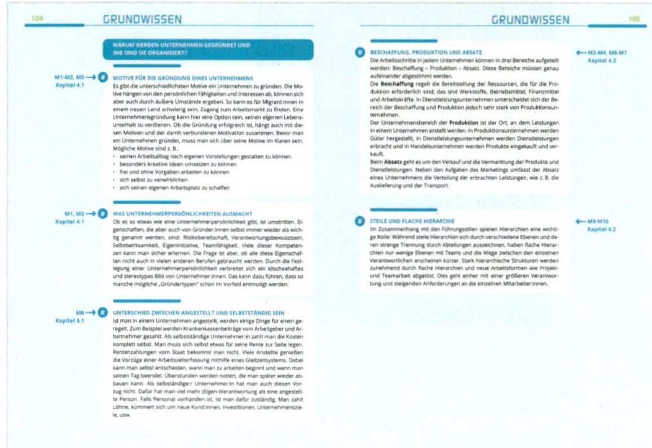

5 Methodentraining:
Im Fach Wirtschaft sollt ihr nicht einfach Fakten auswendig lernen und wiedergeben. Ihr sollt euch kritisch und selbstständig mit Problemstellungen auseinandersetzen. Mithilfe der Methoden lernt ihr Schritt für Schritt, wie ihr strukturiert und selbstständig arbeitet.

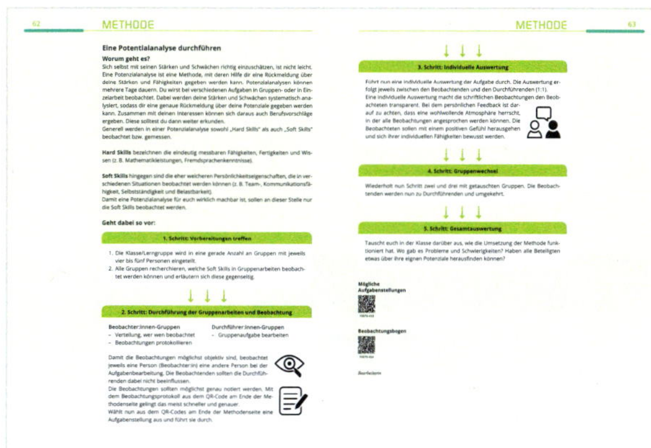

6 Abschluss eines Großkapitels:
Die Doppelseite Training und Selbsteinschätzung schließt ein Großkapitel ab. Hier könnt ihr euch selbst überprüfen und zeigen, ob ihr die erlernten Kompetenzen in einer konkreten Situation sinnvoll anwenden könnt.

Differenzierungs-material zum Schulbuch

70079-399

7 Differenzierung:

Zusätzlich zum Schulbuch finden sich im Differenzierungsheft #Wirtschaft Arbeitsblätter, die das Lernen in heterogenen Gruppen vereinfachen. Das Symbol kennzeichnet im Buch, zu welchen Materialien oder Aufgaben ein Zusatzangebot zur Verfügung steht. Dies können sein:

- Texte in einfacher Sprache
- Strukturierungshilfen
- Argumentationshilfen zu Aufgaben
- Vertiefungsangebote zur Kapitelfrage
- und vieles mehr...

Mithilfe des nebenstehenden QR- bzw. Mediencodes können die jeweiligen Materialien online eingesehen, heruntergeladen und ausgedruckt werden.

8 Digitale Aufgabenkästen:

#Wirtschaft gibt allen Aufgabenkästen einen „digitalen Zwilling". Mithilfe der QR- und Mediencodes in den Kopfzeilen der Aufgabenkästen könnt ihr die jeweiligen Aufgaben digital abrufen. Diese digitalen Aufgaben sind identisch mit den jeweiligen Aufgaben im Schulbuch, bieten aber folgenden Mehrwert:

- Aufgaben aus dem Schulbuch werden um digitale, interaktive Anwendungen (z. B. Abstimmungen, Wortwolken, Rankings, ...) erweitert. Diese digitalen Anwendungen sind sowohl im Klassenraum (z. B. moderiert durch die Lehrkraft) als auch im ganzen Bundesland Nordrhein-Westfalen (moderiert durch den Verlag) möglich. Mit anderen Worten: Die digitalen interaktiven Anwendungen ermöglichen euch einen anonymen Vergleich in der Klasse – und im Bundesland.
- Operatoren- und Methodenkarten werden zu den jeweils passenden Operatoren und Methoden verlinkt. Mithilfe von digitalen Endgeräten könnt ihr wichtige Verständnis-, Strukturierungs- und Formulierungshilfen für einzelne Operatoren oder Methoden anschauen und direkt an der Aufgabe nutzen.

Erklärfilm zum digitalen Aufgabenkasten

73000-521

9 **UpdateCodes:**

Zahlreiche Grafiken, Schaubilder und Tabellen mit dem Icon werden regelmäßig für euch aktualisiert und stehen mithilfe eines QR- und Mediencodes neben der jeweiligen Grafiküberschrift kostenfrei zum Download zur Verfügung. Die Grafiken sind wie folgt konzipiert:

- Unter der Grafiküberschrift findet sich der jeweilige Stand der Grafik-Aktualisierung, z. B. „Stand: 2023". Dieser Stand zeigt immer die letzte Datenüberprüfung an.
- Die Quellenangabe unter der Grafik informiert über den jeweiligen Datenerhebungszeitpunkt.

Lesebeispiel zur nebenstehenden Grafik: Die Daten stammen von UNCTAD Statistics aus dem Jahr 2022. Die letzte Datenüberprüfung, ob es neuere Daten gibt, fand im Jahr 2023 statt.

Weitere Informationen zu den UpdateCodes findet ihr im nebenstehenden QR- und Mediencode

73000-520

10 **Allgemeine Hinweise:**

- Das Schulbuch bietet für jedes Kapitel weitere Zusatzmaterialien, die eine vertiefte Behandlung des jeweiligen Themenbereichs ermöglichen. Sie können auf der Verlagshomepage (www.ccbuchner.de/medien) jederzeit kosten- und werbefrei abgerufen werden. Mithilfe von Mediencodes könnt ihr sie entweder direkt über das Scannen des QR-Codes mit einem Smartphone/Tablet oder durch die Eingabe des jeweiligen Mediencodes in das Suchfeld der Verlagshomepage beziehen.
- Nordrhein-Westfalen hat einen sogenannten **Medienkompetenzrahmen (MKR)** erstellt. Das vorliegende Schulbuch setzt diesen Schritt für Schritt um. Das eigens entwickelte Icon MK zeigt euch an den entsprechenden Stellen im Schulbuch an, wo ihr Medienkompetenzen trainieren könnt. Der nebenstehende QR-Code listet alle Medienkompetenzen sortiert nach Seitenzahl auf.
- Die Reihe #Wirtschaft – NRW lebt Vielfalt und Gleichheit unabhängig von Alter, Herkunft, Handicap, sexueller Orientierung, Geschlecht und individueller Identität. Daher wurde auch eine geschlechtergerechte Sprache verwendet. Eine Ausnahme stellen Quellen dar, die in ihrer original-sprachlichen Form belassen wurden. Sie beziehen aber selbstverständlich alle Menschen mit ein.
- Materialien ohne Quellenangaben sind von den Autorinnen und Autoren verfasst.
- Sofern bei Materialien aus dem Internet kein Verfasserdatum ermittelt werden konnte, wird das „Abrufdatum" genannt.

Umsetzung des Medienkompetenzrahmens

70079-400

Inhalt

Service-Anhang

Übersicht: Gemeinsam Aktiv

Übersicht: Methoden

1

... Schreinerin

2

... Managerin

3

... Pilotin

Melikes Zukunft im Beruf als ...

4

... Erzieher

5

... Einzelhandelsverkäufer bei Aldi

6

... Altenpfleger

Karls Zukunft im Beruf als ...

Was weißt du schon?

1. Erstelle eine Liste mit den aufgeführten Berufen und erläutere die mit ihnen verbundenen Aufgaben.
2. Wie sieht es in deinem Umfeld aus? Entwerfe eine Mindmap (→ **Methodenglossar**) zu deiner Familie und engen Bekannten und den Berufen, die von den verschiedenen Personen ausgeübt werden.
3. Entscheide dich für ein Bild, das am ehesten deinen Zukunftsvorstellungen entspricht. Begründe deine Überlegungen und tauscht euch zu zweit dazu aus.
4. Diskutiert in der Klasse: Gibt es heute noch Berufe, die eher von weiblichen oder männlichen Personen ausgeübt werden? Woran könnte das liegen? Und hat das Einfluss auf eure Berufswahl?

1

#Die Arbeitswelt von morgen

Eigentlich ist das Arbeitsleben noch weit entfernt, denkst du vielleicht. Dein erstes Praktikum kommt nun aber immer näher und vielleicht hast du auch schon Erfahrungen mit einem Schülerpraktikum oder Ferienjob gesammelt? Vielleicht schaust du dir auch die Erwachsenen in deinem Umfeld an und fragst dich, wie man Arbeit und Freizeit miteinander verbinden kann. Welche Arbeitsmodelle sind dabei möglich?

Was lernst du in diesem Kapitel?

... die Bedeutung von bezahlter und unbezahlter Arbeit für den Menschen und für die Gesellschaft zu erläutern.
... das Verhältnis von Arbeit und Freizeit für jede:n einzelnen zu erörtern.
... Chancen und Herausforderungen der Digitalisierung der Arbeitswelt zu beurteilen.

Eine Broschüre über die Arbeitswelt von morgen erstellen

MK

Sicherlich habt ihr schon oft über die Entwicklung der Arbeitswelt und den Herausforderungen, Familie und Beruf miteinander zu vereinbaren, gehört. Doch was steckt genau dahinter? Mithilfe einer Broschüre könnt ihr Wissenswertes zu einem Thema zusammenfassen. Die Informationen sind auf das Wichtigste beschränkt und der Umfang beträgt meist nicht mehr als ein DIN A4 Blatt. So könnt ihr eure Lernergebnisse sammeln und euch gegenseitig für Klassenarbeiten oder Abschlüsse vorbereiten.

Geht dabei so vor:

Start

1

- Bildet Kleingruppen (3 bis 4 Schüler:innen).
- Teilt euren Gruppen je einen Themen-Block zu. Jede Gruppe erstellt eine Broschüre zu einem solchen Block. Erarbeitet euch dazu die Inhalte im Kapitel auf folgenden Seiten:
  - **Themen-Block 1:** Gender Pay Gap und Betreuung von Kindern (→ Kap. 1.1: M1-M6, #Gender Pay Gap, #Elternzeit und Elterngeld)
  - **Themen-Block 2:** Homeoffice und Work-Life-Balance (→ Kap. 1.2: M1-M6)
  - **Themen-Block 3:** Digitalisierung der Arbeitswelt und Fachkräftemangel (→ Kap. 1.2: M7-M12)

2

- Registriert euch bei *www.canva.com*, um eure Broschüre professionell zu gestalten.
- Geht auf die Seite von Canvas und entscheidet euch für ein Design: Über das Suchfeld könnt ihr mithilfe der Begriffe **Broschüre, Dokument DIN A4 oder Infografik** Vorlagen für euren Anteil finden.

Hinweis zu Canva
Ihr benötigt dazu eine E-Mail-Adresse auf die ihr zurückgreifen könnt. Ihr solltet angeben, dass ihr **Schüler:innen** seid und die **Sekundarstufe** besucht.

3

- Füllt die Seiten der Broschüre mit den von euch erarbeiteten Inhalten. Über die Seitenleiste könnt ihr Bilder, Grafiken, Text und auch eigene Dateien hochladen und einfügen.
- Überprüft eure Rechtschreibung

4

Ladet eure Ergebnisse herunter und versendet diese im PDF-Format an eure Lehrkraft. Über Seiten, wie *https://www.sejda.com/de/* könnt ihr aus den einzelnen Dateien eine große Datei erstellen.

Ziel

5

Vergleicht eure Ergebnisse und bewertet sie mithilfe folgender Fragen:

- **Gestaltung:** Ist die Broschüre übersichtlich und optisch schön gestaltet? Falls nein, was sollte angepasst werden?
- **Informationsgehalt:** Sind alle Fragen für euch beantwortet? Falls nein, was fehlt noch?
- **Empfehlung:** Würdet ihr die Broschüre jemandem zum Durchlesen empfehlen? Begründet eure Antwort.

1.1 Vereinbarkeit von Arbeit, Karriere und Familie

Warum verdienen Frauen häufig immer noch weniger als Männer?

Gabi kommt total müde von der Arbeit nach Hause und berichtet ihrer Wohngemeinschaft in der Küche von ihrem heutigen Konflikt.
Mein Kollege Stephan, der vor 5 Monaten eingestellt wurde, verdient ernsthaft 250 € netto mehr als ich. Das sagt der mir so beim Kaffee, als wenn es normal wäre. Dabei machen wir beide genau den gleichen Job und ich habe 2 Jahre mehr Erfahrung. Unmöglich! Ist das legal?

M1 Gleiche Arbeit – gleicher Lohn?

Auszubildender zum Goldschmied (1. Lehrjahr)
m = 620,00 €
(brutto / mtl.)

Auszubildende zur Goldschmiedin (1. Lehrjahr)
w = 620,00 €
(brutto / mtl.)

Angestellter in kaufmännischer Leitungsposition
m = 4900,00 €
(brutto / mtl.)

Angestellte in kaufmännischer Leitungsposition
w = 4300,00 €
(brutto / mtl.)

Lehrer
m = 4000,00 €
(brutto / mtl.)

Lehrerin
w = 4000,00 €
(brutto / mtl.)

Bearbeiterin

GENDER PAY GAP

Der Gender Pay Gap bezeichnet die Differenz zwischen der Bezahlung von Männern und Frauen.
Es gibt verschiedene Gründe, warum Frauen weniger verdienen als Männer. Unter anderem liegt dies in der Berufswahl (es werden schlechter vergütete Berufe gewählt) und der häufigeren Teilzeitarbeit von Frauen begründet. Oftmals leisten Frau nach wie vor mehr unbezahlte Care-Arbeit als bezahlte Lohnarbeit.

M2 Wie groß sind die Gehaltsunterschiede?

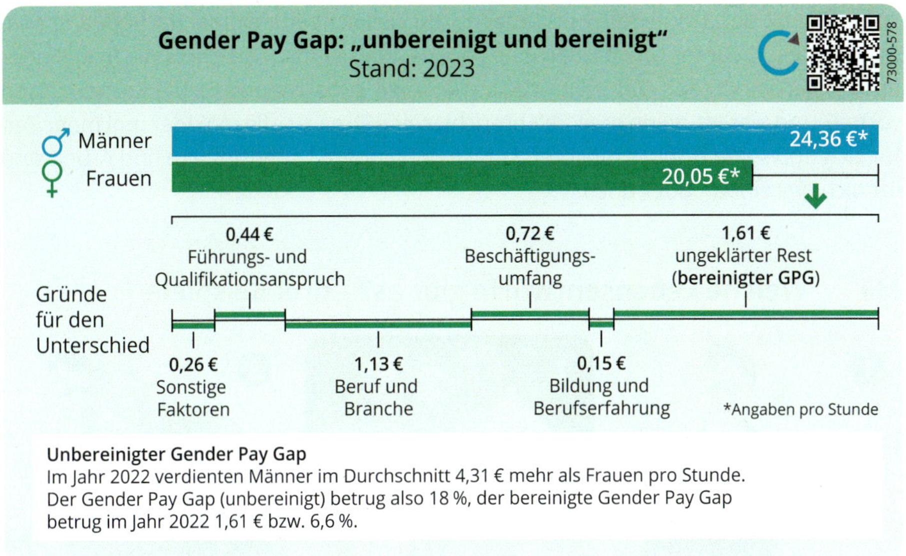

©C.C. Buchner Verlag, aktuelle Daten nach: DESTATIS (Datenerhebung: 2022; Grafikerstellung: 2023)

Video zu Hintergründen über den Gender Pay Gap (15:46 min)

70079-415

Video zum Gender Pay Gap und was man dagegen tun kann (5:47 min)

70079-416

M3 Das Bundesverfassungsgericht urteilt über die Gehaltsunterschiede

Lange galt das Argument, Männer würden besser verhandeln als Frauen. Das Bundesverfassungsgericht schützt mit seinem Urteil nun die Rechte der Frauen:

Das Gericht hat am 16.02.2023 entschieden […], dass Gehaltsunterschiede zwischen Männern und Frauen nicht ohne weiteres mit „besserem Verhandlungsgeschick" des Mannes begründet werden können. Arbeitnehmerinnen haben einen Anspruch darauf, für eine gleichwertige Tätigkeit auch das gleiche Gehalt zu erhalten wie ihre männlichen Kollegen. […] Ungleichbehandlung in der Bezahlung von Männern und Frauen darf nur aus objektiven Kriterien erfolgen: Zum Beispiel die bessere Qualifikation oder längere Betriebszugehörigkeit von Bewerbern.

Henke, Jenny/Kehlbach, Christoph: Gleiche Arbeit gleicher Lohn? In: www.tagesschau.de, 21.02.2023

Bundesverfassungsgericht
oberstes Gericht mit Sitz in Karlsruhe: Es wacht über die Einhaltung der Grundgesetze.

AUFGABEN

70079-417

1. Führt eine anonyme Umfrage zu möglichen Gründen für die Vergütungsunterschiede von Männern und Frauen wie in **M1** durch.
2. Analysiert zu zweit die Statistik **M2** mithilfe von **#Gender Pay Gap** und listet die Gründe für den Gender Pay Gap auf.
3. a) Nehmt Stellung zum Urteil aus **M3** in Form einer Positionslinie: Könnt ihr das Urteil nachvollziehen?
   b) Diskutiert in der Klasse Lösungsansätze für die ungleiche Bezahlung zwischen Männern und Frauen.

Wer betreut die Kinder und wer geht arbeiten?

Wenn du mit der Schule fertig bist, machst du vielleicht erst einmal Karriere und später gründest du unter Umständen eine Familie. Was ist mit Menschen, die früh Kinder bekommen möchten? Wer bleibt dann wie lange Zuhause und ist die Karriere dann vorbei? Und was ist, wenn man Zeit braucht, seine Oma zu pflegen oder mal mehr Zeit für sich und seine Hobbys möchte? Familie und andere Lebensinhalte und Arbeit sind oft nicht vereinbar, oder doch?

M4 Welche Lebensentwürfe gibt es? – drei Beispiele

Barbara (35), jüngste CEO im Pharmaunternehmen

Marvin (36), Informatiker im Homeoffice, Katrin (34), Industriekauffrau in Teilzeit mit ihren Kindern Gustav (4), Johanna (6) und Isa (1)

Robert (35), Bankkaufmann und Jan (31), Lehrer mit ihrem Sohn Leon (5). Die Care-Arbeit teilen sie sich zu gleichen Teilen auf.

M5 Wer bleibt erstmal beim Kind?

Ein fiktives Beispiel darüber, wer wann Elternzeit für das gemeinsame Kind nimmt:

Marlene_K @Marlene_K • 1hr ...

Mann und Sohn 😊
#Baby #Elternzeit #zufriedeneEltern #Workingmother

6 | 6 | ❤ 489 | 4

Fabiangraf ...

Deinen Mann hast du voll im Griff. Du arbeitest und dein Mann gibt seine Karriere auf - wieso? 😳

Hanna74 ...

Ich finde das klasse! 👍 Weshalb sollten Frauen immer zu Hause bleiben? Marlene hat auch eine Karriere. Es geht ja um beide Elternteile.

SebastianMüller ...

Das gehört sich so! Auf Kinder aufpassen ist nicht männlich. Krass, dass sein Chef da mitmacht. Bei der Einstellung von Frauen plant man gleich mit ein, dass sie weggehen und Kinder kriegen.

Julius7954 ...

Ich finde das von Marlenes Mann bewundernswert! ❤️ Elternzeit hätte ich auch gern genommen. Meine Tochter ist schon drei! In den ersten Monaten habe ich leider durch die Arbeit viel verpasst. Oft habe ich sie abends nicht mal gesehen, weil ich zum Beispiel wegen Meetings erst spät nach Hause kam. Beim zweiten Kind nehme ich auf jeden Fall Elternzeit! 💯

Hava ...

Was ist denn hier los? 😳 Wir sind doch im Jahre 2023 und nicht 1961! Wacht mal auf! Die Welt hat sich weitergedreht. Passt euch den neuen Lebensumständen mal an. 🤦‍♀️

Kommentar hinzufügen...

Bearbeiterin

M6 Wie viele Väter nehmen Elternzeit?

©C.C. Buchner Verlag, aktuelle Daten nach: DESTATIS, 2021

ELTERNZEIT UND ELTERNGELD

Elternzeit ist eine unbezahlte Auszeit vom Berufsleben für Eltern, die ihr Kind betreuen und erziehen. Bis zu drei Jahre können sich Eltern jeweils pro Kind von der Arbeit vor dem achten Geburtstag des Kindes freistellen lassen. In dieser Zeit erhalten sie keinen Lohn. Während der Elternzeit existiert ein Kündigungsschutz. Die Elternzeit muss rechtzeitig vor dem gewünschten Beginn beim Arbeitgeber angemeldet werden.

Elterngeld kann man im ersten Lebensjahr des Kindes beantragen. Die Elternteile können sich das Elterngeld aufteilen. Es wird monatlich mindestens 300 bis maximal 1800 Euro Elterngeld gezahlt und ist abhängig vom Nettoeinkommen des jeweiligen Elternteils.

Personen, die keinen Arbeitgeber haben, haben keinen Anspruch auf Elterngeld wie z. B. Selbstständige, Hausfrauen und Hausmänner.

AUFGABEN

70079-418

1. a) Beschreibe die unterschiedlichen Lebensentwürfe in **M4**.
b) Entscheide dich für einen für dich passenden Entwurf und begründe deine Wahl.

2. a) Beschreibe den Post in **M5**: Über welche Fragen wird hier diskutiert?
b) Erläutert in Kleingruppen, welche Erwartungen ihr kennt, was Mütter und Väter für ihre Kinder tun sollen.
c) Diskutiert in der Klasse, ob sich diese Vorstellungen in den letzten Jahren verändert haben.

3. Erkläre mithilfe von **#Elternzeit und Elterngeld**, was man unter den beiden Begriffen versteht.

4. a) Beschreibe die Statistik aus **M6**.
b) Entwickelt zu zweit Ideen, um Männer zu einer längeren Nutzung der Elternzeit zu motivieren.

5. Diskutiert in Kleingruppen: Falls ihr später einmal Kinder habt, wie stellt ihr euch die Vereinbarkeit von Arbeit und Familie vor? Was ist euch hierbei wichtig? Begründet eure Positionen.

F zu Aufgabe 2
Wie ist deine Position zu dieser Diskussion? Verfasse selbst einen Kommentar zu dem Post.

F zu Aufgabe 4b
Diskutiert, warum und für wen es vorteilhaft sein könnte, wenn Männer länger Elternzeit nehmen.

1.2 Arbeitswelt im Wandel

Homeoffice – Entspannung oder Belastung?

Immer diese langen Wege zur Schule. Wenn ich später arbeiten gehe, möchte ich aber möglichst im Bett arbeiten. So richtig schön im Schlafanzug – ganz gechillt.
„Klingt eigentlich echt gut, Melike!" sagt Karl. Doch insgeheim fragt Karl sich doch, ob immer zuhause zu sein und nur von da zu arbeiten, wirklich eine gute Idee ist.

M1 Ein Gespräch über Homeoffice

Mehmet: Ich schaffe einfach mehr, wenn ich nur im Homeoffice arbeite. Dadurch habe ich keinen Arbeitsweg und habe mehr Zeit für Sport und Familie. Ich arbeite sehr konzentriert und bin viel erholter, so kann ich viel mehr erledigen. Das hätte ich selbst nicht für möglich gehalten.

Celina: Keine Ahnung, was ich davon halten soll?! Wenn ich Chefin wäre, wüsste ich nicht, ob ich so viel Vertrauen in meine Angestellten hätte. Ich wüsste ja gar nicht, ob sie die Arbeitszeit zum Beispiel für Haushaltsaufgaben nutzen.

Bearbeiterin

M2 Was spricht für oder gegen das Homeoffice?

a) Von Homeoffice profitieren Unternehmen und Mitarbeiter:innen

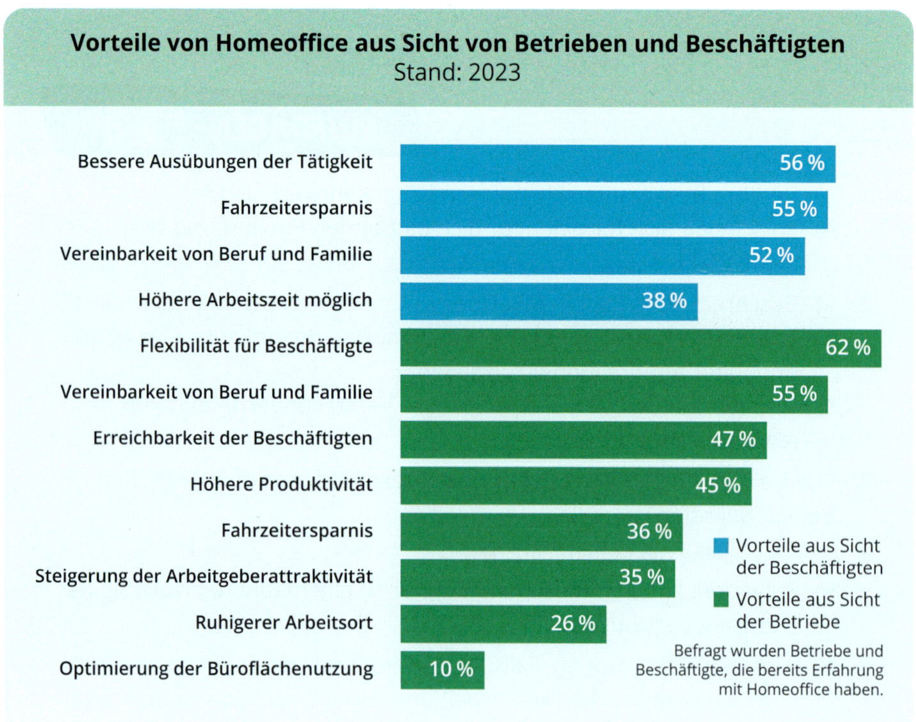

Nach: IAB-Kurzbericht, 11/2019

Homeoffice
beschreibt das gelegentliche oder ständige berufliche Arbeiten in den eigenen vier Wänden. Der Arbeitgeber stellt hierbei teilweise Geräte und Mobiliar zur Verfügung. Einen allgemeinen Anspruch auf die Arbeit von Zuhause gibt es bisher nicht.

Produktivität
Maß für die Leistungsfähigkeit von Arbeit und Kapital: Je mehr Kapital für die geleistete Arbeit gewonnen werden kann, desto höher ist die Produktivität.

b) Herausforderungen beim Homeoffice gemeinsam angehen

Gründe, die aus Sicht von Betrieben und Beschäftigten gegen Homeoffice sprechen (Stand: 2023)

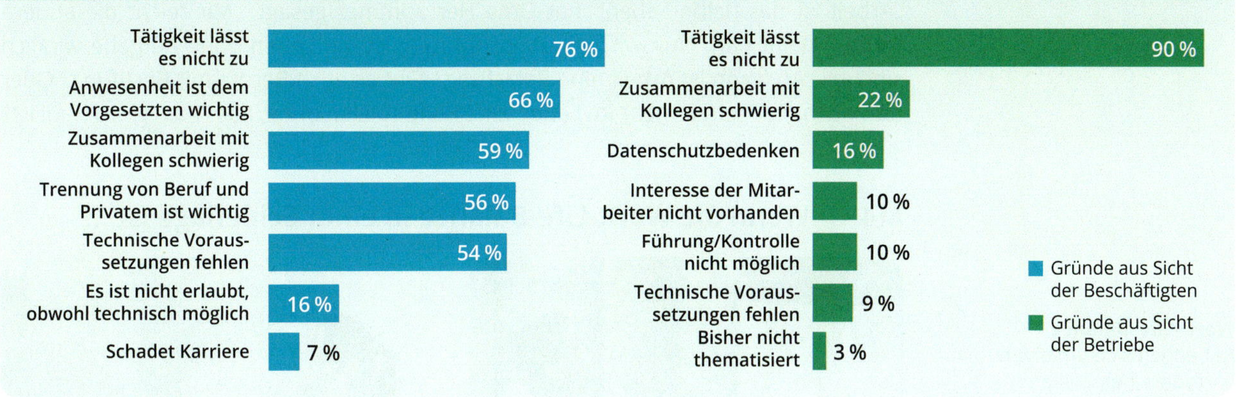

Nach: IAB-Kurzbericht, 11/2019

M3 Arbeiten im Homeoffice: Wer arbeitet wie lange und wer kümmert sich um Kinder und Haushalt?

Wissenschaftlicher:innen haben die Arbeitsteilung von Eltern untersucht, die Homeoffice nutzen. Dabei stellte sich heraus, dass Mütter im Homeoffice ungefähr drei Stunden mehr für die Kinderbetreuung aufwenden, als wenn sie an ihrem Arbeitsort arbeiten. Bei Vätern ist dieser Effekt nicht zu beobachten. Männer machen im Homeoffice circa sechs Überstunden, bei Frauen ist dies etwa eine Stunde. Insgesamt wirkt sich das Homeoffice in der Studie negativ auf die Freizeit der Eltern aus. Zudem zeigte sich, dass für Mütter das Homeoffice nicht nur mit weniger Freizeit, sondern auch weniger Schlaf verbunden ist.

Basierend auf: Hans-Böckler-Stiftung: Homeoffice stärkt tradierte Arbeitsteilung. In. www.boekler.de, Ausgabe 09/2020, Abruf am 20.03.2023

AUFGABEN

70079-419

1. Positioniert euch spontan zu folgender Frage: Homeoffice-Entspannung oder Belastung?
2. Beschreibe das Gespräch in **M1**: Wie schätzen die beiden Personen die Möglichkeit im Homeoffice zu arbeiten ein?
3. Ermittelt arbeitsteilig die Vor- und Nachteile des Homeoffice **M2a-b** aus Sicht der Beschäftigten und Unternehmen.
4. Erstellt eine Liste mit allen anfallenden Kosten, die im Homeoffice aus eurer Sicht zusätzlich zum normalen Haushalt entstehen und vorher im Büro angefallen sind.
5. Ermittle mithilfe von **M3** für wen das Homeoffice eher eine Belastung ist.
6. Diskutiert, ob das Homeoffice für euch eine sinnvolle Möglichkeit der Arbeit in Zukunft sein kann.

F **zu Aufgabe 3**
Stelle Vermutungen darüber an, für welche Berufe örtlich flexibel zu arbeiten überhaupt möglich ist und für welche nicht.

H **zu Aufgabe 5**
Ideen für Kostenaufstellung: Heizung, Strom, Wasser, Geschäftsessen, Büromaterial, Putzmittel …

F **zu Aufgabe 6**
Entwickelt in Kleingruppen Ideen, wie sich die Vor- und Nachteile des Homeoffice und des Arbeitens im Büro sinnvoll miteinander verbinden lassen.

Viele Überstunden, wenig Zeit für sich: Wie kann eine Work-Life-Balance erreicht werden?

„Arbeit ist das halbe Leben!" hat Oma Herta immer gesagt. „Mir reicht die andere Hälfte" meint Karl. Nun wird es philosophisch. Ist ein Leben ohne Aufgabe wirklich sinnvoll? Ab wann ist Arbeit eine Belastung? Gibt es auch Berufe mit Berufung? Oder darf auch die Freizeit mehr im Leben eine Rolle spielen ohne, dass man gleich faul ist?

M4 Wenn die Work-Life-Balance in einer Schieflage ist ...

Work-Life-Balance
Es handelt sich um einen harmonischen Zustand, in dem berufliche und private Anforderungen mit ausreichenden Erholungsphasen im Gleichgewicht sind.

Kevin und Finja arbeiten im Krankenhaus und haben einen Vertrag für 40 Stunden. Häufig arbeiten sie eher 9 bis 10 Stunden am Tag, weil Personalmangel besteht. Für die zwei offenen Stellen werden keine Bewerber:innen gefunden. Ihre Arbeit erfordert viel Körpereinsatz. Sie sind oft gestresst und ausgelaugt. Zeit für Sport oder Erholung haben sie kaum.

M5 Wie hilft Sport gegen Stress?

Zu viel Stress kann die Work-Life-Balance ins Wanken bringen. Sport kann eine Möglichkeit sein, Stress abzubauen.

Die Deutsche Gesellschaft für Sportmedizin und Vorsorge (DGSP) klärt auf:

Ob Arbeits-, Schul- oder Freizeitstress, Stress macht vor keinem Lebensbereich halt. Langanhaltender Stress kann zu körperlichen, wie auch seelischen Schäden führen. Häufig werden hierdurch Langzeitschäden des Herz-Kreislaufsystems hervorgerufen. Eine kürzlich veröffentlichte länderübergreifende Kooperationsstudie zeigt, dass sich bei Menschen mit einem chronisch erhöhten Stresslevel Sport positiv auf Herzprobleme auswirkt. Sport baut jedoch nur dann Stress ab, wenn die Dosierung stimmt [...]. [...] Prof. W. Bloch von der DGSP [rät] zu 150 Minuten pro Woche moderater sportlicher Bewegung in Form von Ausdauersport. Jedoch betont er die Notwendigkeit der Regenerationsphase nach jeder Sporteinheit, damit der Körper nicht zusätzlich gestresst wird.

DGSP: Stressmanagement durch Sport: Körperliche Fitness schützt vor Stress und seinen Folgen. In: www.dgsp.de, 02.07.2017

M6 Vier-Tage-Woche – ein Mittel für eine Work-Life Balance?

Eine Vier-Tage-Woche bedeutet, dass die vertraglich vereinbarte Arbeitszeit statt auf fünf Tage auf vier Tage verteilt wird. Im Folgenden werden Vor- und Nachteile einer Vier-Tage-Woche dargestellt, wenn der 40-Stunden-Vertrag weiterbesteht und zehn Stunden pro Tag gearbeitet wird.

1 Betreuung von kleinen Kindern
Welche Betreuungsstätten würden Kinder zehn Stunden und länger betreuen?

2 Zeit
Dank der kürzeren Arbeitswoche hat man ein längeres Wochenende. Man kann diese gewonnene Zeit für Familie, Freunde und Hobbys nutzen.

3 Überstunden
Sollten elf oder zwölf Stunden gearbeitet werden?

4 Produktivität
Studien zufolge steigt die Produktivität um ca. 60 Prozent. Zudem führt die kürzere Arbeitswoche zu weniger Stress und weniger Krankheitsausfällen. Konzentriertes Arbeiten in einem kurzen und intensiven Zeitraum ermöglicht einen stärkeren Fokus auf wichtige Aufgaben im Arbeitsalltag. Es kann effektiver gearbeitet werden.

5 Konzentration
Nach fünf bis sechs Stunden sinkt die Konzentrationsfähigkeit des Menschen.

6 Fahrtkosten
Man muss einen Tag weniger zur Arbeit fahren. Man spart Zeit und Geld.

7 Urlaubsanspruch
Der gesetzliche Urlaubsanspruch würde von 20 Tagen auf 16 Tage sinken.

Basierend auf: Credico, Letizia: 4-Tage- VS. 5-Tage-Woche: Die Vor- und Nachteile. In: www.cbs.de, 29.10.2018

AUFGABEN

70079-420

1. a) Beschreibe die Bilder in **M4**.
   b) Erläutere, welche Problemsituation dargestellt wird.
   c) Bewerte, warum zum Beispiel ausgelaugtes Krankenhauspersonal für alle zum Problem werden kann.
2. a) Tragt euer Wissen in der Klasse über Stress zusammen und definiert den Begriff.
   b) Ermittelt mithilfe von **M5**, ab wann Stress negativ für den Menschen ist.
   c) Erklärt, wie Sport oder andere Hobbys dazu beitragen können, Stress zu reduzieren.
3. a) Erläutere das Konzept der Vier-Tage-Woche mithilfe von **M6**.
   b) Ermittle die Vor- und Nachteile einer Vier-Tage-Woche, indem du die Textkärtchen entsprechend zuordnest (**M6**).
4. Entwickelt in der Klasse Ideen, wie die beschriebenen Nachteile in **M6** gelöst werden können.
5. Beurteilt zu zweit, inwiefern die Vier-Tage-Woche zur Reduzierung von Stress (nicht) beiträgt.

F zu Aufgabe 2
Erstellt einen Ratgeber für weniger Stress in Form eines Podcasts, Flyers oder Erklärvideos.

H zu Aufgabe 4
z. B. Reduktion der Arbeitszeit

Wie verändert sich die Arbeitswelt durch die Automatisierung?

Schuster, Content Creator, Facility Managerin oder Buchbinder. Manche Berufe sterben aus und andere entstehen neu. Woran kann das liegen?

M7 Wie hat sich die Arbeitswelt verändert? – zwei Beispiele

Fließbandarbeit bei einem Automobilhersteller um 1913

Fließbandarbeit bei einem Automobilhersteller um 2023

M8 Welche Ausbildungsberufe sind bei jungen Menschen beliebt?

Rangliste der beliebtesten Ausbildungsberufe nach Neuabschlüssen in Deutschland (Stand: 2023)

Berufsbezeichnung	Gesamt	Anteil männliche Auszubildende	Anteil weibliche Auszubildende	Rang
Kaufmann/-frau für Büromanagement	23.436	28,6	71,4	1
Verkäufer/-in	20.766	50,0	50,0	2
Kraftfahrzeugmechatroniker/-in	20.697	95,2	4,7	3
Kaufmann/-frau im Einzelhandel	19.269	53,4	46,6	4
Medizinischer Fachangestellte/-r	17.841	3,8	96,1	5
Fachinformatiker/-in	15.888	91,0	9,0	6
Industriekaufmann/-frau	14.400	43,8	56,2	7

Bearbeitergrafik, Zahlen nach: Bundesinstitut für Berufsbildung: Rangliste 2021 der Ausbildungsberufe nach Neuabschlüssen in Deutschland. Tabelle 67. In: www.bibb.de, 09.12.2021

M9 Wie verändern sich Berufe durch die Automatisierung?

Job-Futuromat
Der Job-Futuromat ist eine Webseite, die Berufe auf ihre Veränderung durch digitale Technologien hin analysiert. Dabei wird in den Blick genommen, wie gut Kerntätigkeiten von Berufen durch Technik automatisiert werden können.

Viele Berufe verändern sich durch den Prozess der Automatisierung. Vorgehen bei der Arbeit werden durch Maschinen ergänzt oder ersetzt. Dank des Digitalisierungsprozesses können diese Maschinen immer komplexere Aufgaben übernehmen, weil die Speicherung von Informationen und deren Transfer vereinfacht wird. Das treibt den Automatisierungsprozess voran. Die Aufgabenfelder der betroffenen Berufe verändern sich. Der Job-Futuromat des Instituts für Arbeitsmarktforschung (IAB) untersucht alle gängigen Berufe auf ihre Zukunftsfähigkeit. Im Zentrum steht dabei die Frage, welche Aufgaben eines Berufes automatisiert werden können.

Der Beruf Kfz-Mechatroniker ist ein Beispiel dafür:

Automatisierbarkeit im Beruf Kraftfahrzeugmechatroniker/in

3 der 4 **Kerntätigkeiten** in diesem Beruf sind - Stand heute - **automatisierbar**.

Das kann ein Vorteil sein, zum Beispiel wenn Roboter Ihnen schwere oder monotone Arbeit abnehmen.

Ob Ihr (Wunsch-)Berug tatsächlich automatisiert wird, ist damit nicht gesagt. Menschliche Arbeit kann zum Beispiel flexibler, wirtschaftlicher oder von besserer Qualität sein.

Kerntätigkeiten

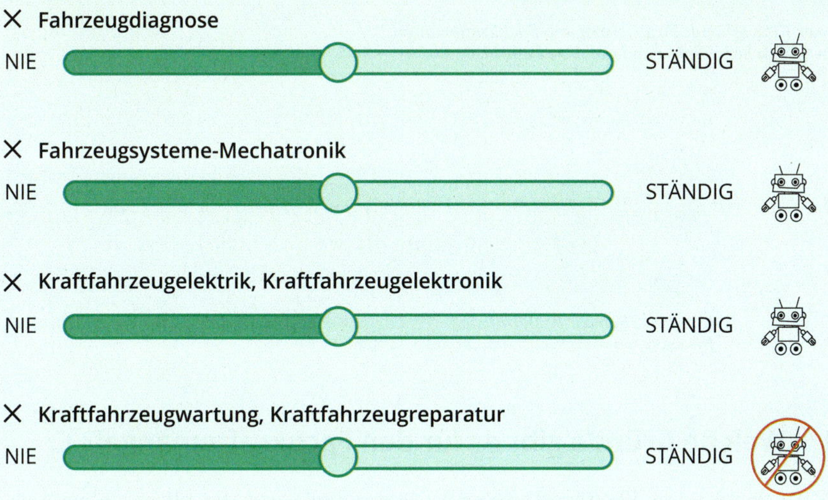

Nach: Job-Futuromat: Automatisierbarkeit im Beruf Kraftfahrzeugmechatroniker/in. In: www.job-futuromat.-de, Abruf am 16.03.2023

Link zum Job-Futuromat

70079-421

AUFGABEN

70079-422

1. a) Beschreibe die Bilder (**M7**): Was hat sich wie verändert?
   b) Nenne weitere Beispiele zu Berufen, die sich durch die Automatisierung verändern.
2. a) Erläutere die Tabelle in **M8**.
   b) Erstellt eine Umfrage zu den zukünftigen Traumberufen in eurer Klasse.
   c) Vergleicht die Ergebnisse mit der Tabelle in **M8**. Was stellt ihr fest?
3. a) Nutzt den Job-Futuromat und untersucht zwei Berufe eurer Wahl darauf, wie digitale Technologien sie verändern könnten.
   b) Beurteilt anhand der Ergebnisse des Job-Futuromats, welche Berufe ihr ergreifen würdet.
4. Diskutiert, ob und warum ihr die Ergebnisse aus dem Job-Futuromat bei der Berufswahl berücksichtigen wollt/bzw. nicht sollt und welche Kriterien euch darüber hinaus bei der Berufswahl wichtig sind.

H zu Aufgabe 3
Das sind zum Beispiel Berufe: Pflegefachfrau/-mann, Bankkauffrau/-mann, Bäcker:in, Fertigungsmechaniker:in, Florist:in, Forstwirt:in, ...

Fachkräftemangel – auch in Zukunft ein Problem?

Fachkräftemangel betrifft viele Bereiche der Wirtschaft. Es gibt zum Beispiel zu wenige Lehrkräfte und Pflegepersonal. Auch werden zum Beispiel händeringend Handwerker:innen gesucht. Woran liegt denn der Mangel und gibt es noch Hoffnung?

M10 Überall Berichte über Nachwuchsmangel

Bundesweit fehlen bereits jetzt über 100.000 Erzieher*innen. Bis 2030 rechnen Studien sogar mit bis zu 230.00 fehlenden Fachkräften.

Deutscher Kitaverband: Positionspapiere Fachkräftemangel. In: www.deutscher-kitaverband.de, Abruf am 17.03.2023

Mehr als die Hälfte der Logistikfachkräfte spürt die Auswirkungen des Fachkräftemangels auf ihre tägliche Arbeit.

Burgert, Thomas: Fachkräftemangel: Logistiker spüren Auswirkungen im Arbeitsalltag. In: www.verkehrsrundschau.de, 02.12.2022

M11 Welche Gründe gibt es für den Fachkräftemangel?

Die Gründe für den Fachkräftemangel sind vielfältig. Eine aktuelle Ursache ist die Corona-Pandemie. Während dieser Zeit verloren viele Menschen ihre Beschäftigung und kehren nun nicht in ihre Berufe zurück. Verbraucher:innen bemerken das, wenn zum Beispiel Handwerker:innen, Friseur:innen oder Personal im Restaurant fehlen. Außerdem steigt die Zahl unbesetzter Stellen aufgrund des demografischen Wandels in der Bevölkerung seit vielen Jahren stetig an. Mit jedem Jahr gibt es in Deutschland mehr alte Menschen im Vergleich zu jungen Menschen, da auch die Geburtenrate immer weiter sinkt. Zwar bleiben viele Arbeitskräfte länger erwerbstätigt und auch mehr Frauen arbeiten als früher, doch das reicht nicht, um alle offenen Stellen zu besetzen.

Ein weiterer Faktor für den Fachkräftemangel sind die eingeschlagenen Bildungswege. In Deutschland gilt bis heute, wer einen hohen Bildungsabschluss hat, hat bessere Chancen auf dem Arbeitsmarkt. Dadurch wollen viele Schüler:innen studieren. Zusätzlich werden Ausbildungsberufe meist nicht so gut bezahlt wie Berufe mit Studienabschluss. Auch Automatisierung und Digitalisierung verursachten in der Arbeitswelt eine Verschiebung der notwendigen Kompetenzen zur Ausübung der Berufe. Dadurch entsteht für einige Berufe ein Fachkräftemangel. Schließlich fehlt für einige Berufe Personal, weil die Bezahlung nicht gut genug ist. Das betrifft beispielsweise Pflege- und Betreuungsberufe, wie Pfleger:innen und Erzieher:innen.

Basierend auf: Deutschlandfunk: Fachkräftemangel. Warum Arbeitskräfte fehlen und was dagegen getan wird. In: www.deutschlandfunk.de, 30.03.2023

Aufbau der Bevölkerung nach Geburten 2021 im Vergleich zu 1990

70079-423

Bevölkerungsentwicklung 1950 -2060 interaktiv bei DESTATIS

70079-424

M12 Wo sind die meisten unbesetzten Stellen?

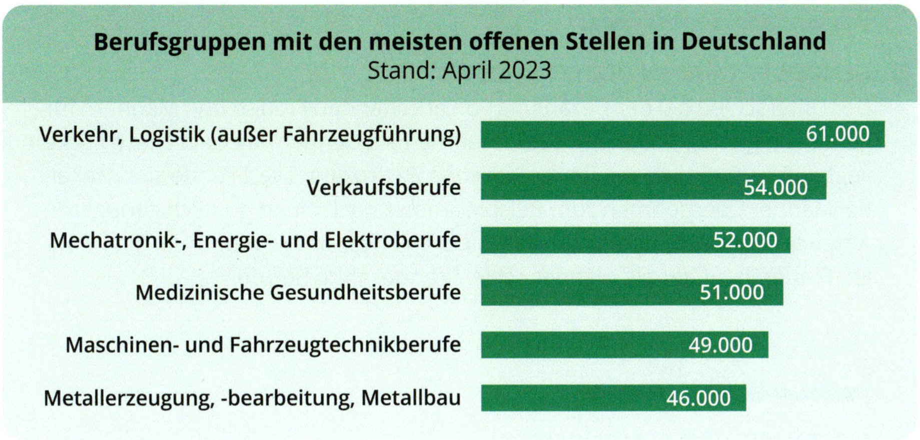

Nach: Statista, April 2023

M13 Wie kann der Fachkräftemangel gelöst werden?

Die Fachkräftestrategie der Bundesregierung im Oktober 2022 sieht fünf zentrale Handlungsfelder:

1. Zeitgemäße Ausbildung
2. Gezielte Weiterbildung
3. Arbeitspotenziale wirksamer heben, Erwerbsbeteiligung erhöhen
4. Verbesserung der Arbeitsqualität, Wandel der Arbeitskultur
5. Einwanderung modernisieren, Reduzierung der Abwanderung [...]

Das Ziel ist zum einen, junge Menschen bestmöglich für den Einstieg in den Arbeitsmarkt zu qualifizieren. Zum andern soll berufliche Weiterbildung jedem die Weiterentwicklung im Berufsleben und die Anpassung an immer neue Herausforderungen ermöglichen.

BMBF: Fachkräftestrategie gegen den Fachkräftemangel. In: www.bmbf.de, 13.01.2023

Weiterbildung
berufliche Maßnahme, um die eigenen Qualifikationen zu vertiefen oder auszuweiten, z.B. durch Lehrgänge und Umschulungen

Erwerbsbeteiligung
Anteil der Menschen in einer Gesellschaft, die einer bezahlten Arbeit nachgehen

AUFGABEN

70079-425

1. Beschreibe welches Problem durch die Schlagzeilen deutlich wird (**M10**).
2. Erkläre, warum es in Deutschland einen Fachkräftemangel gibt und welche Berufsgruppen davon am meisten betroffen sind (**M11, M12**).
3. Analysiere die Entwicklung der Bevölkerung mithilfe der beiden Mediencodes neben **M11**: Welcher Konflikt wird deutlich?
4. Entwickelt mögliche Maßnahmen zu den fünf Handlungsfeldern, um dem Fachkräftemangel entgegenzuwirken (**M13**).

H **zu Aufgabe 4**
Mögliche Maßnahmen sind zum Beispiel: mehr Betreuungsmöglichkeiten für Kinder, vereinfachte Anerkennung von Qualifikationen aus anderen Staaten, ...

WIE SIEHT DIE ARBEITSWELT VON MORGEN AUS?

M1-M3 ➔ #
Kapitel 1.1

GENDER PAY GAP IN DEUTSCHLAND

Der Unterschied bei der Bezahlung von arbeitenden Frauen und Männern für genau die gleiche Tätigkeit bezeichnet man als Gender Pay Gap. Diese Lücke liegt durchschnittlich seit Jahren bei etwa 20 Prozent. Die Gründe sind vielfältig: Männer übernehmen zum Beispiel immer noch einen deutlich geringeren Anteil an Elternzeit und unbezahlter Care-Arbeit als Frauen. Zusätzlich wählen Frauen häufiger als Männer schlechter bezahlte Berufe.

M4-M6 ➔ #
Kapitel 1.1

ELTERNZEIT UND ELTERNGELD

Elternzeit und Elterngeld sind ein Versuch Beruf und Familie besser miteinander zu vereinbaren. Elternzeit ist eine unbezahlte Auszeit vom Berufsleben für Eltern, die ihr Kind betreuen und erziehen. Bis zu drei Jahre können sich die Eltern pro Kind von der Arbeit unbezahlt freistellen lassen. Während der Elternzeit besteht ein Kündigungsschutz. Die Elternzeit endet spätestens am Tag vor dem achten Geburtstag des Kindes. Als finanziellen Ausgleich können Eltern im ersten Lebensjahr des Kindes Elterngeld beim Staat beantragen. Sie bekommen abhängig von Ihrem Nettoeinkommen zwischen 300 und 1800 Euro ausgezahlt.

M1-M3 ➔ #
Kapitel 1.2

HOMEOFFICE

Seit einigen Jahren wird die Arbeit von Zuhause immer öfter möglich bzw. ermöglicht. Dies kann für Arbeitnehmende eine Erleichterung sein, weil beispielsweise Fahrtzeiten wegfallen und manche Tätigkeiten besser ausgeführt werden können. Gleichzeitig wird bei dauerhaftem Homeoffice der persönliche Kontakt zu den Kolleg:innen erschwert. Zusätzlich können neue Konflikte entstehen, weil u.a. die Übergänge zwischen Arbeit und Freizeit verwässern. Aus Sicht der Unternehmen bietet das Homeoffice beispielsweise die Möglichkeit einer höheren Produktivität, weil konzentrierter gearbeitet werden kann. Auf der anderen Seite braucht es einen Vertrauensvorschuss in die Arbeitnehmenden, dass sie auch von Zuhause aus ihre Arbeit sorgfältig erledigen.

M4-M6 ➔ #
Kapitel 1.2

WORK LIFE BALANCE UND VIER-TAGE-WOCHE

Work-Life-Balance bedeutet, dass berufliche und private Verpflichtungen im Einklang sind und von ausreichenden Erholungsphasen begleitet werden. In diesem Zustand hat man also eine geringe Stressbelastung, weil man zum Beispiel genügend Zeit für Sport oder andere Hobbys und Entspannung hat.

WORK LIFE BALANCE UND VIER-TAGE-WOCHE

M4-M6
Kapitel 1.2

In diesem Zusammenhang finden neue Arbeitsmodelle, wie die Vier-Tage-Woche, immer mehr Anklang. Bei diesem Modell werden die vertraglichen Arbeitsstunden auf vier Tage verteilt. Der fünfte Tag ist frei. Viele finden dieses Modell gut, weil sie mehr Zeit haben, um ihren Hobbys nachzugehen oder sich um die Familie zu kümmern. Unternehmen sind begeistert, weil ihre Angestellten effizienter arbeiten und weniger häufig krank sind. Gleichzeitig wirft das Modell mehrere Fragen auf: Was sollte die maximale Wochenstundenzahl sein? Bei 40 Stunden müssten die Mitarbeitenden 10 Stunden am Tag arbeiten. Das ist nicht nur anstrengend, sondern birgt beispielsweise auch für Familien das Problem, einen Betreuungsplatz für ihre kleinen Kinder zu finden. Die allermeisten Kindertagesstätten betreuen bis maximal 9 Stunden. Und wie sollte mit den Urlaubstagen umgegangen werden? Nach den aktuell gesetzlichen Regelungen hätte man bei einer Vier-Tage-Woche statt auf 20 Tage nur auf 16 Tage Anspruch.

AUTOMATISIERUNG UND DIGITALISIERUNG

M7-M9
Kapitel 1.2

Im Prozess der Automatisierung werden stufenweise analoge Vorgehen zunehmend durch automatisierte Vorgehen beispielsweise mithilfe von Maschinen ersetzt oder ergänzt. Roboter unterstützen die Arbeit von Arbeitnehmenden in der Produktion für zum Beispiel Schließsysteme oder Autos. Zusätzlich ermöglicht die Digitalisierung einen verbesserten Transfer von Informationen. Auch die Speicherung von Informationen wird immer einfacher. Diese Veränderung treibt die Automatisierung voran, weil z. B. Maschinen immer komplexere Aufgaben übernehmen können. Im Laufe dieser Prozesse verändert sich die Arbeitswelt: Neue Kompetenzen werden zur Ausführung von Berufen nötig. Dadurch entsteht für manche Berufe ein Fachkräftemangel. Gleichzeitig sterben einige Berufe aus, weil die Aufgabe von Maschinen übernommen wird.

FACHKRÄFTEMANGEL

M10-M13
Kapitel 1.2

Die Ursachen für den Fachkräftemangel in Deutschland sind vielfältig. Die Corona-Pandemie hatte zur Folge, dass viele Arbeitnehmende ihre Jobs verloren. Seit dem Ende der Pandemie kehren viele Menschen nicht in ihre Berufe zurück. Auch der demografische Wandel führt zu einem geringeren Angebot an Fachkräften auf dem Arbeitsmarkt. Weitere Gründe, wie schlechte Bezahlung, hohe Belastung und die Vereinbarkeit von Familie und Beruf wirken sich auf den immer größer werdenden Fachkräftemangel aus. Viele Schüler:innen wollen lieber studieren, als eine Ausbildung machen, weil sie auf bessere Chancen auf dem Arbeitsmarkt hoffen. Die Bundesregierung hat im Oktober 2022 eine Fachkräftestrategie beschlossen, um den Mangel zu reduzieren. Ausbildungen sollen zeitgemäßer werden, die Zuwanderung von ausländischen Fachkräften soll erleichtert werden, indem beispielsweise Qualifikationen einfacher anerkannt werden.

(Nicht-)Medizinische Gesundheitsberufe
Berufe, die nicht ärztlich oder psychotherapeutisch sind:
- Nichtmedizinisch meint Berufe wie Altenpflege, Ernährungs- und Gesundheitsberatung, Bestattungswesen, Medizintechnik, …
- Medizinisch meint Berufe wie Physiotherapie, Ergotherapie, Logopädie, …

M1 Welche Berufe wählen Frauen und Männer?

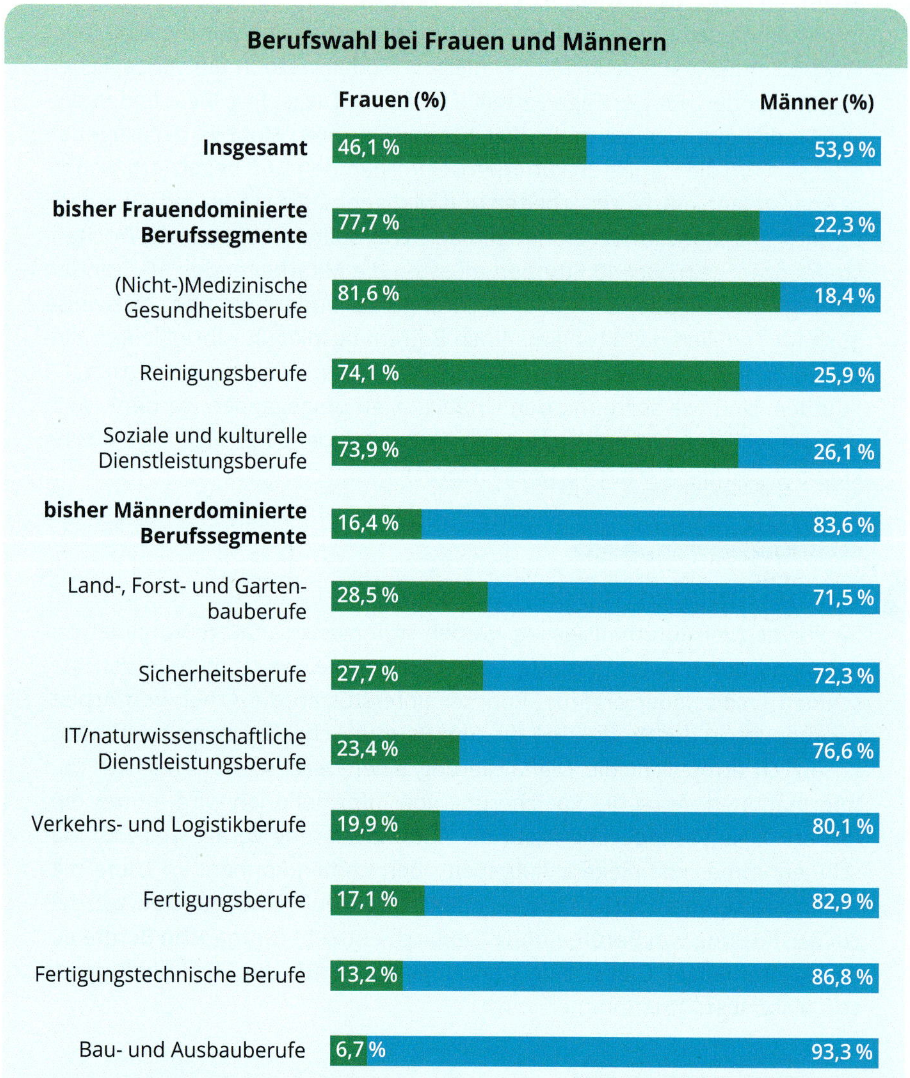

Sozialversicherungspflichtig Beschäftigte nach Berufssegmenten und Geschlecht 2019 in Prozent basierend auf insgesamt 33.750.401 Beschäftigten

Nach: Statistisches Bundesamt (Hrsg.): Beschäftigte nach Berufen (KldB 2010) (Quartalszahlen). Nürnberg August 2015, April 2020, CC BY NC ND 4.0 / Klischeefrei – Initiative zur Berufs- und Studienwahl: Horizontale Segregation des Arbeitsmarktes. In: www.klischee-frei.de, abgerufen am 07.02.2022

AUFGABE

70079-438

1. a) Arbeite wesentliche Kernaussagen aus dem Diagramm heraus.
b) Erörtere, was du in Hinblick auf die Berufswahl von Frauen und Männern besonders bemerkenswert findest.
c) Diskutiert zu zweit, welchen Einfluss euer Geschlecht auf eure Berufswahl möglicherweise hat und wie ihr damit umgehen wollt.

Im Laufe des vorangegangenen Kapitels hast du dich mit der Arbeitswelt von morgen und den entsprechenden gesellschaftlichen Konflikten intensiv auseinandergesetzt. Schätze nun ein wie sicher du dich in den folgenden Bereichen auskennst.

Ich kann ...	Das klappt schon ...	Hier kann ich noch üben ...
... erklären, was der Gender Pay Gap ist und welche Gründe es dafür gibt.		Kapitel 1.1: M1-M3, #Gender Pay Gap, Grundwissen
... den Unterschied zwischen Elternzeit und Elterngeld erläutern.		Kapitel 1.1: M4-M5, #Elternzeit und Elterngeld, Grundwissen
... beurteilen, welche Chancen und Herausforderungen das Arbeiten im Homeoffice hat.		Kapitel 1.2: M1-M3, Grundwissen
... erklären, was man unter Work-Life-Balance versteht und was man dafür tun kann.		Kapitel 1.2: M4-M5, Grundwissen
... bewerten, welche Chancen und Herausforderungen das Modell der Vier-Tage-Woche hat.		Kapitel 1.2: M6, Grundwissen
... beschreiben, wie sich die Arbeitswelt durch die Digitalisierung verändert.		Kapitel 1.2: M7-M9, Grundwissen
... erläutern, welche Ursachen es für den Fachkräftemangel gibt und was dagegen getan wird.		Kapitel 1.2: M10-M13, Grundwissen

Die meisten meiner Schüler:innen wissen mit 14 oder 15 Jahren noch nicht, welcher Beruf der richtige ist. Im Praktikum können sie etwas über ihre eigenen Fähigkeiten und Interessen lernen.

Frau Amine, Lehrerin

Sandra soll später einmal auf eigenen Füßen stehen. Dafür soll sie sich erst einmal ausprobieren, welcher Beruf ihr liegt und welcher nicht.

Vater von Sandra

Endlich mal etwas Anderes als Schule. Ich bin schon aufgeregt. Ich möchte beweisen, dass ich ein gutes Praktikum machen kann.

Hassan, Klasse 9a

Aus Erfahrung als Berufsberater weiß ich: Viele Betriebe stellen nur Personen ein, die bei ihnen schon einmal Praktikum gemacht haben.

Herr Fodor, Berufsberater

In der Schule können wir über die Probleme beim Praktikum sprechen. Dann wissen die Jugendlichen später besser, wie sie mit schwierigen Situationen umgehen können.

Herr Weber, Lehrer

Bei einem Praktikum in unserem Betrieb kann ich am besten sehen, auf wen ich mich verlassen kann. Und natürlich, ob er oder sie für den Beruf geeignet ist.

Frau Cele, Abteilungsleiterin bei einem Unternehmen

Was weißt du schon?

1. Befragt Personen aus eurem Familien- und Bekanntenkreis, was ihnen Praktika gebracht haben.
2. Ermittle mithilfe der Erfahrungsberichte weitere Argumente, die für den Sinn eines Praktikums sprechen.
3. Diskutiert anschließend über die Argumente in der Klasse: Stimmt ihr zu oder nicht? Begründet eure Antworten.

Praktika
Plural für Praktikum

2

#Das Betriebspraktikum

Ein Praktikum bietet viele Möglichkeiten: Es hilft dir dabei, dich zu orientieren, was dir beruflich Spaß macht. Hast du schon einen Wunschberuf, dann kannst du mithilfe des Praktikums prüfen, ob er wirklich etwas für dich ist. Eine gute Vorbereitung für ein Praktikum ist in jeden Fall wichtig. Dabei setzt du dich mit deinen Interessen, Stärken, Schwächen und Erwartungen auseinander. Aber wie findet man eigentlich Praktika? Und welche Rechte und Pflichten hat man als Praktikant:in?

Was lernst du in diesem Kapitel?

... die Bedeutung des Betriebspraktikums zu beschreiben.
... unterschiedliche Möglichkeiten für die Suche nach einem Praktikumsplatz zu erklären.
... die eigenen Fähigkeiten in Bezug auf das Wunschpraktikum zu überprüfen.
... die eigenen Rechte und Pflichten als Praktikant:in mit dem Jugendarbeitsschutzgesetz zu begründen.
... wie man Gefahren am Arbeitsplatz erkennt und in Gefahrensituationen richtig handelt.
... die Selbst- und Fremdwahrnehmung in Hinblick auf berufliche Anforderungssituationen zu reflektieren.
... die Praktikumsbeurteilung mit einer eignen Einschätzung abzugleichen.

Eine Berufsinformationsmesse durchführen

Der Weg von der Suche bis zum erfolgreichen Praktikum ist mit vielen Meilensteinen verbunden. Ziel ist es, einen Praktikumsplatz zu finden, der den eigenen Interessen und Stärken entspricht. Und dann soll das Praktikum noch Spaß machen und am Ende im besten Fall mit einer ausgezeichneten Praktikumsbeurteilung abgeschlossen werden. Das ist gar nicht so einfach. Aber mit der richtigen Vorbereitung und Hilfe funktioniert das.
Ihr sollt euer Wissen als Expert:innen an die jüngeren Schüler:innen weitergeben. Dazu eignet sich eine Messe zur beruflichen Orientierung an eurer Schule.

Geht dabei so vor:

Start

1

- Bildet Dreier-Teams.
- Entscheidet euch für ein Thema, das ihr auf der Messe anschaulich vorstellen wollt:
  - Möglichkeiten der Praktikumssuche (→ S. 36 f.)
  - Realistische Erwartungen an das Praktikum (→ S. 38 f.)
  - Verhalten im Praktikum (→ S. 40 f.)
  - Rechte im Praktikum (→ S. 42 f.)
  - Sicherheit am Arbeitsplatz (→ S. 44-46)
  - Praktikumsbeurteilung (→ S. 47-49)

2

Entwickelt für euer Thema jeweils ein Poster, auf dem alle wichtigen Informationen im Überblick zu finden sind. (*Tipp: Denkt daran, welche Informationen ihr euch rund ums Praktikum gewünscht hättet.*)

3

- Stellt euer Poster der Klasse vor. Gebt euch gegebenenfalls Tipps und Verbesserungsschläge.
- Überarbeitet und ergänzt euer Poster.

4

Überlegt euch gemeinsam einen Beobachtungsbogen für die Achtklässler:innen, den diese während der Messe ausfüllen. Ziel ist es, dass die Achtklässler:innen möglichst gut auf die Praktikumssuche mithilfe des Messebesuches vorbereitet werden.
Der Bogen könnte folgende Fragen beinhalten:

- Welche Möglichkeiten zur Praktikumssuche gibt es?
- Was sollte man bei der Wahl des Praktikums beachten?
- Wie sollte man sich im Praktikum verhalten?
- Auf welche Sicherheitsvorschriften sollte man achten?

Druckt den Fragenbogen für die Schüler:innen mehrfach aus.

5

- Legt einen Termin für die Messe fest und reserviert die Aula oder einen anderen geeigneten Raum.
- Stellt einen Zeitplan auf, wann welche achte Klasse zur Messe kommen darf. Informiert die Klassen.

6

Bereitet die Aula oder den Raum mit euren verschiedenen Ständen vor. Hängt die Poster auf und schlüpft in die Rolle der Expert:innen zum Thema Betriebspraktikum.

Ziel

7

Diskutiert gemeinsam in der Klasse den Erfolg der Messe:

- Was ist euch aus eurer Sicht gelungen?
- Was hättet ihr noch verbessern können?

2.1 Der Weg zum Praktikum

Wo absolvierst du dein Praktikum?

Du hast dich bereits ausführlich mit deinen Interessen und Fähigkeiten auseinandergesetzt. Außerdem hast du unterschiedliche Berufe kennengelernt. Nun ist es an dir, lege dich auf ein oder mehrere Berufe fest, die du in einem Praktikum näher kennen lernen willst. Arbeite dich durch den Dschungel der Möglichkeiten der Praktikumsplatzsuche und werde fündig. Denn das Praktikum ist die ideale Gelegenheit, deinen möglichen Traumberuf auszuprobieren und zu testen, ob deine Erwartungen auch der Realität entsprechen.

M1 Erfahrungsberichte zum Praktikum

1 „Eigentlich möchte ich KFZ-Mechatronikerin werden. Die Werkstatt in meiner Straße wollte mich nicht nehmen, im Supermarkt um die Ecke habe ich aber problemlos einen Praktikumsplatz bekommen."

2 „Mein Vater hat für mich einen Praktikumsplatz gesucht. Er kennt mich schließlich gut und weiß, was zu mir passt."

3 „Ich habe ewig nach einem Praktikumsplatz in meinem Traumberuf gesucht und mich sowohl persönlich vorgestellt als auch Bewerbungen geschrieben. Zum Schluss hat es geklappt, aber ich habe schnell gemerkt, dass ich das nicht will."

Bearbeiterin

M2 Wo findet man mögliche Praktikumsplätze?

Praktikumsplätze finden

1 Nutze Suchmaschinen und Praktikumsbörsen wie: Bundesagentur für Arbeit, HWK, IHK, Praktikum jetzt, ...

2 Ausbildungsmessen besuchen

3 Eltern, Bekannte, Verwandte nach Kontakten zu Unternehmen fragen

4 Schul- und Wohnumfeld nach Praktikumsbetrieben erkunden

5 Bei Unternehmen direkt nachfragen (telefonisch, E-Mail, Kontaktformular)

6 Im Branchenbuch oder Gelbe Seiten recherchieren

Bearbeiterin

HWK
Handwerkskammer, vertritt die Interessen des gesamten Handwerks eines Bezirks bzw. einer Region

IHK
Industrie- und Handelskammern vertreten die Interessen der gesamten deutschen Wirtschaft.

Branchenbuch
Im Branchenverzeichnis findest du Berufe aus allen Fachgebieten – regional und überregional.

Gelbe Seiten
ein nach Branchen sortiertes Telefon- und Adressbuch

M3 Joshuas Anruf – Erfolg oder Flop?

Joshua ruft beim FIRST Reisebüro an, um nach einem Praktikumsplatz zu fragen. Hier ein Auszug zum Telefonat zwischen Reisebüro FIRST und Joshua:

FIRST: „FIRST-Reisebüro, einen schönen guten Tag, wie kann ich Ihnen helfen?"

Joshua: „Hallo, haben Sie einen Praktikumsplatz für mich?"

Bearbeiterin

Joshua (15)

M4 Vitamin B – eine Bereicherung?

Kemal spricht zu Hause mit seiner Familie über das anstehende Praktikum. Er berichtet, dass er bis zu den Osterferien einen Praktikumsplatz braucht. Kemals Mutter sagt sofort: „Dann kommst du mit zu mir in die Bäckerei." Kemal ist unsicher, was er antworten soll. Er hat letztes Jahr ein Praktikum im Reisebüro FIRST gemacht, weil er gerne am PC arbeitet und recherchiert.

Bearbeiterin

Kemal (15)

AUFGABEN

70079-440

1. a) Stellt zu zweit Vermutungen darüber an, inwieweit die Aussagen in **M1** auf ein erfolgreiches Praktikum hinweisen.
   b) Positioniert euch spontan zu den Aussagen: Welche Strategien findet ihr geeignet und welche erscheinen euch weniger erfolgsversprechend?
2. a) Erstelle eine Rangliste von 1-6 (**M2**): Welche Möglichkeiten sind aus deiner Sicht am besten für dich in deiner Situation geeignet?
   b) Vergleicht eure Ranglisten zu zweit und erläutert euch gegenseitig eure Reihenfolge.
   c) Stellt Vermutungen darüber an, welche Wege aus Sicht eines Unternehmens welche Vor- und Nachteile beinhalten könnten. Ändert ggf. eure Rangliste.
3. a) Beschreibt die Telefonsituation: Was fällt euch auf (**M3**)?
   b) Entwickelt in Kleingruppen Ideen, wie das Gespräch wohl weitergegangen ist und setzt diese in einem Rollenspiel um.
   c) Was kann Joshua beim nächsten Anruf besser machen? Formuliere drei Tipps für Joshua.
4. a) Wie soll Kemal sich entscheiden? Erarbeite mögliche Vor- und Nachteile, die sich aus der Praktikumsstelle beim Bäcker für Kemal ergeben **M4**.
   b) Begründe mithilfe der Vor- und Nachteile deine Entscheidung für Kemal.

F zu Aufgabe 1
Entwickle mithilfe der Erfahrungsberichte mögliche Strategien und Ziele für deine Praktikumssuche.

Vorstellungen über das Praktikum = Realität?

Hauptsache keine Schule mehr, länger ausschlafen, Spaß mit neuen Leuten sowie Action und vieles mehr können Erwartungen sein, die man an sein Praktikum hat. Aber welche Erwartungen können im Praktikum erfüllt werden?

M5 Zu hohe Erwartungen an das Praktikum?

Kemal ist schon sehr gespannt auf sein Praktikum im Mercedes-Autohaus. Er hat sich dann doch gegen das Angebot seiner Mutter, in der Bäckerei zu arbeiten, entschieden. Er hat auch in der letzten Woche kurz mit einer Mitarbeiterin im Autohaus telefoniert und erfahren, dass er am Montag um 6.30 Uhr da sein soll.

Kemal geht davon aus, dass er Angebote schreiben und Verkaufsgespräche führen wird. Endlich ist der erste Praktikumstag. Schick angezogen, steht er pünktlich 6.30 Uhr vor dem Autohaus. Ein Mitarbeiter begrüßt ihn und bringt ihn direkt in den Umkleideraum. Dort erhält er einen blauen Overall und soll mit in die Werkstatt kommen. Kemal versteht jetzt erst, dass er nicht im Verkauf, sondern in der Werkstatt arbeiten soll.

Bearbeiterin

M6 Meine Erwartungen liegen auf der Hand

Ringfinger:
Welche meiner Fähigkeiten werden verlangt?
(z. B. Teamfähigkeit, Geduld, ...)

Mittelfinger:
Was darf nicht passieren?
(z. B. nur Kaffee kochen zu müssen, ...)

Zeigefinger:
Was möchte ich ausprobieren und lernen?
(z. B. wie man am Telefon mit Kunden/innen spricht)

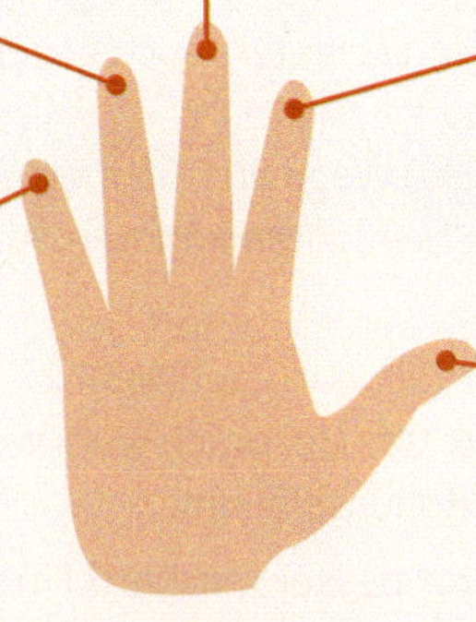

Kleiner Finger:
Was darf nicht fehlen?
(z. B. Verantwortung übernehmen, ausreichend Pausen ...)

Daumen:
Was muss passieren, damit es eine gute Erfahrung für mich wird?
(z. B. einen Einblick in die wichtigsten Tätigkeiten des Berufsfeldes bekommen)

Tipps: Wenn du von dieser Seite ein Foto mit deinem Handy machst, kannst du dich während der Berufsfelderkundungen noch mal an deine Erwartungen erinnern! Du kannst in deinem Fotoprogramm bestimmt Ordner anlegen. Wenn du einen für deine Praxiserfahrungen erstellst, hast du die Fotos schnell griffbereit!

Nach: BO-Tool NRW: Meine Praxisphase. In: www.berufsorientierung-nrw.de, Abruf am 10.05.2023, S. 53

M7 Händeabgleich: Erwartungen versus Realität?

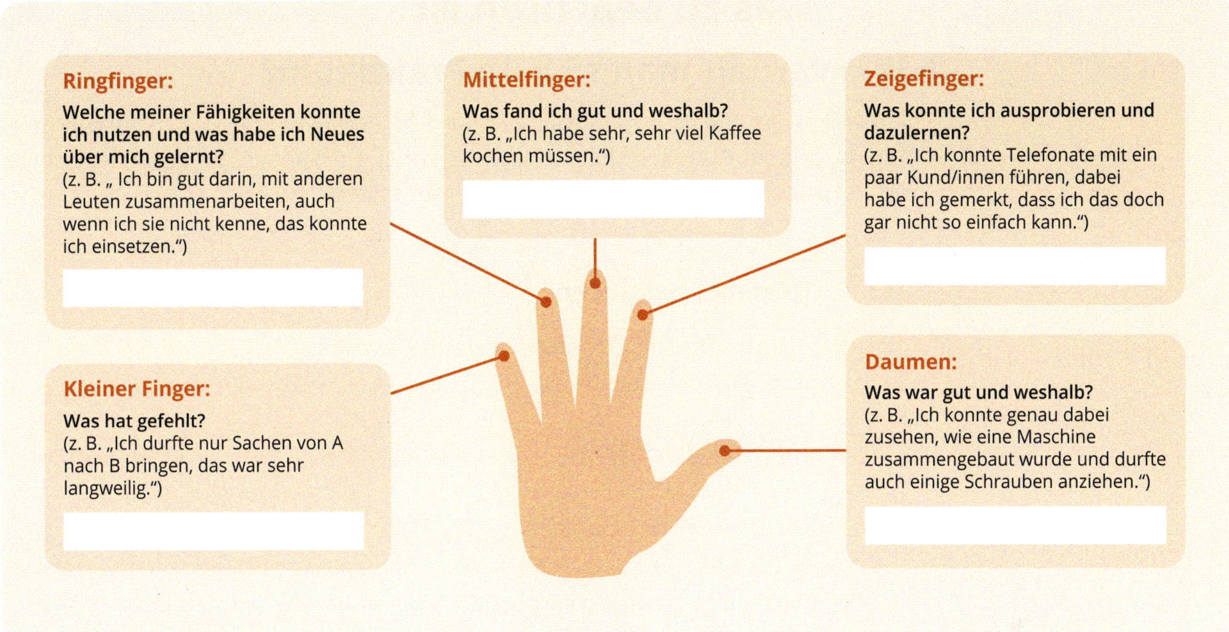

Nach: BO-Tool NRW: Meine Praxisphase. In: www.berufsorientierung-nrw.de, Abruf am 10.05.2023, S. 56

ERWARTUNGEN UND REALITÄT

Wir alle haben Erwartungen. Die Realität ist aber meist eine andere. Dabei kann es zu Konflikten kommen. Beispielsweise erwartet vielleicht dein Arbeitgeber, dass du täglich pünktlich um acht Uhr im Büro erscheinst. Wenn du diese Erwartung nicht erfüllst, wird dich dein Arbeitgeber ermahnen.

AUFGABEN

70079-441

1. a) Fasse Kemals Vorstellung von seinem Praktikum zusammen und überlege, was Kemal alles im Vorfeld hätte abklären sollen (**M5**).
b) Entwickelt zu zweit Handlungsvorschläge für Kemal.

2. Beschreibe deine Erwartungen an das Praktikum und beantworte die Fragen aus **M6**.

3. a) Werte dein Praktikum aus, indem du die Fragen aus **M7** beantwortest.
b) Ziehe Bilanz: Vergleiche deine Erwartungen (**M6**) mit der Realität (**M7**).

4. a) Erstellt innerhalb der Klasse eine Umfrage über das Betriebspraktikum. Sammelt vorher alle Fragen, die ihr auswerten wollt. Zum Beispiel: Hast du einen Einblick in deinen Wunschberuf bekommen?
b) Diskutiert, was ihr beim nächsten Praktikum anders machen wollt.

F **zu Aufgabe 2**
Erarbeitet zu zweit, was ihr alles vorher mit eurem Praktikumsbetrieb abklären müsst, damit eure Vorstellungen bestmöglich erfüllt werden (**M5**, **M6**). Erstellt hierzu eine Checkliste.

F **zu Aufgabe 4**
Erarbeitet Tipps für Jugendliche, die das Praktikum noch vor sich haben.

2.2 Praktikum gefunden: was zu beachten ist

Wie verhält man sich im Praktikum?

Ein Praktikum ist eine gute Möglichkeit für dich, Berufe ganz praktisch auszuprobieren. In deinem Praktikumsbetrieb läuft es sicher ganz anders ab als in der Schule. Doch auch hier gibt es Regeln, die du befolgen solltest.

M1 Darf das passieren?

Joshua (15) absolviert sein Praktikum in einem Reisebüro.
In der zweiten Praktikumswoche ist sein Kollege Thomas sehr wütend auf ihn:

Thomas: „Du hast am Freitag viel zu niedrige Preise für die Türkeireise ausgehängt. Wir hatten am Samstag ziemlichen Ärger mit mehreren Kund:innen, die den niedrigeren Preis bezahlen wollten. Hast du denn nicht zugehört, als ich dir alles erklärt habe? Wegen dir musste ich Samstag alles nochmal machen. Wir haben gleich einen Termin bei der Chefin, der du dann erklären kannst, warum du das nicht nach Anweisung gemacht hast. So einen unfähigen Praktikanten hatten wir echt noch nie!"

Bearbeiterin

M2 Praktikant:innen – Bereicherung oder Belastung?

Ein fiktives Beispiel: Eine Dortmunder Lehrerin führte eine Befragung zur Zufriedenheit bei den Betrieben mit ihren Praktikant:innen durch. Sie befragte 100 Unternehmen, bei denen ihre Schüler:innen ein Praktikum absolvierten.

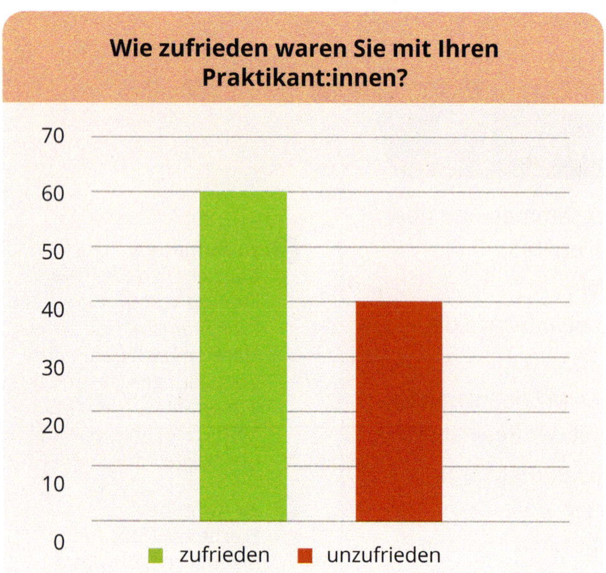

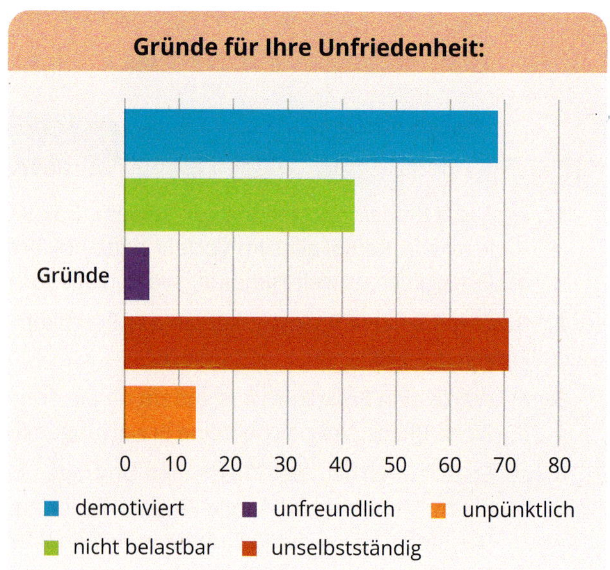

Bearbeitergrafik

M3 Was tun, wenn die Aufgaben im Praktikum nicht gefallen?

Kemal (15)

Was mache ich denn, wenn mir die Aufgaben im Praktikum nicht gefallen?

Kann ja sein, dass dir nicht jede Aufgabe gefällt, aber benehmen musst du dich trotzdem. Umso wichtiger ist es, dass wir uns vorher Gedanken machen, welcher Praktikumsplatz zu uns passt.

Alma (14)

Bearbeiterin

M4 Wie würdest du in den folgenden Situationen reagieren?

1. Wenn ich verschlafen habe, ...
2. Wenn ich den Arbeitsauftrag nicht verstanden habe, ...
3. Wenn ich krank bin, ...
4. Wenn ich nur uninteressante Aufgaben bekomme, ...
5. Wenn die Arbeit zu schwierig ist, ...
6. Wenn ich mich langweile, ...

Bearbeiterin

AUFGABEN

70079-442

1. a) Beschreibe Joshuas Situation (**M1**).
b) Versetze dich in die Lage von Joshua und überlege, wie du auf diese Situation reagieren würdest. Erkläre anschließend dein Vorgehen.
c) Beurteile das Verhalten des Kollegen: Wie findest du sein Verhalten?
d) Entwickelt ein Rollenspiel zum Gespräch von Kemal, dem Kollegen und der Chefin. Lost hierzu in einer Kleingruppe die Rollen zu. Spielt die verschiedenen Rollenspiele anschließend in der Klasse vor.

2. a) Leitet aus **M2** ab, welche Fähigkeiten Praktikant:innen aus Sicht der Unternehmen haben sollten.

3. a) Stelle fünf Regeln für das Verhalten im Praktikum dar.
b) Sammelt eure Regeln in der Klasse und stimmt über die Top drei in eurer Klasse ab.

4. Nimm begründet Stellung, ob und warum du Almas Einschätzung teilst (**M3**).

5. Vervollständigt die Sätze und diskutiert anschließend eure Lösungsideen (**M4**).

6. Entwickelt zu zweit Ideen, wie euer perfektes Traumpraktikum aussehen würde. Erstellt einen fiktiven Post, den ihr nach dem Praktikum dazu veröffentlichen würdet. MK

Welche Rechte hat man als Praktikantin und Praktikant?

Joshua, Kemal und Alma haben nicht nur Pflichten als Praktikant:innen, sie haben auch Rechte. Hier erhältst du einen Einblick in deine Rechte im Praktikum. Wenn du noch nicht volljährig bist, gilt für dich das Jugendarbeitsschutzgesetz (JArbSchG).

M5 Wird das Jugendarbeitsschutzrecht verletzt?

Alma (14) berichtet Joshua und Kemal vom ersten Praktikumstag bei der Post:

Alma (14)

Alma: „Jungs wisst ihr, ich hatte heute meinen ersten Arbeitstag und habe ohne Einführung direkt von 9 bis 16 Uhr gearbeitet und das ohne Pause, die haben mich glatt vergessen. Dann kam endlich meine Praktikumsbetreuerin und fragte mich noch, ob ich länger bleiben könne, weil eine Kollegin krank sei und ob ich am Samstag noch für sie einspringen könnte."

Bearbeiterin

M6 Was steht im Jugendarbeitsschutzgesetz über deine Rechte im Praktikum?

Das Jugendarbeitsschutzgesetz zur Arbeit am Samstag, Sonntag und Feiertag

70079-398

Das Jugendarbeitsschutzgesetz (JArbSchG) dient dem Schutz von Kindern und Jugendlichen unter 18 im Arbeitsleben. Sie sollen durch das Gesetz vor Überforderung, Überbeanspruchung und weiteren Gefahren am Arbeitsplatz geschützt werden.

1 Arbeitszeiten

Wenn du unter 15 Jahre alt bist, darfst du höchstens 7 Stunden pro Tag und maximal 35 Stunden pro Woche arbeiten. Bist du 15 oder älter, darfst du maximal 8 Stunden täglich und 40 Stunden pro Woche arbeiten. [...]

2 Ruhepausen

Während der Arbeitszeit musst du bestimmte Ruhepausen einhalten. Als minderjähriger Praktikant musst du bei einer Arbeitszeit von 4,5 bis 6 Stunden eine Pause von mindestens einer halben Stunde machen. Bei mehr als 6 Stunden Arbeit ist eine Pause von mindestens 60 Minuten vorgeschrieben. Bei volljährigen Praktikanten sind bei 6 Stunden Arbeit 30 Minuten Pause Pflicht.

3 Arbeitsschutz und Gefahrenhinweise

Als Praktikant musst du keine Aufgaben ausführen, die dich körperlich oder seelisch stark belasten. Bei manchen Praktika erhältst du zu Beginn eine Unterweisung in Gefahrstoffverordnungen oder Unfallverhütungsvorschriften. Möglicherweise musst du auch Schutzkleidung oder eine Schutzbrille tragen. [...]

4 Vergütung und Urlaub
Als Schulpraktikant, der ein Praktikum im Rahmen von Schule oder Studium absolviert, hast du kein Recht auf Bezahlung oder Urlaub, weil es sich nicht um ein Ausbildungs- oder Arbeitsverhältnis handelt. Der Praktikumsbetrieb kann dir aber freiwillig eine Vergütung bezahlen, wenn er möchte. Bei einem freiwilligen Praktikum dagegen sieht das anders aus: Hier hast du Anrecht auf eine angemessene Vergütung, da in diesem Fall das Berufsbildungsgesetz (BBiG) gilt.

AZUBIYO: Rechte und Pflichten im Praktikum. In. www.azubiyo.de, Abruf am 09.05.2023

M7 Wer hilft bei Problemen im Praktikum?

Fall 1: Alma wird mehrfach eine Aufgabe nicht gegeben, weil sie ein Mädchen sei.
Fall 2: Alma fühlt sich ausgenutzt und macht nur Aufräumarbeiten.
Fall 3: Alma will das Praktikum wechseln.

Bearbeiterin

AUFGABEN

70079-443

1. a) Versetzt euch in Joshua und Kemal, was würdet ihr Alma antworten? Formuliert eine Chatnachricht (**M5**).
   b) Arbeite heraus (**M6, QR-Code**), gegen welche Rechte in **M5** verstoßen wurde.
   c) Versetzt euch in Almas Situation. Formuliert eine passende Reaktion auf die Frage ihrer Praktikumsbetreuerin, ob sie länger bleiben könne.
   d) Stellt anschließend euren Dialog der Klasse vor.
   e) Begründet eure Entscheidung.
2. Erstelle mithilfe von **M6** und dem nebenstehenden QR-Code ein Plakat zu deinen Rechten als Praktikant:in.
3. a) Analysiert zu zweit die Fälle aus **M7**.
   b) Entscheidet, wer die passenden Ansprechpartner:innen sind. Begründet eure Entscheidung.

Am Arbeitsplatz: Safety first!?

Dieses Motto sollte in jedem Betrieb herrschen – auch in deinem zukünftigen Praktikumsbetrieb. Aufkleber, Hinweise oder Schilder weisen dich auf Gefahren und Schutzeinrichtungen im jeweiligen Betrieb hin. Oft ist auch eine spezielle Einweisung in verschiedene Bereiche notwendig, damit du Gefahrenquellen erkennst und weißt, wie du dich verhalten musst.

M8 Gefahren lauern überall – drei Beispiele

A Lukas absolviert ein Praktikum in der Konditorei: Er darf mit dem Handrührgerät einen Teig herstellen. Als er das Gerät benutzen will, merkt er, dass die Maschine nur funktioniert, wenn er das Kabel direkt am Stecker in eine bestimmte Richtung hält.

Teig mit dem Handmixer rühren.

B Leonies Praktikumsstelle ist ein Baubetrieb. Dieser ist für den Abriss eines alten Wohnhauses zuständig. Gerade so werden sie bis zum Feierabend mit dem Abreißen fertig, zum Aufräumen aber bleibt keine Zeit mehr.

Ein Gebäude wird abgerissen.

C Irem arbeitet während ihres Praktikums im Büro. Sie soll alle Ordner von den vergangenen fünf Jahren in den Keller zur Aufbewahrung tragen. Um schnell fertig zu werden, trägt sie zehn Ordner auf einmal. Am Ende des Tages hat sie starke Schmerzen in der Leiste.

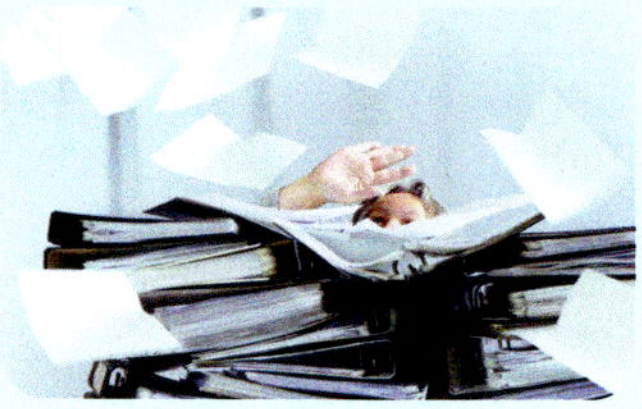

Zu viele Ordner tragen

Bearbeiterin

M9 Welche Berufe sind am gefährlichsten und welche Gründe gibt es?

Top 3 der gefährlichsten Berufe	Top 3 Berufe mit der geringsten Unfallgefahr
1 Maurer:innen	1 Büro- und Sekretariatskräfte
2 Abfallentsorgungsarbeiter:innen	2 Friseur:innen
3 Triebfahrzeugführer:in	3 Servicekräfte

Bearbeiterin

Die drei häufigsten Gründe für Arbeitsunfälle sind:

- Maschinenunfall
- Verletzung mit einem Werkzeug
- Gefallen, ausgerutscht, gestolpert

Bearbeiterin

M10 Welche Sicherheitszeichen gibt es und was bedeuten sie?

Welche Bedeutung haben die Farben der Zeichen?

70079-444

1. Schutzhandschuhe tragen
2. Rettungsweg
3. Zutritt für Unbefugte verboten
4. Erste-Hilfe-Zeichen
5. Sammelstelle
6. Warnung vor elektrischer Spannung
7. Warnung vor feuergefährlichen Stoffen
8. Mittel und Geräte zur Brandbekämpfung
9. Allgemeines Verbotszeichen
10. Gehörschutz tragen
11. Feuerlöscher
12. Rauchen verboten

Bearbeiterin

M11 Karikatur: Wo ist unsere Praktikantin bzw. unser Praktikant?

Karikatur: Michael Hüter, 2023

AUFGABEN 70079-445

1. Beschreibt zu zweit die drei Fälle und überlegt, welche Gefahren in jedem Fall lauern (**M8**).
2. Ermittle, warum manche Berufe als besonders gefährlich gelten und andere nicht (**M9**). Wirf dazu auch einen Blick auf die häufigsten Gründe für Unfälle.
3. a) Ordne die Bedeutungen den Sicherheitszeichen zu (**M10**).
   b) Sicherheitszeichen sind in sechs Kategorien aufgeteilt: Hilfe, Rettung, Gebot, Verbot, Brandschutz und Warnung. Stelle Vermutungen darüber an, zu welcher Kategorie die jeweiligen Zeichen gehören. Überprüfe danach deine Antwort mithilfe des Mediencodes neben **M10**.
   c) Recherchiert zu zweit und zählt auf, welche Zeichen es an deiner Schule gibt. **MK**
   d) Entwickelt Ideen für Zeichen, die euch im Schulalltag fehlen und erstellt diese.
4. Entwickelt in Kleingruppen aus eurer Sicht richtige Verhaltensweisen zu den drei Fällen in **M8** mithilfe von **M10**.
5. Analysiert die Karikatur in **M11** und diskutiert, worauf die Kolleg:innen zukünftig achten sollten (→ **Methodenglossar**).

Dein Praktikum – ein voller Erfolg?

In deinem Praktikum wirst du viel erleben. Damit du noch später weißt, was du alles erlebt und gelernt hast, solltest du deine Eindrücke dokumentieren, um sie abschließend in Ruhe reflektieren zu können. Diese Überlegungen können dir dann bei deiner anschließenden Berufswahl helfen.

M12 Interaktion mit anderen – eine Frage der Wirkung?

Kemal (15)

Kemal ist manchmal schüchtern. Wenn Kund:innen zu ihm kommen, wird er ganz aufgeregt und bekommt rote Flecken im Gesicht. Deshalb antwortet er dann nur kurz, ohne die Person anzuschauen, um schnell aus der Situation herauszukommen. Sein Kollege bekommt sein Verhalten gegenüber den Kund:innen mehrfach mit und möchte ihn nun zum Gespräch bitten. Er sagt zu ihm, dass er das Gefühl habe, dass Kemal keine Lust auf sein Praktikum hat.

Bearbeiterin

M13 Wie passen Selbst- und Fremdeinschätzung zusammen?

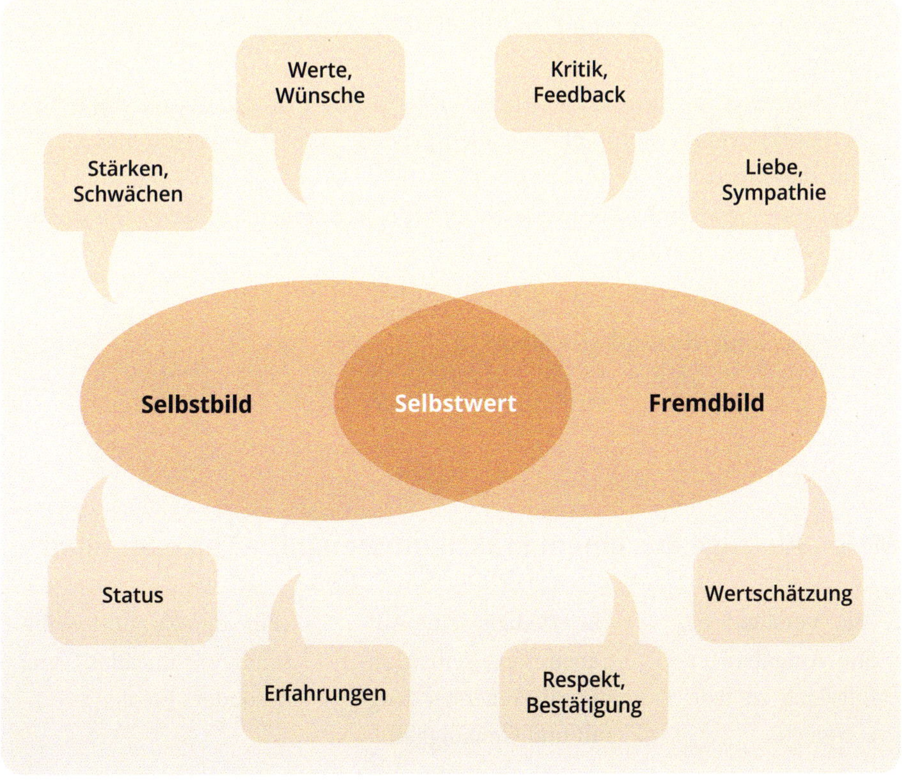

Bearbeiterin

M14 Wie ist ein Praktikumszeugnis aufgebaut?

Überschrift Praktikumszeugnis

Praktikumszeugnis

Stammdaten Arbeitnehmer

Frau Domenica Wagner geboren am 04.12.2006 in Duisburg, hat in unserem Unternehmen vom 05.06.2023 bis zum 23.06.2023 ein Praktikum im Bereich Büro absolviert.

Tätigkeiten

Frau Wagner war als Praktikantin für folgende Aufgaben zuständig:

- Annahme von Telefonaten
- Akten sortieren und aktualisieren
- Kontrolle von Eingangsrechnungen
- Annahme und Kontrolle von Waren

Beurteilung der Fähigkeiten

Frau Wagner zeigte eine äußerst schnelle Auffassungsgabe und brachte diese sehr zielgerichtet ein.

Sie zeigte über den gesamten Praktikumszeitraum eine sehr hohe Motivation, Eigeninitiative und war jederzeit bereit über die normale Arbeitszeit hinaus zu arbeiten. Sie führte ihre Aufgaben jederzeit sehr zügig aus und behielt auch unter hohem Zeitdruck jederzeit die Übersicht, agierte stets ruhig und überlegt. Auch überzeugte sie uns durch ihre hervorragende Sorgfalt und Genauigkeit. Sie dachte jederzeit mit und plante ihre Arbeitsschritte sehr gut.

Die ihr übertragenen Aufgaben führte Frau Wagner deshalb stets zu unserer vollsten Zufriedenheit aus.

Von Vorgesetzten und Kolleg:innen wurde sie als fleißige und freundliche Praktikantin allzeit geschätzt. Ihr persönliches Verhalten war stets vorbildlich.

Beendigungsgrund

Frau Wagner scheidet nach dem Ablauf der vorher vereinbarten Frist aus unserem Unternehmen aus.

Zukunftswünsche

Wir bedanken uns für ihre jederzeit ausgezeichnete Mitarbeit und wünschen ihr für ihr weitere berufliche als auch private Zukunft weiterhin viel Erfolg und alles Gute.

Über eine Bewerbung bei uns nach ihrem erfolgreichen Schulabschluss würden wir uns sehr freuen.

Datum

Duisburg 31.06.2023

Unterschrift

Max Eberhardt (Personalleiter Büro)

Firmenstempel

Bearbeiterin

M15 Auszüge aus einem Praktikumszeugnis – Top oder Flop?

Zeugnisdeutsch – was bedeutet es?

70079-446

„Sie verstand es, alle Aufgaben erfolgreich zu delegieren."

„Er erledigte seine Aufgaben stets selbstständig mit äußerster Sorgfalt und Genauigkeit."

„Für die Zukunft wünschen wir ihr alles Gute, besonders Erfolg."

Bearbeiterin

M16 Das eigene Praktikum dokumentieren – aber wie?

Kemal
Hast du schon die Dokumentation zum Praktikum fertig?
15:06

Alma
Ne
15:11

Kemal
Ich auch nicht. Was verlangt Frau Visser von uns?
15:13

Alma
Dass wir kreativ unsere Erfahrungen vom Praktikum vorstellen ...
15:15

Kemal
Wie machst du das?
15:18

Alma
Ich weiß noch nicht, ob ich einen Flyer, eine Fotodoku oder ein Videotagebuch erstelle. Das Interview habe ich verpeilt, während des Praktikums zu machen ...
15:21

Bearbeiterin

AUFGABEN

70079-447

1. a) Tauscht euch zu zweit aus: Könnt ihr Kemal verstehen (**M12**)? Kennt ihr ähnliche Situationen?
   b) Könnt ihr den Eindruck von Kemals Kollegen nachvollziehen? Begründet eure Antwort mithilfe von **M13**.
2. a) Erläutert mithilfe von **M14** den Aufbau eines Praktikumszeugnisses.
   b) Stellt Vermutungen darüber an, ob es sich in **M15** um positive oder negative Beurteilungen handelt. Begründet eure Entscheidung.
3. Diskutiert, was ihr für ein ausgezeichnetes Praktikumszeugnis tun müsst.
4. a) Erklärt euch gegenseitig die vier angesprochenen Methoden in **M16** mithilfe der nachfolgenden Seiten. **MK**
   b) Wähle dir die für dich am besten geeignete Methode aus und stelle damit dein Praktikum der Klasse vor.

F **zu Aufgabe 2**
Überprüft eure eigene Beurteilung mithilfe des QR-Codes neben **M15**.

F **zu Aufgabe 4**
Diskutiert mögliche Vor- und Nachteile der Methoden.

Das Praktikum dokumentieren MK

I. Worum geht es?

Es gibt viele verschiedene Möglichkeiten, ein Praktikum zu dokumentieren: Zum Beispiel könntest du einen Flyer erstellen, ein Interview durchführen, eine Fotodokumentation erarbeiten, einen Podcast aufnehmen oder ein Videotagebuch schneiden und vieles mehr. Im Folgenden werden dir vier Methoden vorgestellt:

II. Geht dabei so vor:

1. Methode: Einen Praktikumsflyer erstellen

a) Wähle ein Designprogramm aus, z. B. Canva (*https://www.canva.com/de_de/*).
b) Wähle eine Designvorlage aus, z. B. drei Spalten jeweils auf der Vor- und Rückseite.
c) Bearbeite deine Vorlage, indem du Farben, Bilder, Schriftart und Größen etc. festlegst.

Inhalte des Flyers könnten sein:

Vorderseite:	Praktikumsplatz, Kontaktdaten und Lage (Karte) sowie Beruf (Bild)	Allgemeine Informationen zum Betrieb/zur Einrichtung (Bild(er))	Tätigkeiten im Praktikum (Bild(er)) Fähigkeiten und Stärken (Bild(er))
Rückseite:	Verdienstmöglichkeiten Aufstiegsmöglichkeiten Weiterbildungen (Bild(er))	Highlight(s) des Praktikums (Bild(er))	Tipps für ein gewinnbringendes Praktikum (Bild(er))

2. Methode: Ein Interview durchführen

a) Überlege dir mindestens zehn Fragen, die du stellen kannst. Bedenke dabei, wo das Interview erscheinen soll und was die Zielgruppe interessieren könnte.
b) Überlege, welche Personen du zu welcher Frage befragen könntest.
c) Teste vor dem Interview die Aufnahmefunktion auf deinem Smartphone.
d) Führe das Interview durch.
e) Bereite das Interviewmaterial so auf, dass es verständlich und abwechslungsreich für die Zielgruppe ist. Ergänze ggf. Bilder.
f) Bevor du das Material abgibst, hole dir das Einverständnis der interviewten Personen.

3. Methode: Eine Fotodokumentation erstellen

a) Überlege dir genau, was du dokumentieren möchtest:
- meine Erwartungen
- mein Arbeitsplatz
- meine Arbeitsmittel/Werkzeuge
- meine Arbeitskleidung
- meine Sicherheitsregeln/-zeichen
- mein Team
- mein schönstes Praktikumserlebnis
- meine Tätigkeiten/Aufgaben u. a.
- meine Reflexion

b) Frage nach, was du alles fotografieren darfst.
c) Fokussiere, was du fotografieren möchtest (Hintergrund unscharf).
d) Versehe jedes Bild mit einer Überschrift.
e) Beschreibe jedes Bild genau.

4. Methode: Ein Videotagebuch schneiden

a) Überlege dir, was du filmen willst. (Räume gegebenenfalls Dinge weg, nutze die richtige Perspektive, frage, wen und was du filmen darfst.)
Beispielsequenzen:
- meine Erwartungen
- mein Arbeitsplatz
- meine Arbeitsmittel/Werkzeuge
- meine Arbeitskleidung
- meine Sicherheitsregeln/-zeichen
- mein Team
- mein schönstes Praktikumserlebnis
- meine Tätigkeiten/Aufgaben u. a.
- meine Reflexion

b) Überlege ebenfalls, was du genau sagen möchtest.
c) Du kannst entweder erst alles filmen und mit einem Bearbeitungsprogramm, den Text oder Musik später einfügen **oder:**
Du reihst einzelne Filmsequenzen, die du direkt erklärst, aneinander. Du kannst das aber auch variieren (Capcut ist eine sehr einfache App, um dein Videotagebuch zu erstellen).

Bearbeiterin

WIE FINDET MAN EIN PRAKTIKUM UND WAS MUSS MAN BEACHTEN, WENN MAN EINE ZUSAGE HAT?

M2-M4 → # Kapitel 2.1

PRAKTIKUMSPLATZSUCHE

Es gibt verschiedene Möglichkeiten, um nach einem Praktikumsplatz zu suchen:

- Branchenbuch und Gelbe Seiten nutzen
- Familie, Freunde sowie Bekannte fragen
- Suchmaschinen und Praktikumsbörsen nutzen
- Ausbildungsmessen besuchen
- Unternehmen direkt kontaktieren

Es ist wichtig, frühzeitig einen Praktikumsplatz zu suchen, der den persönlichen Neigungen und Stärken entspricht.

M6, M7 → # Kapitel 2.1

ERWARTUNGEN AN DAS PRAKTIKUM

Man hat selbstverständlich gewisse Erwartungen an sein Praktikum. Es lohnt sich deshalb, im Vorfeld über seine Erwartungen zu reflektieren. So kann man auch klar nach außen kommunizieren, was man gerne möchte und was nicht:

- Welche Fähigkeiten werden für die Praktikumsstelle vom Unternehmen verlangt?
- Was darf nicht passieren?
- Was möchte man gerne ausprobieren und lernen?
- Was sollte im Praktikum nicht fehlen?
- Was sollte passieren, damit es eine gute Erfahrung wird?

Am Ende des Praktikums, helfen diese Fragen, um zu sehen, ob die eigenen Erwartungen erfüllt wurden:

- Was konnte man ausprobieren und was hat man gelernt?
- Was war gut und warum?
- Welche Fähigkeiten konnten eingesetzt werden?
- Was hat gefehlt?
- Was war nicht gut und warum?

M2, M3 → # Kapitel 2.2

VERHALTEN IM PRAKTIKUM

Wie man sich im Praktikum verhält, ist entscheidend dafür, wie zufrieden das Unternehmen ist. Unpünktlichkeit und Unfreundlichkeit sind zum Beispiel nicht gern gesehen. Ein Praktikum kann eine erste Chance auf die eigene Karriere sein. Ist das Unternehmen mit dem Verhalten der Praktikant:innen zufrieden, wird es möglicherweise weitere Bewerbungen, zum Beispiel für eine Ausbildung, gerne annehmen. Nicht immer läuft also alles nach den eigenen Erwartungen ab. Klare und respektvolle Kommunikation gegenüber dem Unternehmen ist hier sehr wichtig.

RECHTE ALS PRAKTIKANTINNEN UND PRAKTIKANTEN

← M6 Kapitel 2.2

Die Rechte von Praktikant:innen sind im Jugendarbeitsschutzgesetz festgeschrieben. Es ist zum Beispiel geregelt, dass Jugendliche unter 15 Jahre nur sieben Stunden pro Tag arbeiten dürfen, während Jugendliche über 15 Jahre maximal 8 Stunden pro Tag arbeiten dürfen.
Auch sind die Ruhepausen während der Arbeitszeit für die Praktikant:innen vom Unternehmen zu beachten und einzuhalten. Zwischen viereinhalb und sechs Stunden muss mindestens eine halbe Stunde Pause gemacht werden. Bei mehr als sechs Stunden müssen minderjährige Praktikant:innen mindestens 60 Min. Pause machen. Für volljährige Praktikant:innen sind dreißig Minuten bei sechs Stunden Arbeit verpflichtend. Es ist außerdem wichtig, dass der Arbeitsschutz eingehalten wird und mögliche Gefahren bei der Arbeit erklärt werden. Das betrifft zum Beispiel handwerkliche Tätigkeiten. Durch die Arbeit mit Maschinen können schlimme Unfälle passieren.

SICHERHEIT IM PRAKTIKUM

← M10 Kapitel 2.2

In jedem Unternehmen weisen verschiedene Zeichen auf mögliche Gefahren hin. Eine angemessene Einweisung in die Sicherheit für Praktikant:innen ist deshalb vor allem wichtig, wenn es sich zum Beispiel um handwerkliche Tätigkeiten handelt. Die Sicherheitszeichen lassen sich in sechs Kategorien aufteilen:
- Verbotszeichen (rot): Das darfst du auf einen Fall tun.
- Brandschutz (rot): zeigen, wo und mit was man Brand löschen kann
- Gebotszeichen (blau): weisen auf Schutzmaßahmen hin
- Warnzeichen (gelb): warnen vor bestimmten Gefahren
- Rettungszeichen (grün): zeigen Fluchtwege
- Erste Hilfezeichen (grün): zeigen, wo Erstversorgungsmaterial ist

PRAKTIKUM BEURTEILEN

← M13, M15 Kapitel 2.2

Am Ende des Praktikums stellen Unternehmen in der Regel ein Zeugnis aus. Darin steht, wie lange man im Unternehmen gearbeitet hat und für welche Tätigkeiten man verantwortlich war. Es wird auch notiert, wie gut man seine Tätigkeiten ausgeführt hat. Die Noten eins bis sechs werden mithilfe von bestimmten Formulierungen vergeben. Selbst- und Fremdbild liegen nicht immer nah beieinander. Das Selbstbild ist die Innensicht von einem selbst. Dazu zählen die eigenen Stärken und Schwächen sowie die bereits gesammelten Erfahrungen. Des Fremdbild umfasst die Einschätzung der anderen über einen selbst. Dabei wird zum Beispiel das Verhalten analysiert. Liegen beide Bilder weit auseinander, gibt es vielleicht verschiedene Missverständnisse. Schüchtern sein und Unsicherheit werden möglicherweise von anderen mit mangelnder Motivation und Überheblichkeit verwechselt.

M1 Auf welche Regeln sollte hingewiesen werden?

Was sollte alles während des Praktikums beachtet werden?

a) Müll gehört in den Mülleimer.
b) Niemand darf etwas kaputt machen.
c) Sicherheitskleidung und Schutzbrille anziehen
d) Rauchen und Essen sind am Arbeitsplatz verboten.
e) Sorge selbst für ein gutes Miteinander: Bringe Kuchen mit.
f) Werkzeuge und Maschinen nur nach Einweisung und unter Aufsicht bedienen
g) Ausgelaufene Flüssigkeiten sofort entfernen
h) Achte auf Sicherheitszeichen.
i) Sei freundlich zu den Mitarbeiter:innen.
j) Auf Gefahren hinweisen
k) Wenn der Kaffee leer ist, koche neuen.
l) Arbeitszeiten transparent machen
m) Trinkgeld von Kund:innen annehmen

Bearbeiterin

M2 Auszug aus einem Arbeitszeugnis – alles richtig gemacht?

Praktikumszeugnis

Herr Kemal Ögüt, geboren am 5.7.2008 in Schwerte, war vom 07.03.2023 bis zum 31.03.2023 als Praktikant in unserem Unternehmen tätig. In dieser Zeit lernte er alle Bereiche einer modernen Fernsehredaktion kennen.
Zu seinen Aufgaben zählten die Recherche von Informationen, der Besuch von Presseterminen, das Führen von Interviews, der Schnitt von Bild- und Tonmaterial und das Schreiben von Nachrichtenbeiträgen. Herr Ögüt erfüllte alle seine Aufgaben zu unserer Zufriedenheit. Er arbeitete sich in seine Aufgabengebiete ein und zeigte dabei Einsatzbereitschaft, Belastbarkeit und Eigeninitiative. Er demonstrierte eine stets bemühte Auffassungsgabe und konnte sich umfassende Fachkenntnisse im Umgang mit der EDV sowie der Technik aneignen. Darüber hinaus wies er Kreativität auf. Von seinen Mitarbeitern wurde Herr Ögüt aufgrund seiner Freundlichkeit, Teamfähigkeit und Zuverlässigkeit zur vollen Zufriedenheit geschätzt. Wir bedanken uns für seine Arbeit und wünschen ihm weiterhin viel Erfolg auf seinem beruflichen Werdegang ...

Bearbeiterin

AUFGABEN

70079-448

1. Versetze dich in die Lage der Werkstattchefin und entscheide, welche der aufgelisteten Regeln (**M1**) sie der Praktikantin zu Beginn des Praktikums in der Werkstatt transparent machen muss.
2. Diskutiert und begründet zu zweit mithilfe des Zeugnisdeutsch, ob Kemal ein guter Praktikant war (**M2**).

In diesem Kapitel hast du dich mit dem Betriebspraktikum auseinandergesetzt. Dabei hast du u. a. gelernt, wie man ein Praktikum findet und welche Rechte und Pflichten du während des Praktikums hast. Schätze ein, wie sicher du dich in den folgenden Bereichen auskennst.

Ich kann ...	Das klappt schon ...	Hier kann ich noch üben ...
... verschiedene Möglichkeiten zur Praktikumssuche erklären.	👍 ✋ 👎	Kapitel 2.1: M2, Grundwissen
... die eigenen Erwartungen an das Praktikum mit der Realität zu vergleichen.	👍 ✋ 👎	Kapitel 2.1: M6, M7, Grundwissen, #Erwartungen und Realität
... ein angemessenes Verhalten im Praktikum erläutern.	👍 ✋ 👎	Kapitel 2.2: M2-M4, Grundwissen
... die Rechte als Praktikantin und Praktikant mit dem Jugendarbeitsschutzgesetz begründen.	👍 ✋ 👎	Kapitel 2.2: M6, Grundwissen
... Sicherheitsgefahren erkennen und richtig handeln.	👍 ✋ 👎	Kapitel 2.2: M9, M10, Grundwissen
... eine Praktikumsbeurteilung analysieren.	👍 ✋ 👎	Kapitel 2.2: M15, Grundwissen

Was soll ich nach der Schule machen?

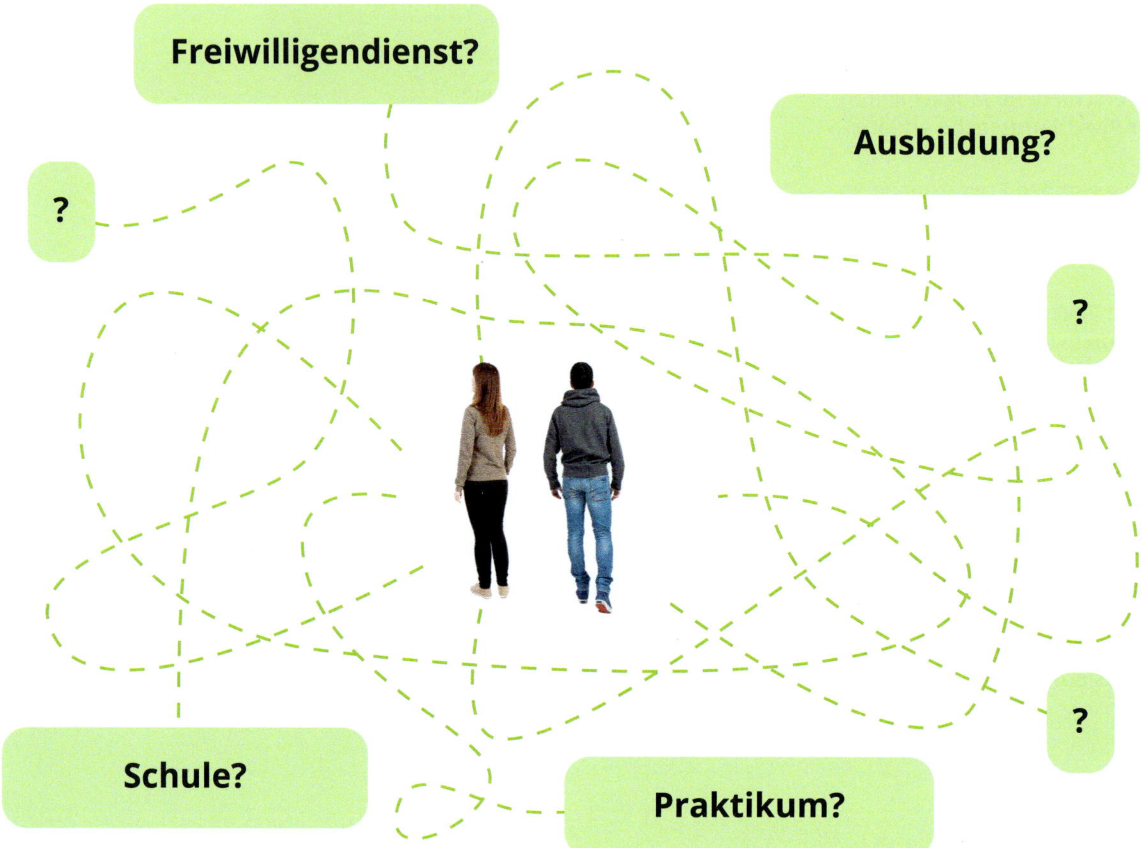

Bearbeiterin

Was weißt du schon?

1. Beschreibe das vorliegende Bild.
2. Geht es dir genauso wie den Personen auf dem Bild? Entscheide, welche der beiden folgenden Aussagen auf dich zutrifft:
   a) Ich habe einen **PLAN** – Beschreibe deinen beruflichen Plan. (Hier sind Stichworte, die dir dabei helfen: Praktikum, Abschluss, Berufskolleg oder Ausbildung, Bewerbung, Zusage, Beginn, Traumberuf)
   b) Ich bin noch **PLANLOS** – Beschreibe deine Ängste und Sorgen. (Hier ein paar Stichworte, die dir dabei helfen: Stärken, Interessen, Abschluss. Diese Fragen unterstützen dich zusätzlich: Hattest du schon eine Beratung? Falls ja, was kam dabei raus? Wo hattest du Praktikum gemacht? Liegt dir das? Hat es dir Spaß gemacht? Was musst du tun, wenn du noch planlos bist?)

3

#Wege und Möglichkeiten nach der zehnten Klasse

Bald ist es soweit und du musst dich entscheiden, wie es bei dir beruflich weitergehen soll: Schule, Ausbildung, Freiwilligendienst oder Auslandsjahr? In diesem Kapitel setzt du dich mit diesen unterschiedlichen Möglichkeiten intensiv auseinander, um anschließend Plan A und Plan B für dich zu festzulegen. Ebenso lernst du entsprechende Bewerbungen zu verfassen und dich professionell auf mögliche Vorstellungsgespräche vorzubereiten.

Was lernst du in diesem Kapitel?

... die unterschiedlichen Wege (Schule, Ausbildung, Freiwilligendienst, Auslandsjahr) nach der zehnten Klasse zu beschreiben.
... die Vor- und Nachteile der verschiedenen Wege für dich individuell für deine Stärken, Interessen und Fähigkeiten zu ermitteln und abzuwägen.
... Entscheidungen (Plan A und Plan B) für die eigene Berufswahl begründet zu treffen.
... Bewerbungen adressatengerecht zu erstellen und zu versenden.
... deine Stärken und Fähigkeiten erfolgreich zu präsentieren.

Ein Pecha Kucha über Wege nach der zehnten Klasse halten MK

Worum geht es?

Sich richtig präsentieren zu können, ist wichtig, um seinen Wunschweg nach der zehnten Klasse gehen zu können. Pecha Kucha ist daher genau die richtige Vortragstechnik. Diese kommt aus dem Japanischen und bedeutet übersetzt: „andauernd reden“ oder „dauernd quatschen“. Bei der Pecha Kucha-Technik werden zum mündlichen Vortrag eine bestimmte Anzahl von Bildern (in der Regel 20) an die Wand projiziert. Dabei gibt es eine festgelegte Einblendzeit der einzelnen Bilder von jeweils 20 Sekunden pro Bild. Mit anderen Worten: Während des Pecha Kucha Vortrags können die Redner:innen„nur“ zwanzig Sekunden pro Bild sprechen. In dieser Zeit muss alles Wesentliche zu jedem Bild gesagt werden. Pecha Kucha sorgt also für kurzweilige, spannende Präsentationen mit strikten Zeitvorgaben. Das Publikum ermüdet nicht so schnell und weiß genau, wann der Vortrag enden wird.

Geht dabei so vor:

1

- Bildet Kleingruppen von 4-6 Personen.
- Einigt euch in der Gruppe auf ein Thema dieses Kapitels, über das ihr mithilfe der Pecha Kucha-Technik berichten wollt:
  - Schulische und duale Ausbildung (→ Kap. 3.2)
  - Bewerbung für eine Ausbildung (→ Kap. 3.3)
  - Vergütung, Rechte und Pflichten in der Ausbildung (→ Kap. 3.4)
  - Plan B (→ Kap. 3.5)
- Bereitet euch auf euer Thema vor. Bearbeitet hierfür das entsprechende Unterkapitel und bearbeitet die jeweiligen Aufgaben in eurer Gruppe.

2

Bildersuche:
Für euren Pecha Kucha-Vortrag braucht ihr passende Bilder zu eurem Thema. Im nebenstehenden Mediencode findet ihr eine Webseite auf der ihr kostenlose lizenzfreie Bilder finden und für eure Vorträge nehmen könnt.

Link zu Webseite mit lizendfreien Bildern

70079-449

kostenlose lizenzfreie Bilder
Für diese Bilder müsst ihr nichts bezahlen und ihr dürft sie so oft verwenden, wie ihr wollt. Die Urheberin bzw. der Urheber verzichtet auf die Rechte ihres/seines Bildes.

3

Vortragsinhalt verfassen:

- Betrachtet eure ausgewälten Bilder und bringt sie in eine passende Reihenfolge.
- Verfasst zu jedem Bild einen Vortrag von 20 Sekunden mit den wichtigsten Punkten zum Thema.

Ziel

4

Vortrag halten und besprechen:

- Bestimmt, wer von euch den Pecha Kucha-Vortrag übernimmt.
- Tauscht euch am Ende über die Vorträge aus und gebt euch ein konstruktives Feedback:
  - Was hat euch gefallen?
  - Welcher Vortrag konnte warum überzeugen?
  - Welche Gemeinsamkeiten oder Unterschiede gab es zwischen den Vorträgen?

3.1 Von den eigenen Stärken zum passenden Beruf

Wie behält man den Überblick im Berufe-Dschungel?

Key Account Manager, Junior Assistant, Facility Managerin ... Karl und Melike sind völlig verwirrt. Eigentlich wollten sie doch einfach nur einen ganz klassischen Beruf erlernen. Oder nicht? Gibt es „klassische" Berufe überhaupt noch?

Berufsfeld
Bezeichnung für Berufsgruppen mit gleichen Inhalten und Aufgaben. In diesem Buch arbeiten wir mit 15 Berufsfeldern, die an die Aufteilung der Bundesagentur für Arbeit angelehnt sind.

M1 Welche Berufsfelder gibt es?

Bau, Architektur, Vermessung — Medien — Soziales, Pädagogik

Dienstleistung — Verkehr, Logistik — Kunst, Kultur, Gestaltung

Elektro — Landwirtschaft, Natur, Umwelt — Metall, Maschinenbau

Gesundheit — Produktion, Fertigung — Technik, Technologiefelder

IT, Computer — Naturwissenschaften — Wirtschaft, Verwaltung

Bearbeiterin

M2 Welche Auswahlkriterien gelten für Berufe?

Geistige Fähigkeiten	Körperliche Fähigkeiten	Soziale Fähigkeiten
• Technisches Verständnis • Sprachliche Fähigkeiten • Mathematische Fähigkeiten • Musikalisches Talent • Gestalterisches Talent • Kreativität • Fantasie • Räumliches Vorstellungsvermögen • Logisches Denken • Konzentrationsfähigkeit • Merkfähigkeit • Gutes Orientierungsvermögen	• Körperliche Belastbarkeit • Körperliche Ausdauer • Muskelkraft • Geschicklichkeit • Fingerfertigkeit • Handwerkliches Geschick • Schwindelfreiheit • Fingerspitzengefühl • Schnelligkeit • Wendigkeit • Gutes Sehvermögen • Gutes Hörvermögen • Guter Geruchs- und Geschmackssinn	• Hilfsbereitschaft • Teamfähigkeit • Ordnungssinn • Gewissenhaftigkeit • Sauberkeit • Zuverlässigkeit • Kontaktfähigkeit Geduld • Selbstbewusstsein • Spontaneität • Flexibilität • Selbstständigkeit • Konsequenz • Einfühlungsvermögen

Basierend auf: Ebner, Peter/Fritz, Sabine: Berufswahl: Das will ich. Das kann ich. Das mach ich. Lebensplanung spielerisch ausprobieren, September 2005

M3 Was können Karl und Melike?

Karl, 15

Fächer: Mathe 2, Deutsch 1, Wirtschaft 1

Hobbys: verfasst eigene Blogs, liest gern

Stärken: sorgfältig, organisiert, geduldig

Schwächen: technisch unbegabt, (noch) nicht selbstsicher

Einschätzung von einem Freund:
Timo: „Karl merkt sich Vieles und kann es toll erklären. Er ist zuverlässig."

Melike, 16

Fächer: Mathe 1, Deutsch 2, Wirtschaft 2

Hobbys: Volleyball im Verein, liebt Dokus über ferne Länder

Stärken: hilfsbereit, kann Leute gut begeistern/überzeugen, technisch begabt

Schwächen: oft ungeduldig, unpünktlich, unorganisiert

Einschätzung von eine Freundin:
Dilnaz: „Wenn Melike etwas interessiert, bleibt sie am Ball. Sie ist zuverlässig, obwohl sie oft unpünktlich ist."

Bearbeiterin

M4 Kluge Sprüche für die Suche nach einem passenden Beruf?

1. „Das Schulpraktikum bringt doch eh nichts!"
2. „Lehrer:innen sind immer an den Noten schuld."
3. „Ich stehe zu meinen Schwächen."
4. „Jeder ist seines Glückes Schmied."
5. „Ich traue mir nichts zu!"

Bearbeiterin

AUFGABEN

70079-450

1. Ordne die Berufe Elektronikerin, Anlagenmechanikerin, Hebamme und Bühnentänzer den verschiedenen Berufsfeldern aus **M1** zu.
2. a) Wähle drei Berufsfelder und ordne ihnen mindestens drei passende Fähigkeiten aus **M2** zu.
   b) Entscheide, welche drei Berufsfelder für dich am ehesten in Frage kommen. Beziehe dabei die nötigen Fähigkeiten aus **M2** mit ein.
3. Ermittle aus **M3** drei passende Berufe für Karl und Melike mithilfe der Webseite Planet-Berufe (Randspalte).
4. a) Erstelle einen Steckbrief wie in **M3** für dich. Nimm **M2** ggf. als Hilfe.
   b) Tauscht eure Steckbriefe zu zweit aus. Erarbeitet Verbesserungsvorschläge für eure:n Partner:in.
   c) Ermittle mindestens drei berufliche Optionen mithilfe von Planet-Berufe für (Randspalte).
   d) Führt eine Potentialanalyse mithilfe der Methode auf der Folgeseite durch.
   e) Überprüfe, ob deine in der Potenialanalyse ermittelten Fähigkeiten, zu deinen beruflichen Optionen passen.
5. Nimm begründet Stellung zu den getroffenen Aussagen in **M4**.

H zu Aufgabe 3a und 4c
Die Webseite *planet-berufe.de* von der Bundesagentur für Arbeit hilft dir:

Link zur Webseite:

70079-451

F Aufgabe
Versetzt euch in die Lage von Berufsberater:innen. Spielt das Spiel auf der Webseite Like2be. Diskutiert anschließend, für wie realitätsnah ihr das Spiel haltet. MK

Link zur Webseite Like2be:

70079-452

Eine Potentialanalyse durchführen

Worum geht es?

Sich selbst mit seinen Stärken und Schwächen richtig einzuschätzen, ist nicht leicht. Eine Potenzialanalyse ist eine Methode, mit deren Hilfe dir eine Rückmeldung über deine Stärken und Fähigkeiten gegeben werden kann. Potenzialanalysen können mehrere Tage dauern. Du wirst bei verschiedenen Aufgaben in Gruppen- oder in Einzelarbeit beobachtet. Dabei werden deine Stärken und Schwächen systematisch analysiert, sodass dir eine genaue Rückmeldung über deine Potenziale gegeben werden kann. Zusammen mit deinen Interessen können sich daraus auch Berufsvorschläge ergeben. Diese solltest du dann weiter erkunden.
Generell werden in einer Potenzialanalyse sowohl „Hard Skills“ als auch „Soft Skills“ beobachtet bzw. gemessen.

Hard Skills bezeichnen die eindeutig messbaren Fähigkeiten, Fertigkeiten und Wissen (z. B. Mathematikleistungen, Fremdsprachenkenntnisse).

Soft Skills hingegen sind die eher weicheren Persönlichkeitseigenschaften, die in verschiedenen Situationen beobachtet werden können (z. B. Team-, Kommunikationsfähigkeit, Selbstständigkeit und Belastbarkeit).
Damit eine Potenzialanalyse für euch wirklich machbar ist, sollen an dieser Stelle nur die Soft Skills beobachtet werden.

Geht dabei so vor:

1. Schritt: Vorbereitungen treffen

1. Die Klasse/Lerngruppe wird in eine gerade Anzahl an Gruppen mit jeweils vier bis fünf Personen eingeteilt.
2. Alle Gruppen recherchieren, welche Soft Skills in Gruppenarbeiten beobachtet werden können und erläutern sich diese gegenseitig.

2. Schritt: Durchführung der Gruppenarbeiten und Beobachtung

Beobachter:innen-Gruppen
- Verteilung, wer wen beobachtet
- Beobachtungen protokollieren

Durchführer:innen-Gruppen
- Gruppenaufgabe bearbeiten

Damit die Beobachtungen möglichst objektiv sind, beobachtet jeweils eine Person (Beobachter:in) eine andere Person bei der Aufgabenbearbeitung. Die Beobachtenden sollten die Durchführenden dabei nicht beeinflussen.
Die Beobachtungen sollten möglichst genau notiert werden. Mit dem Beobachtungsprotokoll aus dem QR-Code am Ende der Methodenseite gelingt das meist schneller und genauer.
Wählt nun aus dem QR-Codes am Ende der Methodenseite eine Aufgabenstellung aus und führt sie durch.

3. Schritt: Individuelle Auswertung

Führt nun eine individuelle Auswertung der Aufgabe durch. Die Auswertung erfolgt jeweils zwischen den Beobachtenden und den Durchführenden (1:1).
Eine individuelle Auswertung macht die schriftlichen Beobachtungen den Beobachteten transparent. Bei dem persönlichen Feedback ist darauf zu achten, dass eine wohlwollende Atmosphäre herrscht, in der alle Beobachtungen angesprochen werden können. Die Beobachteten sollen mit einem positiven Gefühl herausgehen und sich ihrer individuellen Fähigkeiten bewusst werden.

4. Schritt: Gruppenwechsel

Wiederholt nun Schritt zwei und drei mit getauschten Gruppen. Die Beobachtenden werden nun zu Durchführenden und umgekehrt.

5. Schritt: Gesamtauswertung

Tauscht euch in der Klasse darüber aus, wie die Umsetzung der Methode funktioniert hat. Wo gab es Probleme und Schwierigkeiten? Haben alle Beteiligten etwas über ihre eignen Potenziale herausfinden können?

Mögliche Aufgabenstellungen

70079-453

Beobachtungsbogen

70079-454

Bearbeiterin

3.2 Schulische und duale Ausbildung

Möchtest du weiterhin zur Schule gehen ...?

Zehn Jahre zur Schule zu gehen, hört sich erst einmal viel an. Aber diese Zeit ist schneller herum, als du denkst und dann stehst du vor einer wichtigen Entscheidung: Wie geht es nun weiter? Und wie trifft man die richtige Entscheidung und gibt es eigentlich diese eine richtige endgültige Wahl? Nochmal weiter zur Schule gehen oder direkt ins Berufsleben starten?

M1 Schüler:innen überlegen - weiter zur Schule gehen?

Viet: „Immer so viele Texte lesen und Arbeiten schreiben. Dafür bekomme ich kein Geld."

Sascha: „Mit meinem Abschlusszeugnis hat mich kein Betrieb zu einem Vorstellungsgespräch eingeladen."

Jasper: „Meine Noten sind gut und ich weiß, dass ich ein Abitur brauche, um mich für das Studium zum gehobenen Polizeivollzugsdienst zu bewerben."

Franziska: „Ich weiß noch überhaupt nicht, was ich werden will."

Bearbeiterin

M2 Welche Bildungswege gibt es in NRW?

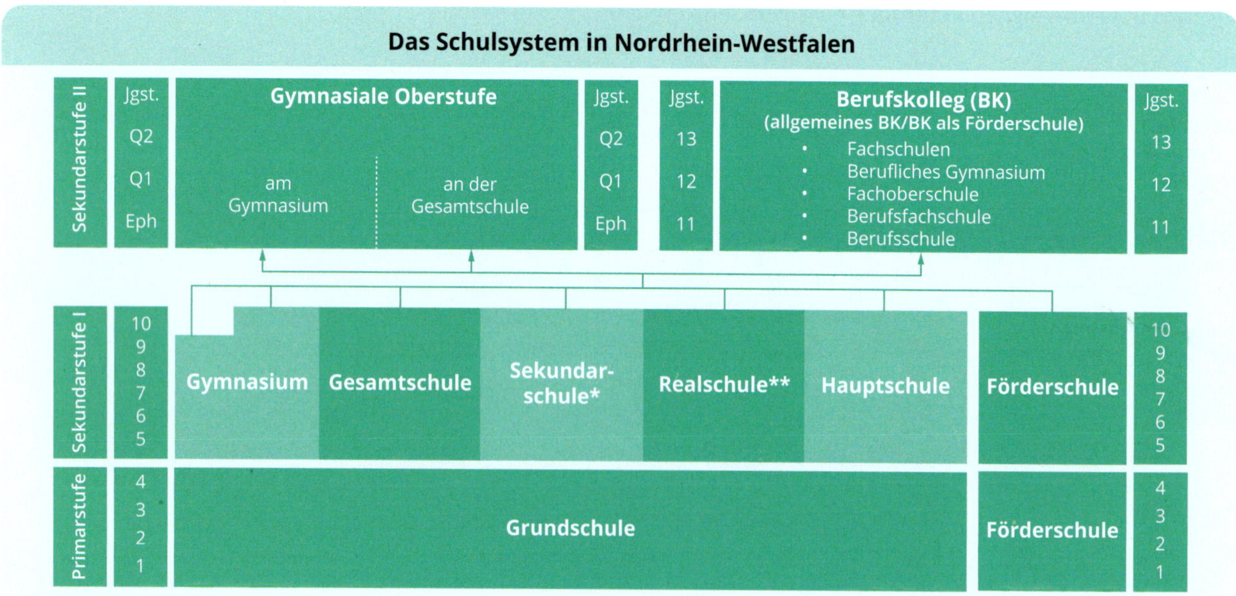

Legende
Eph: Einführungsphase (1. Jahr der gymnasialen Oberstufe), Q: Qualifikationsphase (2. und 3. Jahr der gymnasialen Oberstufe)
* Verbindliche Kooperation mit mindestens einer Oberstufe eines Gymnasiums, einer Gesamtschule oder eines Berufskollegs.
** Gemäß dem 12. Schulrechtsänderungsgesetz ist das Angebot eines Hauptschulbildungsganges unter bestimmten Bedingungen möglich.

Nach: Schulministerium NRW: Schulorganisation. Schulformen. In: www.schulministerium.nrw, Abruf am 15.05.2023

M3 Ist das Berufskolleg vielleicht eine gute Wahl?

Melike

Melike: Die Berufsberaterin hat mir empfohlen auf ein Berufskolleg zu gehen, ich weiß aber nicht …

Karl: Echt, dir auch? Ich habe mit meinen Eltern darüber gesprochen und ich finde das Berufskolleg eine gute Wahl.

Karl

Melike: Warum denn?

Karl: Jedes Berufskolleg hat eine berufliche Ausrichtung z. B. Wirtschaft, Elektrotechnik, Informatik oder Soziales etc. Ich werde mich an einem kaufmännischen Berufskolleg anmelden, weil ich später Reisekaufmann werden möchte.

Melike: Ok, und was noch?

Karl: Berufskollegs kooperieren mit verschiedenen Betrieben. Das heißt, wenn du dich gut anstellst, dann hast du vielleicht gleich ein Jobangebot …

Bearbeiterin

Berufskolleg
eine Schulform der Sekundarstufe II: Es ist mit den beruflichen Schulen in anderen Bundesländern vergleichbar. Man kann dort unterschiedliche Schulabschlüsse erreichen.

AUFGABEN

70079-455

1. Entscheidet zu zweit, ob die Schüler:innen weiter zur Schule gehen sollten oder nicht (**M1**). Begründet eure Entscheidung.
2. a) Erstelle mithilfe des Schaubildes **M2** ein Flussdiagramm zu den schulischen Wegen nach der zehnten Klasse.
   b) Erläutert zu zweit, worin sich Gymnasium und Berufskolleg unterscheiden (**M3**). Zum Beispiel: Inhalte, Fächer, Abschlussmöglichkeiten
3. a) Gestalte einen Steckbrief zu einer weiterführenden Schule deiner Wahl mithilfe der beiden Mediencodes.
   b) Stellt euch die Steckbriefe gegenseitig vor und gebt euch ein Feedback.
4. a) Versetzt euch in die Lage einer Schulleitung eines Berufkolleg. Worauf würdet ihr bei einer Bewerbung einer neuen Schülerin oder eines neuen Schülers achten, z. B. Motivation, Freundlichkeit etc. Erarbeitet zu zweit weitere Kriterien und stellt sie der Klasse vor.
   b) Diskutiert eure Kriterien für die Berwerbung an einem Berufskolleg in der Klasse.

H zu Aufgabe 2a Flussdiagramm

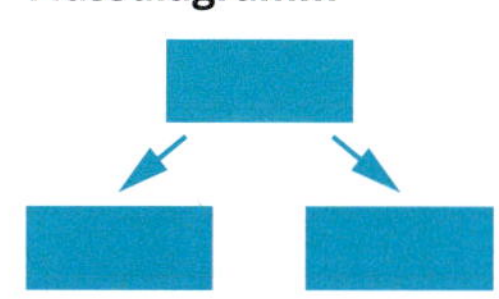

H zu Aufgabe 3a Kopiervorlage für einen Steckbrief

70079-456

So findest du alle Berufkollegs in NRW

70079-457

... oder lieber direkt in die berufliche Praxis?

Endlich Geld verdienen! Die Ausbildungsvergütung lockt viele Jugendliche nach der Schule in die Betriebe und damit in die so genannte duale Ausbildung.

M4 Was sagen Schüler:innen über die duale Ausbildung?

1. Ich will finanziell unabhängiger von meinen Eltern werden. Mit einer dualen Ausbildung kann ich mir schon in jungen Jahren ein finanzielles Polster schaffen.
2. Mein Betrieb will mich nach meiner Ausbildung übernehmen. Gute Aussichten für meine berufliche Zukunft.
3. Die duale Ausbildung ist eine super Grundlage, um sich später beruflich weiterzubilden.
4. Nach der ganzen Lernerei in der Schule will ich endlich was Handfestes machen. Bei einer Ausbildung bin ich vom ersten Tag an praktisch tätig.

Bearbeiterin

M5 Was ist der Unterschied zwischen einer schulischen und einer duale Ausbildung?

Die **schulische Ausbildung** findet ausschließlich an der Berufsfachschule/-kolleg statt und wird deshalb auch vollschulische Ausbildung genannt. Einige Berufe im sozialen, pflegerischen, kaufmännischen oder technischen Bereich werden ausschließlich an Schulen erlernt, wie zum Beispiel Kaufmann/Kauffrau für Büromanagement. Es gibt keine Ausbildungsvergütung.

Im Gegensatz zur schulischen Ausbildung erfolgt in der **dualen Ausbildung** der Erwerb der notwendigen Kompetenzen zum größten Teil im Betrieb und zum kleineren Teil in der Berufsschule. Dort werden theoretische Inhalte für das Berufsfeld vertieft und auch allgemeinbildendes Wissen erworben. Das Berufskolleg Ehrenfeld in Köln hat beispielsweise den Bildungsgang zur Köchin/zum Koch. Wenn du einen Ausbildungsvertrag mit einem Ausbildungsbetrieb hast, kannst du am Berufskolleg Ehrenfeld deinen Abschluss zur Köchin/zum Koch absolvieren. In der Berufsschule hast du berufsbezogene Fächer wie Produktentwicklung und -pflege, Gastorientierung, Betriebsführung, Veranstaltungorganisation, Wirtschafts- und Betriebslehre und Fremdsprachen. Aber auch berufsübergreifende Fächer wie Politik und Gesellschaftslehre, Deutsch, Sport und Gesundheitsförderung sowie Religionslehre sind Teil des Stundenplans.

Der Ausbildungsbetrieb ist für die Praxis zuständig. Dort lernst du beispielsweise wie man ein Menü zusammenstellt, die entsprechenden Lebensmittel dafür einkauft und diese dann rechtzeitig und in der richtigen Reihenfolge zubereitet und fertigstellt.

M6 Berufsschule – muss das sein?

Leonie

Leonie: Nächste Woche hab ich wieder Berufsschule. Ich freu mich sehr auf die Abwechslung.

Luca: So ein Quatsch! Dieses Theorie-Zeugs bringt doch hier im Restaurant für die tägliche Arbeit als Koch gar nichts!

Luca

Leonie: Das stimmt doch gar nicht! Lebensmittelgesetze und Hygieneverordnungen sind nun einmal wichtig hier. Das könnte der Chef uns nie so beibringen wie die an der Schule. Mal abgesehen davon, dass er dafür gar keine Zeit hätte. Und das Fach Gemeinschaftskunde ist eh total spannend.

Luca: Ja, da hast du wenigstens mal recht. Trotzdem: das letzte Mal ging es in Biologie um Verdauungsprobleme. Geht's noch? Selbst als Koch interessieren mich echt andere Dinge!

Bearbeiterin

AUFGABEN

70079-458

1. Beschreibe die Vorteile einer dualen Ausbildung **M4**.
2. Erläutere die Unterschiede zwischen der schulischen und dualen Ausbildung mithilfe von **M5**.
3. Welche Ausbildung würdest du wählen? Schulisch oder dual? Begründe deine Antwort.
4. Diskutiert, ob ihr eher Leonies oder Lucas Einschätzung teilt (**M6**).
5. a) Stelle dir eine Übersicht über die schulischen und betrieblichen Inhalte für die Ausbildung zu einem Beruf deiner Wahl zusammen. Nutze dazu die beiden QR-Codes in der Randspalte.
   b) Gibt es Inhalte, die dich überraschen? Begründe.
6. *„Lehrjahre sind keine Herrenjahre"*. Nimm begründet Stellung zu der Redewendung.

H zu Aufgabe 4
Hier findest du alle Ausbildungsberufe

70079-459

So findest du alle Berufkollegs in NRW

70079-457

WELCHE MÖGLICHKEITEN GIBT ES NACH DER SCHULE?

M1-M3 → Kapitel 3.1

BERUFSFELDER UND FÄHIGKEITEN

Berufe lassen sich in verschiedene Berufsfelder unterteilen. In diesem Buch arbeiten wir mit 15 Berufsfeldern, die an die Aufteilung der Bundesagentur für Arbeit angelehnt sind.
Berufsfelder beinhalten Berufsgruppen mit gleichen Inhalten und Aufgaben. Jeder Beruf setzt unterschiedliche geistige, körperliche und soziale Fähigkeiten und Fertigkeiten voraus. Diese sind zum Beispiel Kreativität, Geschick und Einfühlungsvermögen. Bei der Wahl eines Berufes kommt es auch auf diese an, um die Anforderungen zu erfüllen.

M1-M3 → Kapitel 3.2

WEITERFÜHRENDE SCHULEN

Es gibt verschiedene Möglichkeiten (Gesamtschule, Gymnasium, Berufkolleg) nach der zehnten Klasse weiter an der Schule zu lernen. Auf dem Berufskolleg kann man alle Abschlüsse nachholen bzw. absolvieren (Hauptschulabschluss, mittlerer Schulabschluss, Fachabitur und Abitur).

M4-M6 → Kapitel 3.2

DUALE UND SCHULISCHE AUSBILDUNG

Dual	Schulisch
Betrieb und Berufsschule	Berufskolleg/berufliche Schule und Praktikumsbetrieb
Bewerbung beim Ausbildungsbetrieb	Bewerbung an der beruflichen Schule
Monatliche Ausbildungsvergütung	Kein Verdienst

3.3 Ausbildung finden und Bewerbungen schreiben

Matching im Berufsleben – wie findet man eine Ausbildung?

Kennst du das auch? Egal, wo du auf den Weg zur Schule hinschaust, ob an der Bushaltestelle, an Autos, auf Werbebannern, in der S-und U-Bahn, auf deinem Smartphone oder auch auf Kleidung von Menschen usw., es springt dir Werbung für Stellenanzeigen ins Gesicht.

M1 Der Ausbildungsmarkt – die Qual der Wahl?!

Unternehmen sind stets auf der Suche nach engagierten Leuten, die zu ihren Vorhaben gut passen. Um möglichst qualifizierte Mitarbeitende zu finden, nutzen Unternehmen beispielsweise Stellenportale wie azubi.de, soziale Netzwerke wie Instagram oder Youtube, Plakate und Zeitungsanzeigen. Auch die Bundesagentur für Arbeit bietet Unternehmen eine Plattform für ihre freien Stellen.

Werbeplakat für eine Ausbildung

M2 Wie sieht eine Stellenanzeige aus?

Ausbildung Elektroniker (w/m/d)

Zum 1. August 2023 suchen wir Dich für die 3,5-jährige Ausbildung zum/r Elektroniker/in für unseren Standort Dortmund.

Das erwartet Dich in Deiner Ausbildung:
- Du machst Dich mit der Installation, Überwachung, Wartung und Instandhaltung verschiedener Anlagen vertraut
- Analyse und Beseitigung von Störungen
- Kenntnisse zu Mess-, Prüf- Diagnoseverfahren und deren Dokumentation

Dein Profil:
1. Notwendigerweise liegen dir Mathe und Physik und machen Dir Spaß.
2. Es wird vorausgesetzt, dass Du handwerklich geschickt bist und gerne an elektronischen Bauteilen tüftelst.
3. Teamfähigkeit ist für Dich selbstverständlich.
4. Deine gewissenhafte und selbstständige Arbeitsweise zeichnet Dich aus.
5. Praktische Erfahrungen in diesem Berufsfeld wären wünschenswert.

Deine Vorteile:
- Du erhältst von uns ein mobiles Endgerät, das Du zum Lernen und auch privat nutzen kannst.

Übernahmegarantie, wenn Du Deine Berufsausbildung erfolgreich abgeschlossen hast.

Bearbeiterin

M3 Was sind Muss- und Kann-Kriterien in Stellenangeboten?

Wenn Betriebe Ausbildungsplätze zu vergeben haben, dann sollen die Bewerber:innen gewisse Kriterien erfüllen und bestimmte Fähigkeiten und Eigenschaften mitbringen:

Muss-Kriterien
z. B. Schulabschluss, fachliche Fähigkeiten werden meistens so beschrieben:
„... wird vorausgesetzt ..."
„... nur berücksichtigt, wenn ..."
„... unbedingt notwendig ..."

Kann-Kriterien
z. B. praktische Erfahrungen erkennt man an folgenden Formulierungen:
„Idealerweise ..."
„... wären von Vorteil."
„... wünschenswert."

Basierend auf: Azubiyo: Stellenanzeigen richtig lesen. In: www.azubiyo.de, Abruf am 22.05.2023

M4 Ausbildung mit Zukunft?

Unversorgte Bewerber:innen und unbesetzte Ausbildungsstellen (Stand: 2023)

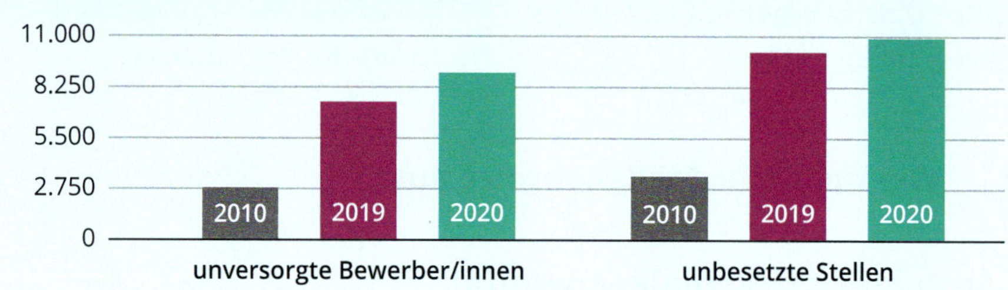

Nach: IHK NRW Ausbildungsbericht 2021, S. 8, Quelle: RD NRW, Stichtag 30.9

F Aufgabe
Recherchiere im Internet nach geeigneten Stellenanzeigen für dich. Vergleiche die Kriterien mit deinem Profil. Woran musst du noch arbeiten?
MK

AUFGABEN

70079-460

1. a) Beschreibe die Anzeige.
   b) Wie ansprechend ist diese Anzeige für dich? Erläutere.
2. a) Erkläre mithilfe von **M2**, wie eine Stellenanzeige aufgebaut ist.
   b) Erläutere den Unterschied von Muss- und Kann-Kriterien (**M3**).
3. a) Werte **M4** aus: Welche Entwicklung wird dargestellt?
   b) Welche Gründe gibt es für die Entwicklung in **M4**? Stelle Vermutungen darüber an.
   c) Erarbeitet zu zweit Angebote für Auszubildende und Unternehmen, die die Situation verbessern könnten.
4. Erstelle eine eigene Ausschreibung und überlege, wo sie am besten zu veröffentlichen wäre, um die richtigen Personen anzusprechen.

Wie bewirbt man sich richtig?

Deine Eltern haben sicherlich ihre ersten Bewerbungen noch persönlich abgegeben oder postalisch abgeschickt. Im Zeitalter der Digitalisierung und Nachhaltigkeit wird immer mehr auf eine ausgedruckte Bewerbung verzichtet. So sind nun E-Mail-Bewerbung, Online-Bewerbung, Videobewerbung und auch Bewerbungsapps aktuell.

M5 Welche Wege gehen Bewerbungen?

Das sind die bevorzugten Bewerbungswege (Stand: 2023)

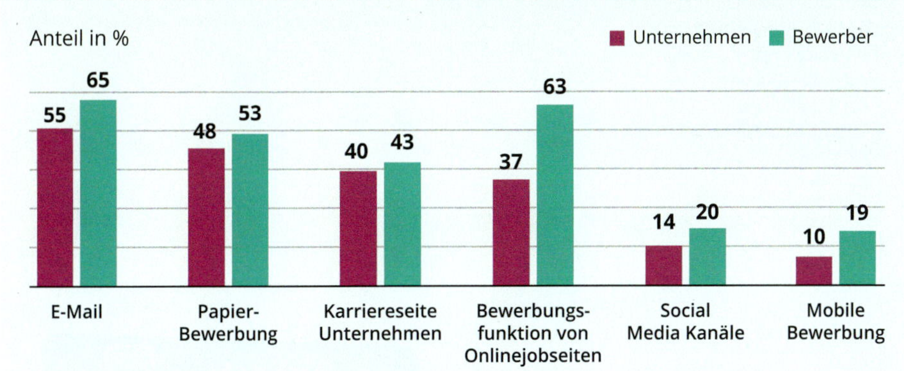

Basis: Befragung von 1.024 Beschäftigten und 518 HR-Verantwortlichen

Nach: Statista 2016, Quelle: Indeed, von Bearbeiterin angepasst

Das Assessment-Center – worum geht es dabei?

70079-461

M6 Was muss in die Bewerbung rein?

Diese Dokumente müssen bei einer Bewerbung dabei sein (Stand: 2023)

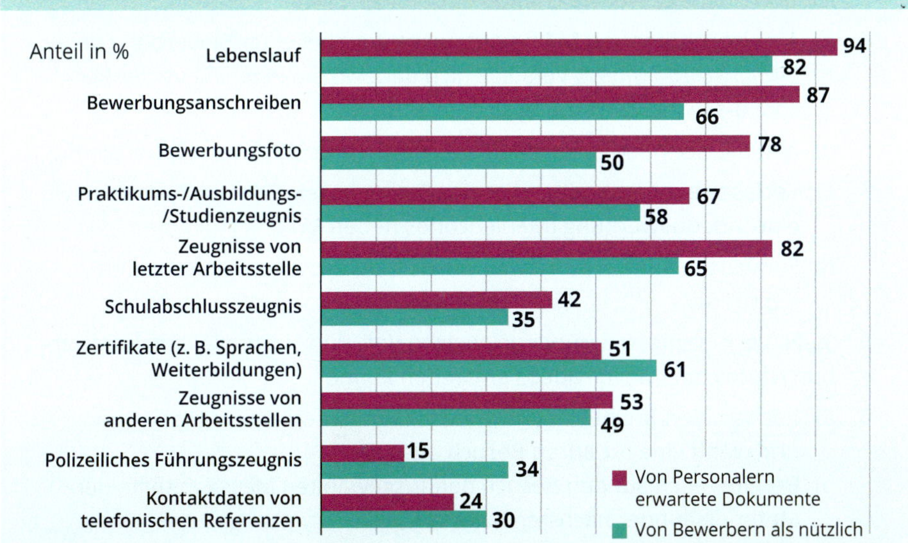

Basis: Befragung von 1.024 Beschäftigten und 518 HR-Verantwortlichen

Nach: Statista 2016, Quelle: Indeed, von Bearbeiterin angepasst

Gleichbehandlungsgesetz
Das allgemeine Gleichbehandlungsgesetz soll der Diskriminierung aufgrund von Ethnie, Geschlecht, Alter oder Behinderung entgegenwirken. Das Gesetz trat im Jahr 2006 in Kraft. Im Bewerbungsverfahren sind Angaben zu Familienstand, Muttersprache, Alter und auch das Bewerbungsfoto sind seitdem keine Pflicht mehr.

Was steht im Lebenslauf?

70079-462

Was steht im Anschreiben?

70079-463

Wie sieht eine Videobewerbung aus?

70079-464

M7 Wie könnte eine Bewerbung per E-Mail aussehen?

Empfänger: arbeitgeber@e-mail.de

Betreff: Bewerbung Domenica Kraft zur Kauffrau für Büromanagement

Sehr geehrter Herr Heurich,

anbei übersende ich Ihnen meine Bewerbungsunterlagen für die auf Ihrer Homepage ausgeschriebene Ausbildung zur Kauffrau für Büromanagement ab dem 01.08.2023. In der Anlage befinden sich der Lebenslauf, mein Anschreiben, meine letzten beiden Schulzeugnisse sowie meine Praktikanachweise.

Über eine Rückmeldung Ihrerseits freue ich mich sehr.

Mit freundlichen Grüßen
Domenica Kraft

Bruktererstraße 8
44263 Dortmund
Domenica.kraft@dortund.de
0176 12 34 56 7

Bewerbung_Domenica_Kraft.pdf (2.6 MB) Senden

Bearbeiterin

AUFGABEN

70079-465

1. Tauscht euch mithilfe von **M5** über die bevorzugten Bewerbungswege aus: Was fällt euch auf?
2. Ermittle, welche Unterlagen aus Sicht von Personaler:innen für die Bewerbung als wichtig eingestuft werden (**M6**).
3. Bewerber:innen schätzen die Dokumente anders ein als Personaler:innen: Tauscht euch darüber aus, welche Unterschiede euch besonders auffallen und überlegt, welche Gründe es dafür gibt (**M6**).
4. a) Arbeite mithilfe von **M7** heraus, worauf du bei einer Bewerbung per E-Mail achten musst. Versetze dich dabei in die Perspektive der Person, die deine Bewerbung sichten wird.
   b) Aktualisiere mithilfe des Mediencodes neben **M7** deinen Lebenslauf.
   c) Verfasse ein Anschreiben für eine Stellenanzeige deiner Wahl oder eine Videobewerbung (Mediencodes neben **M7**).
   d) Für welchen Bewerbungsweg würdest du dich wann entscheiden? Begründe.
5. Stelle Vermutungen darüber an, welche Vor- und Nachteile, durch Bewerbungsfotos oder auch -videos entstehen können.
6. a) Recherchiert im Internet nach Ausbildungsmessen in eurer Region und wählt eine für euren Besuch aus. MK
   b) Bereitet euch auf den Besuch der ausgewählten Messe mithilfe der Methode auf der nächsten Seite vor.
   c) Nehmt begründet Stellung: „Ausbildungsmessen sind die ideale Möglichkeit, um sich als Bewerber:in zu präsentieren".

F **zu Aufgabe 4**
Gibt es aus deiner Sicht Unterschiede zur klassischen Bewerbung per Brief oder per Video? Wenn ja, welche? Halte deine Ergebnisse in einer Tabelle fest.

F **zu Aufgabe 5**
Diskutiert, ob Bewerbungen ohne Foto dabei helfen können, Diskriminierung in der Arbeitswelt zu verringern. Entwickelt weitere Ideen hierzu.

Besuch einer Studien- und Ausbildungsmesse vorbereiten MK

Worum geht es?

IHK, Ausbildungsmesse, vocatium, stuzubi – das sind alles Messen für euch Jugendliche. Diese Messen bieten beste Möglichkeiten, um Betriebe, Hochschulen, Ausbildungsberufe und Personalverantwortliche kennenzulernen. Eine gute Vor- und Nachbereitung sind dabei wesentlich.

Geht dabei so vor:

1. Schritt: Vorbereitung

a) Wählt mindestens drei bis fünf Hochschulen und Betriebe aus, die ihr auf der Messe besuchen möchtet und recherchiert Studienmöglichkeiten, Standorte, Ausbildungsberufe, Studien-/Ausbildungsdauer, Anforderungen,. Gehalt, etc.
b) Welche Angebote interessieren euch von den ausgewählten Betrieben und Hochschulen besonders? Notiert diese mit kurzen Begründungen.
c) Notiert euch Fragen, die ihr stellen möchtet z. B.:
- Wie viele freie Ausbildungs-/Studienplätze gibt es?
- Wie viele Auszubildende gibt es derzeit im Betrieb?
- Welche Karrieremöglichkeiten gibt es?

d) Bereitet euren Lebenslauf, eure Bewerbungen vor; fertigt eine Zeugniskopie an und sammelt alles in einer Mappe.
e) Legt euch ein passendes Outfit für die Messe bereit.

Welches Outfit und welche Körpersprache sind angemessen?

70079-466

2. Schritt: Besuch der Messe

a) Erscheint pünktlich.
b) Begrüßt alle freundlich.
c) Achtet auf eure Körpersprache.
d) Tretet mit den von euch ausgewählten Hochschulen und Betrieben in Kontakt und stellt eure Fragen.
e) Fragt ggf. bei den Unternehmen und Hochschulen nach, inwiefern ihr eure Bewerbung und euer Auftreten verbessern könnt.
f) Schaut euch auch andere Stände an, besucht gegebenenfalls Vorträge, Workshops, um möglichst viele Informationen zu sammeln.

3. Schritt: Nachbereitung

Wertet euren Besuch aus:

a) Welche neuen Eindrücke und Tipps habt ihr erhalten?
b) Haben euch die Gespräche in eurem Berufswunsch bestärkt?
c) Was könnt ihr besser machen? Überarbeitet gegebenenfalls eure Bewerbung.

3.4 Rechte und Pflichten in der Ausbildung

Der Ausbildungsvertrag – was musst du wissen?

Endlich hast du die passende Ausbildungsstelle gefunden. Nun muss nur noch der Ausbildungsvertrag unterschrieben werden. Doch worauf musst du achten? Probezeit, Vergütung, Urlaub – für viele ist das einfach Kauderwelsch. Was muss drin stehen?

M1 Einfach so kündigen?

Leonie: Ich hab vorhin den Chef gehört, wie er am Telefon dem neuen Azubi gedroht hat, dass er ihn gleich rausschmeißt, wenn er so oft „krank" ist.
Luca: So ein Quatsch! Das darf er doch gar nicht!
Leonie: ...

Bearbeiterin

Wie ist das Azubi-Gehalt gesetzlich geregelt?
Das Berufsbildungsgesetz, kurz BBiG, legt in Deutschland Regeln für die betrieblichen Berufsausbildungen, die Vorbereitung zur Berufsausbildung, die Fortbildung sowie die Umschulung fest. Wie viel man als Auszubildende:r verdient, hängt vom Ausbildungsbetrieb ab. Mindestens 620 Euro müssen pro Monat im ersten Lehrjahr gezahlt werden. Um jedes weitere Lehrjahr wird die Summe um einen bestimmten Prozentsatz angehoben.

M2 Der Ausbildungsvertrag – so muss das aussehen

Herr/ Frau ______________ schließt mit ______________ folgenden **Ausbildungsvertrag.**

Die Ausbildung **zum Koch** beginnt am 01.09.2023 und endet am 31.08.2026. Die Höhe der monatlichen Vergütung beträgt im ersten Lehrjahr ______ Euro, im zweiten ______ Euro und im dritten ______ Euro. Die tägliche Ausbildungszeit soll ______ Arbeitsstunden umfassen.

Die grundlegendste Pflicht des Auszubildenden ist es, den Ausbildungsberuf ______ zu erlernen und sich die Kenntnisse und Fertigkeiten des Berufes anzueignen (Lernpflicht). Der Berufsschulunterricht ist neben der Zeit im Betrieb wesentlicher Bestandteil der Ausbildung. Darum ist die Teilnahme am Berufsschulunterricht Pflicht.

In den ersten ______ Monaten der Ausbildung ist eine Kündigung jederzeit ohne Nennung von Gründen möglich.

Auszubildende haben die Aufgabe und Pflicht, mit den Arbeitsmaterialien und Einrichtungen pfleglich, gewissenhaft und sorgsam umzugehen (Sorgfaltspflicht). Des Weiteren hat der Lehrling über betriebliche und geschäftliche ______ Verschwiegenheit zu wahren (Verschwiegenheitspflicht).

Nichtbestandene Teile der Abschlussprüfungen dürfen bis zu ______ wiederholt werden. Der Auszubildende hat das Recht auf ______ Tage Urlaub im Jahr.

Der Auszubildende hat das Recht, Aufgaben zu verweigern, die nicht dem Ausbildungszweck entsprechen, wie beispielsweise für den Ausbilder private Besorgungen zu machen. Auch Aufgaben, die nicht den körperlichen Kräften angemessen sind, dürfen verweigert werden.

Von einem Azubi wird erwartet, dass er die Vorschriften, Aufgaben und Weisungen des berechtigten Ausbilders befolgt. Dazu gehört auch Pünktlichkeit und Verlässlichkeit.

______________________________ Ort, Datum, Unterschrift des Auszubildenden

______________________________ Ort, Datum, Unterschrift des Ausbildenden

Bildungsweb Media GmbH: Der Ausbildungsvertrag. In: www.ausbildung.net, 2017

M3 Kündigungsschutz für alle gleich?

Kündigungsschutz: Die gesetzliche Kündigungsfrist für **Arbeitnehmer:innen** beträgt vier Wochen. Eine Ausnahme gilt während der Probezeit, in der man in den ersten sechs Monaten jederzeit mit einer Frist von zwei Wochen kündigen kann. Die gesetzlichen Kündigungsfristen für **Arbeitgeber:innen** sind etwas komplexer: Je länger die Arbeitnehmerin oder der Arbeitnehmer in dessen Betrieb gearbeitet hat, desto länger ist auch die Kündigungsfrist, an die sich die Arbeitgeberin oder der Arbeitgeber halten muss (z. B. ein Monat bei zwei Jahren Betriebszugehörigkeit, bis zu sieben Monaten bei zwanzig Jahren Betriebszugehörigkeit). Besonderen – d. h. **strengeren** – Kündigungsschutz genießen folgende Arbeitnehmer:innen.

Besonderer Kündigungsschutz

1. Freiwillig Wehrdienstleistende
2. Datenschutzbeauftragte
3. Mütter und Väter in Elternzeit
4. Betriebsratsmitglieder, Jugend- und Azubivertreter:innen, Personalvertreter:innen
5. Auszubildende
6. Personen in Pflegezeit
7. Werdende Mütter
8. Schwerbehinderte

Bearbeiterin

Pflegezeit
Anspruch auf Pflegezeit haben Personen, die nahe Angehörige in häuslicher Umgebung pflegen. Vom Arbeitgeber kann man dafür bis zu sechs Monate vollständig oder teilweise unbezahlt freigestellt werden.

AUSBILDUNGSVERTRAG

Zu Beginn einer Ausbildung muss von beiden Seiten der Ausbildungsvertrag unterzeichnet werden. In ihm sind die wichtigsten Rechte und Pflichten der Arbeitnehmer und -geber geregelt.

AUFGABEN

70079-469

1. a) Gebt den Dialog aus **M1** in eigenen Worten wider.
   b) Was meint ihr? Hat Luca recht? Stimmt innerhalb der Klasse ab.
2. a) Fülle die Lücken in **M2** mit dir sinnvoll und gerecht erscheinenden Inhalten.
   b) Recherchiere danach im Internet und überprüfe deine Ideen. MK
3. Erläutere die aus dem Ausbildungsvertrag entstehenden Rechte und Pflichten (**M3**).
4. Verfasse Leonies rechtlich korrekte Antwort an Luca (**M1-M3**).
5. Bewerte die staatlichen Schutzvorschriften aus **M3** hinsichtlich ihrer Wirksamkeit und Gerechtigkeit.

WORAUF MUSS MAN ACHTEN, WENN MAN SICH BEWIRBT?

M2,M3 ··➔ #
Kapitel 3.3

AUFBAU VON STELLENANZEIGEN

Stellenanzeigen findet man auf verschiedenen Kanälen, wie Stellenportale, Zeitungen, Soziale Netzwerke, etc. Sie sind immer ähnlich aufgebaut. Man unterscheidet zwischen Muss- und Kann-Kriterien. Muss-Kriterien sollten erfüllt sein, während Kann-Kriterien nicht unbedingt vorliegen müssen. Die Kriterien werden sprachlich unterschieden. Für Muss-Kriterien werden zum Beispiel die Worte „... wird vorausgesetzt ..." verwendet. Für Kann-Kriterien findet man u. a. Formulierungen wie „idealerweise“. Es ist wichtig, die Stellenanzeigen aufmerksam zu lesen, um abzuwägen, wie gut die Anforderungen zu einem passen.

M5-M7 ··➔ #
Kapitel 3.3

BEWERBUNG

Es gibt viele verschiedene Möglichkeiten der Bewerbungswege. Zunehmend werden Online-Bewerbungen, Bewerbungen per E-Mail und Video genutzt. Es ist wichtig, sich vorher zu erkundigen, welcher Weg bei der Wunschschule bzw. beim Wunschunternehmen bevorzugt wird und welche Unterlagen dabei sein sollten. Folgende Unterlagen sollten aber auf jeden Fall dabei sein: Anschreiben, Lebenslauf und relevante Zeugnisse. Das Bewerbungsfoto ist aufgrund des allgemeinen Gleichbehandlungsgesetzes nicht mehr verpflichtend. Auch andere sehr persönliche Informationen muss man nicht angeben (z. B. Familienstand).

M2,M3 ··➔ #
Kapitel 3.4

AUSBILDUNGSVERTRAG

Der Ausbildungsvertrag regelt die Rechte und Pflichten der Auszubildenden. Der Ausbildungsvertrag muss folgende Dinge schriftlich festhalten: Vertrag zwischen Auszubildenden und Unternehmen, Ausbildungsbeginn und -ende, Vergütung, Arbeitszeit, Pflichten (z. B. Verschwiegenheitspflicht), Rechte (z. B. Urlaub), Kündigungsfrist. Während der ersten sechs Monate gilt für Arbeitgeber:in und Auszubildende eine Kündigungsfrist von 2 Wochen (Probezeit). Gründe müssen nicht angegeben werden. Nach Ablauf der Probezeit gilt für Auszubildende bzw. Arbeitnehmer:innen grundlegend eine Frist von vier Wochen. Für Arbeitgeber:innen verlängert sich die Frist je nach Dauer der Betriebszugehörigkeit der Auszubildenden bzw. Arbeitnehmer:innen. Zudem wird ein wichtiger Grund für die Kündigung gebraucht. Die Mindestausbildungsvergütung ist gesetzlich im Berufsbildungsgesetz geregelt. Sie beträgt für das erste Ausbildungsjahr mindestens 620 Euro (Stand: 2023). Viele Arbeitgeber:innen zahlen mehr. Wie viel, hängt vom Ausbildungsberuf ab.

3.5 Plan B für die Ausbildung haben

Berufliche Mobilität – umziehen für die Ausbildung?

Der Traumjob wartet nicht immer um die Ecke. Doch wenn es die richtige Schule oder der richtige Ausbildungsplatz ist, dann sollte man flexibel sein. Bist du bereit auszuziehen?

M1 Wie würdest du gerne wohnen?

Isabel wohnt während ihrer Ausbildung allein in einer Mietwohnung.

Justus, Hayo, Frida und Ajala wohnen in einer Wohngemeinschaft.

M2 Wie wohnen Auszubildende?

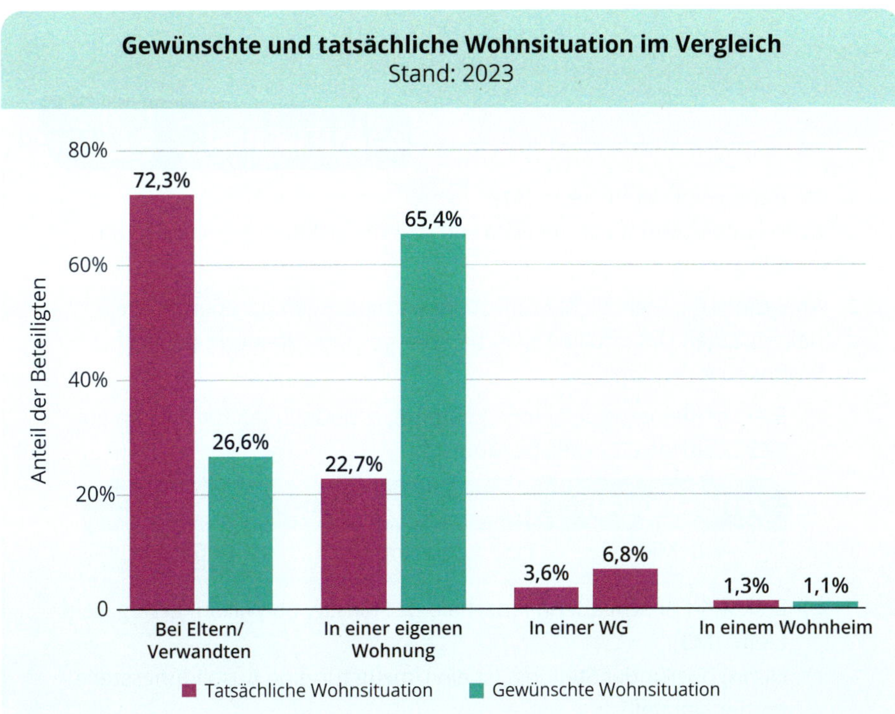

Nach: Statista, 2020

M3 Passt das Budget für einen Umzug in eine andere Stadt?

Berufsausbildungshilfe (BAB)
Die Berufsausbildungsbeihilfe (BAB) ist ein finanzieller Zuschuss der Bundesagentur für Arbeit, der monatlich überwiesen wird, wenn z. B. der Ausbildungsbetrieb ist zu weit von deinen Eltern entfernt, um zuhause wohnen zu bleiben.

William lebt eigentlich in Köln und will dort eine Ausbildung zum Immobilienkaufmann machen. Allerdings bekommt er nur Absagen.
Nun hat die Berufsberaterin einige freie Stellen in Fulda (Hessen) gefunden. Dort hat er nun eine Stelle gefunden und möchte umziehen.
William hat schon mal recherchiert. Er hat ein schönes WG-Zimmer in einer Wohnung mit zwei anderen gefunden. Für das WG-Zimmer in Fulda müsste er 210 Euro plus 70 Euro Nebenkosten für Heizung und 20 Euro für Strom zahlen. Sein Ausbildungsgehalt wären 900 Euro netto. Seine Oma überweist ihm monatlich 50 Euro. Kindergeld bekommt er monatlich 250 Euro.
Wöchentlich gibt er ungefähr 80 Euro für Lebensmittel und Hygiene aus. Sein Smartphonevertrag kostet 12,99 Euro im Monat. Den Rundfunkbeitrag von 18,36 Euro monatlich würde er sich mit der dreier WG teilen. Williams Arbeitsgeber würde ihm eine Jahreskarte für Bus und Bahn in Hessen bezahlen.
Seine Freihzeit verbringt er gerne auf dem Skater-Park. Dort macht er mit seinem Rollstuhl tolle Tricks. Seine Ausrüstung muss er nur ab und zu erneuern. Die Kosten sind deshalb gering.

Bearbeiterin

William

AUFGABEN 70079-470

H zu Aufgabe 1b
Denke dabei auch an mögliche Vor- und Nachteile von Wohnsituationen.

1. a) Beschreibt die Bilder in **M1**.
b) Erläutere, wie du gerne während deiner Ausbildungszeit wohnen willst.

2. Analysiere die Statistik **M2** und stelle Vermutungen darüber an, weshalb es einen Unterschied zwischen der gewünschten und tatsächlichen Wohnsituation gibt.

3. a) Stellt in Kleingruppen einen Kostenplan/Budgetplan für William auf (**M3**). Leitfrage: Berufliche Mobilität.

feste Ausgaben	variable Ausgaben	Einnahmen
z. B. Miete	z. B. Lebensmittel	z. B. Gehalt

b) Diskutiert anschließend innerhalb der Klasse, ob William genug Geld bleibt (**M3**).
c) Nimm begründet Stellung: Ist ein Umzug für eine Ausbildungsstelle immer sinnvoll?

Freiwilligendienst – ist das was für dich?

Ausbildung oder Schule ist (noch) nichts für dich oder du benötigst erst einmal eine Pause nach der Schule? Wie wäre es mit einem Freiwilligendienst? Welche Vor- und Nachteile gibt es?

M4 Freiwillig helfen – eine Möglichkeit für dich?

1 Ich absolviere meinen Freiwilligendienst in einer Jugendeinrichtung in Werl. Ich unterstütze die Jugendlichen bei ihren Hausaufgaben, habe ein offenes Ohr für sie, spiele mit ihnen, plane Ausflüge und Veranstaltungen und führe sie auch durch, helfe bei der Zubereitung von Mahlzeiten. Dabei habe ich gemerkt, dass mir das Organisieren und Durchführen von Projekten besonderen Spaß bereitet, weshalb ich nun nachdenke, in diese Richtung beruflich zu gehen.

Beatrice

2 Im Sportverein zu helfen, das macht mir Spaß. Ich bin jeden Tag sportlich aktiv, an der frischen Luft und leite eigenverantwortlich eine Bambini-Fußballmannschaft. Beim Training bin ich sehr diszipliniert und fordere die Jungs, damit sie über sich hinaus wachsen. Zudem zeige ich ihnen, wie wichtig es ist, auf einander zu achten und als Team auf dem Platz zu arbeiten. Mir hat jetzt sogar der Leiter des Vereins eine Ausbildungsstelle angeboten, obwohl diese sehr rar sind.

Nour

Bearbeiterin

FREIWILLIGENDIENST

Bei einem Freiwilligendienst engagierst du dich ehrenamtlich für 6 bis maximal 24 Monate in Vollzeit. Voraussetzung dafür ist, dass du deine Schulpflicht bereits erfüllt und noch nicht das 27. Lebensjahr vollendet hast.

Einen Freiwilligendienst kannst du im Inland und Ausland absolvieren. Man unterscheidet die Freiwilligendienste nach ihrem Einsatzbereich: sozial, ökologisch, kulturell, sportlich. Das Taschengeld beträgt im Jahr 2023 maximal 438 Euro monatlich. Hinzu kommen in manchen Fällen kostenlose Unterkunft, Verpflegung und Dienstkleidung oder entsprechende Geldersatzleistungen. Die jeweilige Höhe des Geldes kann jedoch von Träger zu Träger variieren. Beispielsweise hat der IJGD (Internationale Jugendgemeinschaftdienst) NRW rund 800 verschiedene Einsatzstellen. Ebenso kannst du dich bei der Caritas, NABU u. a. für einen Dienst bewerben.

M5 Welche Vor- und Nachteile hat ein Freiwilligendienst?

sich persönlich weiterentwickeln

länger Zeit, sich über seinen Berufswunsch Gedanken zu machen

Berufsausbildung verzögert sich um ein Jahr

mit anderen Jugendlichen in Kontakt kommen

Berufserfahrung sammeln

geringere Vergütung

durch Kontakte leichter eine Ausbildung zu bekommen

Soziales Engagement kommt bei Bewerbungen gut an.

Die Zeit kann als Praktikum anerkannt werden.

Bearbeiterin

M6 Wer macht einen Bundesfreiwilligendienst?

Bundesfreiwilligendienst
Angebot des Staates an alle, die sich außerhalb von Beruf und Schule für das Allgemeinwohl in Deutschland engagieren wollen.

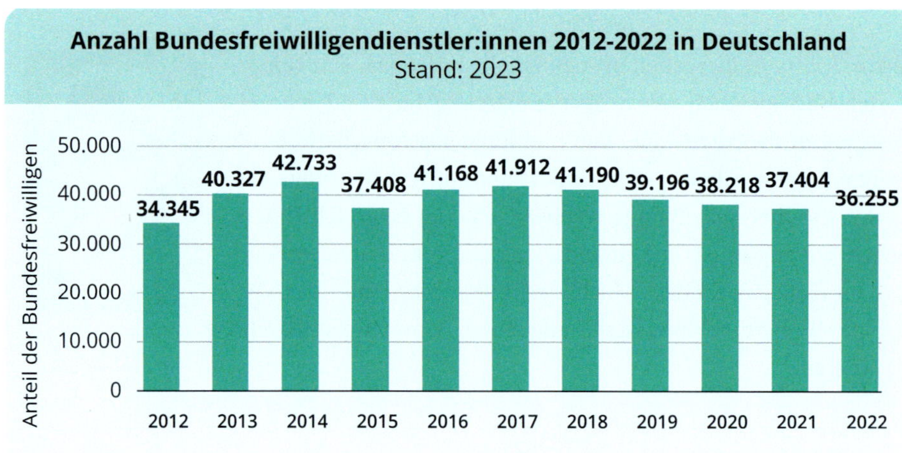

Nach: Statista, 2023

AUFGABEN
70079-471

1. Beschreibe die Fallbeispiele (**M4**).
2. a) Erkläutere die Voraussetzungen für einen Freiwilligendienst (**#Freiwilligendienst**).
   b) Recherchiere nach Freiwilligendiensten in NRW. Stellt eure Ergebnisse in der Klasse vor. **MK**
3. a) Listet die Vor- und Nachteile des Freiwilligendienstes mithilfe der Wortwolke aus **M5** auf.
   b) Analysiere **M6**. Was ist die Kernaussage des Diagramms?
   c) Entscheide, ob und wenn ja, welcher Freiwilligendienst für dich in Frage kommt. Begründe deine Entscheidung (**M4**).

H zu Aufgabe 2b Freiwilligendienste in NRW
70079-472

Erfahrungen im Ausland sammeln?!

Alles nichts für dich? Manchmal muss man einfach raus. Das Fernweh ruft und auch in anderen Ländern – sogar außerhalb der Europäischen Union – kannst du arbeiten, berufliche Erfahrungen in einem FSJ im Ausland sammeln und neue Leute kennen lernen. Oder gibt's da auch Nachteile?

M7 Jugendliche berichten von ihren Erfahrungen im Ausland

Lisa, 19 aus Köln

In Australien habe ich ein FSJ in in einer Einrichtung für Kinder mit Behinderungen gemacht. Ich bin über mich hinausgewachsen und kann endlich Englisch sprechen.

Timo, 19 aus Hamburg

Praktika an verschiedenen Orten in Deutschland und Österreich haben mir geholfen mich zu orientieren. Ich weiß jetzt, dass ich eine Ausbildung zum Industriekaufmann machen möchte.

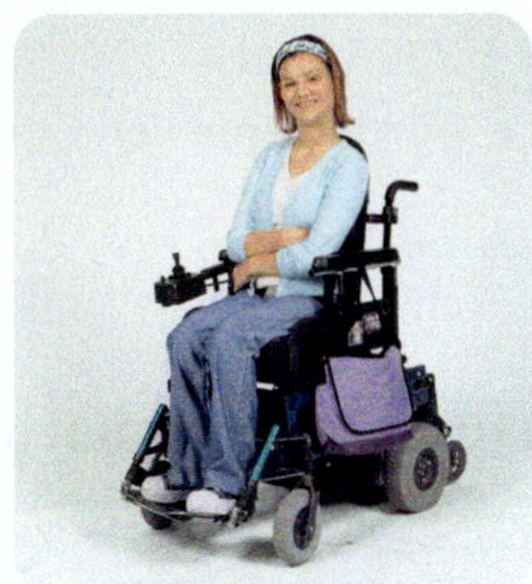

Kerstin, 18 aus Bremen

Ich habe mir das Interrail-Ticket gekauft, um Europa zu bereisen. Ich bin sehr gespannt, was die vielen Staaten zu bieten haben.

Bearbeiterin

FSJ
Das freiwillige soziale Jahr (FSJ) ist ein sozialer Freiwilligendienst.

M8 Ist das Praktikum nur was für Kinder reicher Eltern?

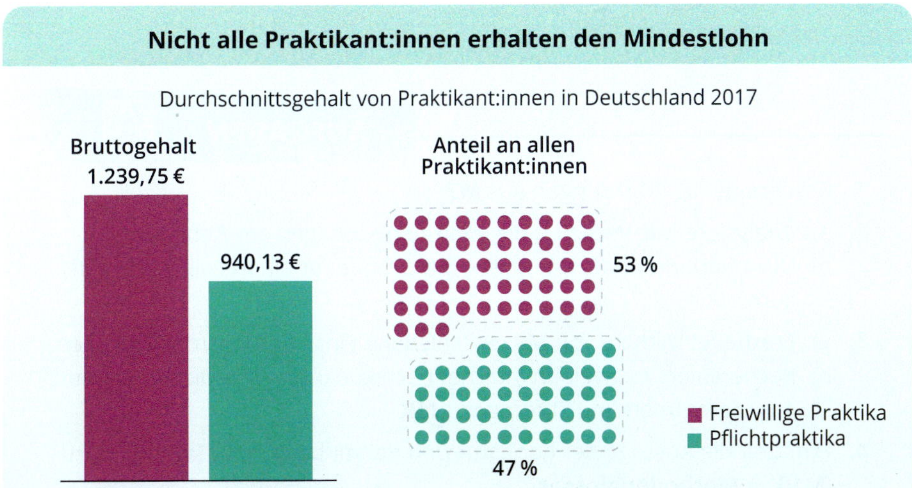

Nach: Statista, 2018, Daten aus: CLEVIS Praktikantenspiegel 2018

Stipendium
finanzielle Ausbildungsförderung meist z. B. für Künstler:innen, Sportler:innen, Studierende etc. Diese Förderung muss nicht zurückgezahlt werden.

Auslands-BAföG
BAföG heißt Bundesausbildungsförderungsgesetz: Es ist eine finanzielle Unterstützung vom Staat für Studierende und Auszubildende. Man kann diese Förderung auch fürs Ausland beantragen.Sie heißt dann Auslands-BAföG. Nach Abschluss der Ausbildung und mit dem Eintritt in das Berufsleben, wird diese Förderung teilweise zurückgezahlt.

M9 Finanzierungsmöglichkeiten im Überblick …

- **Gesetzliche Förderung** durch das Auslands-BAföG für Schüler:innen der gymnasialen Oberstufe: Es kann ein mindestens sechsmonatiger Schulaufenthalt im Ausland nach der zehnten Klasse beantragt werden.
- **Vollstipendien und Teilstipendien** von staatliche Programmen und von gemeinnützigen Organisationen (z. B. Rainbow Garden Village für Freiwilligendienst im Ausland), Stiftungen, Vereinen, Jugendwerken und privaten Anbieter
- **Zuschüsse** von staatlichen Einrichtungen, Organisationen, Stiftungen etc., z. B. Volunta
- **Fördertöpfe** von Gemeinden, Kommunen, Schulen

Bearbeiterin

M10 Alles Streberinnen und Streber oder was?

Karikatur: Michael Hüter, 2015

AUFGABEN

1. Beschreibe die Erfahrungen aus **M7**.
2. a) Analysiere **M8**: Was sind die zentralen Aussagen der Abbildung?
   b) Diskutiert innerhalb der Klasse die Gründe für ein freiwilliges Praktikum.
3. a) Erarbeitet mithilfe von **M9** verschiedene Finanzierungsmöglichkeiten.
   b) Recherchiert zu zweit im Internet nach konkreten staatlichen Stipendienprogrammen und Stiftungen. **MK**
4. Ermittelt die Aussage der Karikatur und nehmt begründet Stellung dazu (**M10**, → **Methodenglossar**).

Notbremse Ausbildungsabbruch – was tun?

Du kannst alles geplant haben und dann geht doch was schief. Das Ausbildungsunternehmen geht Pleite, du entwickelst eine Allergie oder wirst krank und kannst deinen Beruf nicht mehr erlernen? Es kann natürlich auch ein wenig an dir liegen und du merkst recht schnell, dieser Beruf wird es nicht. Das Klima im Betrieb ist schlimm usw. Gründe gibt es viele, aber das Ergebnis bleibt: Abbruch der Ausbildung. Was kann man denn dann noch tun?

M11 Ausbildung abbrechen?

„Ich kann nicht mehr.
Ich will meine Ausbildung
abbrechen."

Hanna will ihre Ausbildung nicht weitermachen.

M12 Was sind Gründe für eine Trennung von der gewählten Ausbildung?

1. gesundheitliche Probleme
2. Probleme in der Berufsschule
3. finanzielle Probleme
4. Probleme im Ausbildungsbetrieb
5. Probleme in der Familie
6. Unzufriedenheit mit dem Beruf

Bearbeiterin

M13 Wie häufig werden Ausbildungen abgebrochen?

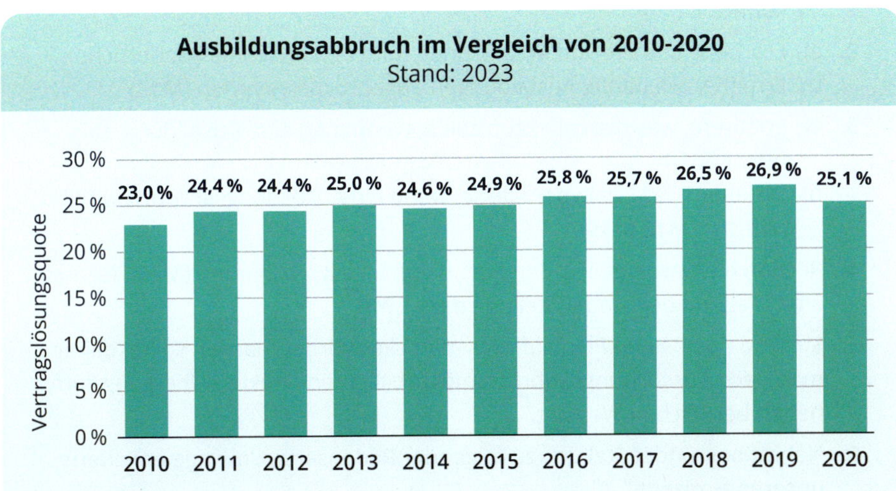

Nach: Statista, 2023

M14 Muss guter Rat immer teuer sein?

Wenn man merkt, dass die Ausbildung nicht die richtige ist, dann ist das kein Weltuntergang. Wichtig ist nun, dass man sich Hilfe holt und zwar:

- bei Familie und Freund:innen
- bei den ehemaligen Praktikumsbetrieben
- bei der Berufsberatung der JBA (Jugendberufsagentur). Die JBA ist gut vernetzt und arbeitet mit der Agentur für Arbeit, dem Jobcenter, den Schulen und dem Jugendamt zusammen.
- im BIZ (Berufsinformationszentrum): Dort finden aktuelle Informationsveranstaltungen zu möglichen Ausbildungen statt. Du bekommst Hilfe bei der Bewerbung und kannst dort sogar alles gleich drucken, scannen, kopieren und senden.

Bearbeiterin

M15 Plan B für die Zukunft?!

Malaika Mihambo ist eine deutsche Leichtathletin und Politikwissenschaftlerin aus Heidelberg. In ihrem Leben hat sie schon viele Erfolge und Niederlagen erlebt. Sie sagt: „Es ist gut, einen Plan B zu haben! Die Jugendlichen sollten sich überlegen, was sie außer ihrem Wunschberuf noch interessiert, und sich fragen „Was kann ich?“ und „Wohin will ich?“.“

AUFGABEN

70079-474

1. a) Beschreibt das Bild in **M11**.
   b) Überlegt, welche Gründe hinter dem Ausbildungsabbruch stehen könnten.
2. a) Erarbeite mithilfe von **M12** Gründe für einen Ausbildungsabbruch.
   b) Ermittle, wie häufig Ausbildungen abgebrochen werden (**M13**).
3. a) Erläutere, was man alles tun sollte, wenn man eine Ausbildung abbricht (**M14**).
   b) Diskutiert innerhalb der Klasse, wann ein Ausbildungsabbruch wirklich nötig ist (**M12-M15**).
4. Recherchiert arbeitsteilig den Plan B von Malaika Mihambo (**M15**). Nehmt anschließend begründet Stellung dazu. **MK**
5. Stellt zu zweit einen Plan auf, was man alles vorher machen sollte, damit man nach Aussbildungsabbruch möglichst einen direkten Übergang zum neuen beruflichen Weg hat.
6. Nehmt begründet Stellung zu folgender Redensart: „Umwege erweitern unseren Horizont.“

Ein Interview mit Malaika findest du hier

70079-476

F Aufgabe
Recherchiere wie sich das Leben der Sportlerin Kristina Vogel verändert hat und wie sie damit umgegangen ist.

WAS KANN MAN NOCH NACH DER SCHULE MACHEN?

BERUFLICHE MOBILITÄT

M1-M3

Bevor man sich für einen Umzug für eine Ausbildungsstelle entscheidet, sollte man für sich persönlich die Vor- und Nachteile gewichten. Denn ein Umzug kann viele Kosten und Anstrengungen mit sich bringen, aber auch eine tolle Chance mit vielen Möglichkeiten bieten. Ob sich ein Umzug finanziell lohnt, zeigt beispielsweise ein Budgetplan. Man unterscheidet dabei feste Ausgaben (Miete, Nebenkosten, Verträge, ...) und flexible Ausgaben (Lebensmittel, Freizeit, Kleidung ...) und Einnahmen (Gehalt, Kindergeld, ...).

FREIWILLIGENDIENSTE

M4-M6

Man unterscheidet die Freiwilligendienste nach ihrem Einsatzbereich: sozial, ökologisch, kulturell, sportlich. Absolviert werden kann der Dienst im Inland und im Ausland. Ein Freiwilligendienst bringt viele Vorteile: Berufserfahrung sammeln, helfen, durch Kontakte leichter eine Ausbildung bekommen. Soziales Engagement kommt auch bei Bewerbungen gut an und man hat länger Zeit, sich über seinen Berufswunsch Gedanken zu machen. Die Zeit kann auch als Praktikum anerkannt werden und man lernt spannende Menschen und/oder Orte kennen und macht Erfahrungen, die einen wachsen lassen.

AUSLANDSERFAHRUNG

M7-M10

Es gibt viele Möglichkeiten Erfahrungen im Ausland zu sammeln: Freiwilligendienste im Ausland, Auslandsjahr, Auslandspraktikum. Dafür gibt es auch finanzielle Unterstützungen. Das Bundesausbildungsförderungsgesetz (BAföG) kann man fürs In- und Ausland beantragen und ist eine finanzielle Unterstützung vom Staat. Dies Förderung wird nach Abschluss der Ausbildung und mit Eintritt in das Berufsleben teilweise zurückgezahlt. Dabei bestimmst du selbst den Zeitraum der Rückzahlung. Zudem gibt es verschiedene staatliche und private Förderer von Stipendien, die eigene Vorhaben finanziell unterstützen. Diese Unterstützung muss man nicht zurückzahlen.

AUSBILDUNGSABBRUCH

M11-M15

Ausbildungsabbrüche haben unterschiedliche Gründe: Unzufriedenheit mit dem Beruf, Probleme im Ausbildungsbetrieb, etc.. Wichtig ist, dass man sich rechtzeitig Hilfe holt, um einen Übergang zum weiteren beruflichen Weg zu meistern. Ein Abbruch ist kein Beinbruch, diese Erfahrung kann auch für spätere Entscheidungen wertvoll sein. Am besten ist es, immer wieder über alternative Pläne nachgedacht zu haben und ggf. sogar auch umzusetzen. Manchmal kann es sinnvoll sein, sich zwei Standbeine aufzubauen.

M1 Wo sind die Fehler?

Anschreiben

70079-492

Lebenslauf

70079-493

M2 Chaos im Ablauf eines Vorstellungsgespräches?

1. Die Chefin oder der Chef begrüßt dich und du grüßt zurück.

2. Du kannst der Chefin oder dem Chef Fragen stellen, nachdem sie oder er dich dazu aufgefordert hat.

3. Du gehst so früh aus dem Haus, dass du auf jeden Fall pünktlich kommst.

4. Du bedankst dich umgehend telefonisch oder per E-Mail für die Einladung und bestätigst den Termin.

5. Die Chefin oder der Chef verabschiedet sich von dir und du verabschiedest dich von ihr oder ihm.

6. Du meldest dich beim Sekretariat und wartest, bis du zur Chefin oder zum Chef hineingerufen wirst.

7. Du bereitest am Abend vorher alles für den nächsten Tag vor:
   - Du legst dir passende Kleidung heraus.
   - Du informierst dich, wie du am besten zum Betrieb kommst.
   - Du liest dir noch mal deine Bewerbung, die Merkblätter und
   - die Fragen, die du stellen willst, durch.
   - Du packst alle nötigen Unterlagen für das Gespräch ein: deine Bewerbungsunterlagen und die Einladung.

8. Du bekommst eine Einladung zu einem Vorstellungsgespräch.

9. Die Chefin oder der Chef stellt dir Fragen.

Bearbeiterin

AUFGABEN

70079-477

1. Benenne die Fehler in Anschreiben und im Lebenslauf und erläutere anschließend, was du besser machen würdest (**M1**).
2. Bringt zu zweit Ordnung in das Chaos: Sortiert die Schritte beim Vorstellungsgespräch in die richtige Reihenfolge (**M2**).
3. Diskutiert mögliche Do's und Dont's beim Bewerbungsgesräch.
4. Simuliert ein gutes Vorstellungsgespräch für die Schule oder den Beruf eurer Wahl. Gebt euch anschließend ein konstruktives Feedback.

In diesem Kapitel hast du dich mit den unterschiedlichen Wegen nach Klasse zehn auseinandergesetzt. Schätze ein, wie sicher du dich in den folgenden Bereichen auskennst.

Ich kann ...	Das klappt schon ...	Hier kann ich noch üben ...
... die Berufsfelder nennen und ihnen notwendige Fähigkeiten zuordnen.		Kapitel 3.1: M1, M2, Grundwissen
... die unterschiedlichen Möglichkeiten an einer weiterführenden Schule erklären.		Kapitel 3.2: M2, M3, Grundwissen
... den Unterschied zwischen schulischer und dualer Ausbildung erklären.		Kapitel 3.2: M5, Grundwissen
... verschiedene Kanäle und Plattformen nennen, auf denen Stellenanzeigen zu finden sind.		Kapitel 3.3: M1, Grundwissen
... eine Stellenanzeige mithilfe von Muss- und Kann-Kriterien analysieren.		Kapitel 3.3: M2, M3, Grundwissen
... erklären, was man alles bei einer Bewerbung beachten muss.		Kapitel 3.3: M5-M7, Grundwissen
... die Rechte und Pflichten in einem Ausbildungsvertrag erklären.		Kapitel 3.4: M2, M3, #Ausbildungsvertrag, Grundwissen
... beurteilen, wann es sinnvoll ist für die Ausbildung umzuziehen.		Kapitel 3.5: M3, M4
... erklären, was ein Freiwilligendienst ist.		Kapitel 3.5: M6, #Freiwilligendienst, Grundwissen
... erläutern, welche Förderungsmöglichkeiten es zur Finanzierung für Vorhaben im Ausland wie Schulaufenthalte oder Praktika gibt.		Kapitel 3.5: M3, M9, Grundwissen
... darstellen, was man tun kann, wenn Plan A nicht mehr geht, weil man zum Beispiel die Ausbildung abgebrochen hat.		Kapitel 3.5: M11-M15, Grundwissen

Christoph Hardt und Jan Schächtele

Sally Özcan

Antje von Dewitz

Sara Nuru

Wolfgang Grupp

Bastian Nominacher, Alexander Rinke und Martin Klenk

Was weißt du schon?

1. Recherchiert arbeitsteilig die Berufe bzw. Unternehmen, für die die abgebildeten Personen tätig sind: Was ist ihre Geschäftsidee? MK
2. Stellt Vermutungen darüber an, welche Funktionen Unternehmen für die Wirtschaft und Gesellschaft haben. Erstellt dazu eine Mindmap (→ **Methodenglossar**).
3. Diskutiert, ob ihr euch vorstellen könnt, auch ein Unternehmen zu gründen? Was würde für euch dafürsprechen, was dagegen?

4

Gründung und Funktionen von Unternehmen

Bestimmt kommen dir Namen wie Carl Benz, Robert Bosch oder Margarete Steiff bekannt vor und du weißt schon, dass hinter den meisten Unternehmen Menschen mit klugen Ideen stecken. Zwar schaffen es nur wenige, ihre Unternehmen international bekannt zu machen, aber in unserem Alltag sind wir sehr oft von Unternehmensgründungen abhängig – seien es Bäckereien, Metzgereien, Friseure, Restaurants, Handwerker:innen oder Architekt:innen. Aber was ist nötig, um ein eigenes Unternehmen zu gründen? Welche Bedingungen gelten, um ein Unternehmen erfolgreich zu machen?

Was lernst du in diesem Kapitel?

... die Vielfalt selbstständiger Berufe und Grundlagen unternehmerischer Tätigkeit zu beschreiben.
... den grundlegenden Aufbau und Abläufe in Unternehmen zu beschreiben.
... Chancen und Risiken von Gründungsvorhaben zu beurteilen.
... Selbstständigkeit als eine Möglichkeit in die eigenen beruflichen Überlegungen einzubeziehen und diese kritisch zu prüfen.
... selbstständige Tätigkeiten und angestellt sein in Hinblick auf verschiedene Kriterien zu vergleichen.
... die Bedeutung von Unternehmen für Wirtschaft und Gesellschaft zu diskutieren.
... Chancen und Risiken der Digitalisierung von Märkten und des Zahlungsverkehrs zu beurteilen.

Einen Businessplan erstellen MK

Egal, ob zunächst eine Schülerfirma oder später ein eigenes Unternehmen gegründet werden soll: Ihr benötigt einen Plan, damit ihr erfolgreich sein könnt. Versetzt euch also in die Rolle einer Unternehmerin oder eines Unternehmers und erstellt einen Businessplan. Erarbeitet euch dazu zunächst mithilfe der Inhalte aus diesem Kapitel ein Grundlagenwissen.

Geht dabei so vor:

Start

1

Bildet Gruppen von drei bis vier Personen.
Erarbeitet folgende Themen aus dem Kapitel:

- Wie wird man Unternehmer:in? (→ Kap. 4.1: M1-M3, M5, #Was Unternehmerinnen und Unternehmer ausmacht)
- Was ist der Unterschied zwischen angestellt und selbstständig sein? (→ Kap. 4.1: M6)
- Beschaffung, Produktion, Absatz: Worauf muss man achten? (→ Kap. 4.2: M2-M7)
- Hierarchie: Wie kann ein Unternehmen organisiert sein? (→ Kap. 4.2: M9-M10)
- Was muss man bei der Gründung eines Unternehmens beachten? (→ (Kap. 4.3: M2-M3)
- Welche Kosten fallen in einem Unternehmen an? (→ Kap. 4.3: M5-M7, #Variable und fixe Kosten)
- Was ist der Unterschied zwischen Umsatz und Gewinn? (→ Kap. 4.3: M9, #Umsatz und Gewinn)
- Welche Ziele verfolgen Unternehmen? (→ Kap. 4.3: M10-M12)
- Woran können Unternehmen scheitern? (→ Kap. 4.3: M14-M15, #Insolvenz)

2

Ihr habt nun viel über Unternehmen und ihre Gründung gelernt. Stellt euch nun vor, ihr wollt ein eigenes Unternehmen gründen. Erstellt euren eigenen Businessplan mithilfe der folgenden Vorlage.

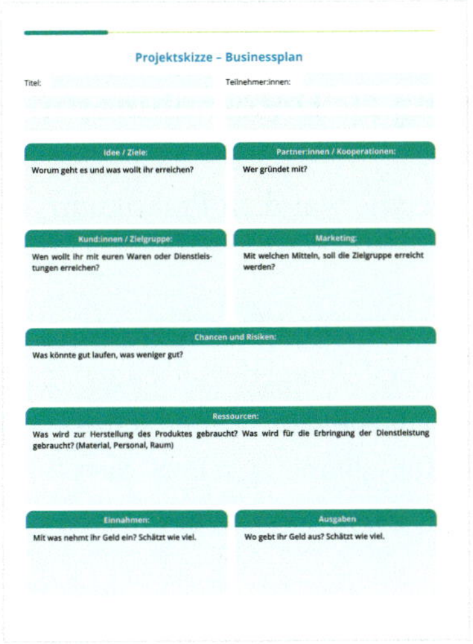
Projektskizze – Businessplan

Titel: Teilnehmer:innen:

Idee / Ziele:
Worum geht es und was wollt ihr erreichen?

Partner:innen / Kooperationen:
Wer gründet mit?

Kund:innen / Zielgruppe:
Wen wollt ihr mit euren Waren oder Dienstleistungen erreichen?

Marketing:
Mit welchen Mitteln, soll die Zielgruppe erreicht werden?

Chancen und Risiken:
Was könnte gut laufen, was weniger gut?

Ressourcen:
Was wird zur Herstellung des Produktes gebraucht? Was wird für die Erbringung der Dienstleistung gebraucht? (Material, Personal, Raum)

Einnahmen:
Mit was nehmt ihr Geld ein? Schätzt wie viel.

Ausgaben
Wo gebt ihr Geld aus? Schätzt wie viel.

Kopiervorlage zur Projektskizze-Businessplan

70079-478

Ziel

3

Stellt euch gegenseitig eure Businesspläne vor und gebt euch mithilfe der folgenden Fragen ein Feedback:

- Wie gut ist die Idee? Klingt sie erfolgsversprechend?
- Was ist im Businessplan gut gelungen, was weniger?

4.1 Selbstständig sein

Selbstständig in die Zukunft – ist das auch etwas für dich?

Viele Wege führen in deine berufliche Zukunft. Doch einen haben wir noch nicht genauer betrachtet: die Selbständigkeit. Anstatt angestellt zu sein, kannst du auch deine eigene Chefin oder dein eigener Chef werden.

M1 Almas persönliche Eignung als Unternehmerin

Kemal: Hey Alma, wie war dein Praktikum?

Kemal (15)

Alma: Mein Praktikum war furchtbar. Das entspricht nicht meinen Vorstellungen von einem guten Unternehmen. Man sollte die Dinge selbst in die Hand nehmen. Ich glaube ja schon, dass ich das sehr gut könnte: Unternehmerin.

Alma (14)

Kemal: Und warum? Was glaubst du, muss eine Unternehmerin denn so können?

Alma: Ich kann sehr gut den Überblick über viele verschiedene Baustellen behalten. Mir entgeht nichts, auch wenn ich in einer Woche an zehn verschiedenen Projekten arbeite.

Bearbeiterin

M2 Wie wurde Margarete Steiff Unternehmerin?

1847

Margarete Steiff präsentiert ein Kleid ihrer eigenen Kollektion.

Wie alles begann

Am 24. Juli 1847 wird Margarete in Giengen an der Brenz geboren, als drittes von vier Kindern. Als sie 18 Monate alt ist, erkrankt sie an hohem Fieber, danach sind ihre Beine gelähmt, ihren rechten Arm kann sie nur unter Schmerzen belasten.

Drei Jahre später wird ein Ulmer Arzt Kinderlähmung feststellen. Die vielen Arztbesuche und Kuren helfen nicht, die Eltern sind verzweifelt. Zeitlebens wird sie wohl auf die Fürsorge anderer angewiesen sein. Aber die lebenslustige Margarete erkämpft sich ihren Platz.

1862

Ausbildung und erste Schritte

Trotz der Schmerzen in der rechten Hand geht Margarete nun auch in die Nähschule und schließt mit 17 Jahren die Schneiderlehre ab. Ihre älteren Schwestern Marie und Pauline eröffnen 1862 eine Damenschneiderei in der sie zeitweise mitarbeitet. Als Marie und Pauline etwa 8 Jahre später den Heimatort verlassen, macht Margarete alleine weiter.

1874

Der Grundstein wird gelegt – der Schritt in die Selbstständigkeit

Für Margarete wird die Nähmaschine umgedreht, da sie das Schwungrad mit rechts nicht bedienen kann.

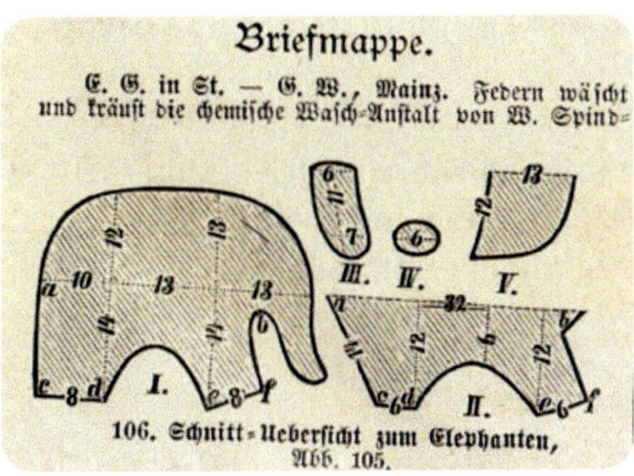

Anleitung für einen Stoffelefanten

Im Jahr 1874 baut Margaretes Vater das Elternhaus um und richtet ihr ein eigenes Arbeitszimmer ein, eine kleine Schneiderei. Vom ersten selbstverdienten Geld kauft sie sich eine eigene Nähmaschine. Das Schwungrad kann sie auf der rechten Seite nur mühsam bewegen, deshalb wird die Maschine kurzerhand umgedreht.

[...] Im Journal „Modenwelt" vom 8. Dezember 1879 sieht Margarete das Schnittmuster für einen kleinen Stoffelefanten. Nach dieser Vorlage näht sie das „Elefäntle" als Nadelkissen, schon bald sind die kleinen Stofftiere aber als Kinderspielzeug sehr beliebt.

1880

Die Margarete Steiff GmbH wird gegründet

Das offizielle Gründungsdatum der Manufaktur Steiff ist das Jahr 1880. Der erste Verkaufsschlager ist das „Elefäntle", das ihr jüngerer Bruder Fritz auf dem nahen Heidenheimer Markt verkauft. Schon sechs Jahre später verkauft Margarete über 5.000 Elefanten und entwirft nun auch andere Stofftiere.

1893

[A]m 3. März 1893 wird die Spielwaren-Fabrik als „Margarete Steiff Filzspielwarenfabrik Giengen/Brenz" ins Handelsregister eingetragen. Erstmals werden die Spielwaren auf der Leipziger Spielwarenmesse präsentiert. Margarete beschäftigt nun 4 Näherinnen und 10 Heimarbeiterinnen.

Steiff: Die Steiff Story. In: www.steiff.com, Abruf am 30.05.2023

Das Elefäntle ist das erste Stofftier der Firma Steiff.

M3 Wie wäre eine Welt ohne Unternehmen?

Alma und Kemal träumen von einer Welt ohne Unternehmen.

Alma: Das wäre so schön: Nie wieder Praktika oder später arbeiten!
Kemal: Aber dann gäbe es auch nicht mehr die tolle Eisdiele um die Ecke. Oder was ist mit der Pizza aus dem Supermarkt, die ich so gern esse.
Alma: Ach, das kannst du doch auch selbst machen. Das bekommst du auch alles im Supermarkt.
Kemal: Du Schlaumeierin! Der Supermarkt gehört ja auch zu einem Unternehmen ...

Bearbeiterin

WAS UNTERNEHMERINNEN UND UNTERNEHMER AUSMACHT

Es gibt Eigenschaften, die mit erfolgreichen Unternehmer:innen verbunden werden. Sie werden oft als durchsetzungsfähige, innovative, leidenschaftliche, kreative und risikobereite Menschen beschrieben, die ihre eigenen Ideen umsetzen und auf einen Markt bringen wollen. Sie sind sich ihrer Fähigkeiten bewusst, zeigen viel Eigeninitiative, sind verantwortungsbewusst und teamfähig.
All diese Eigenschaften sind selbstverständlich auch für Berufe mit Anstellung sehr gefragt. Außerdem muss eine Unternehmerin oder ein Unternehmer nicht alle diese Eigenschaften erfüllen, um Erfolg zu haben. Jede Person, die eine gute Idee für eine Unternehmensgründung hat, sollte sich nicht von Vorurteilen aufhalten lassen.

AUFGABEN

70079-479

1. Beschreibe den Dialog in **M1**: Was macht eine:n Unternehmer:in aus Almas Sicht aus?
2. Führt in eurer Klasse eine Umfrage durch:
   - Wie viele Schülerinnen und Schüler fänden es erstrebenswert ein:e Unternehmer:in zu werden?
   - Welche Eigenschaften benötigt ein:e erfolgreiche:r Unternehmer:in?
3. Fasse wesentliche Meilensteine der Karriere der Unternehmerin Margarete Steiff in **M2** zusammen.
4. Führt in Partner:innenarbeit das Gespräch in **M3** weiter und erörtert die Probleme, die durch eine Welt ohne Unternehmen und Unternehmer:innen entstehen können.
5. Bewerte die folgende These: „In der Schule kann man nicht lernen, ein:e Unternehmer:in zu werden. Das kann man nur im späteren Leben."

Angestellt oder lieber selbstständig sein?

„Ich lasse mir echt ungern was sagen. Später bin ich mein eigener Chef!“ So denken viele Jugendliche. Angestellt sein und immer den Anweisungen anderer Menschen zu folgen, ist nicht für alle die optimale Idee. Aber wie finde ich denn heraus, was für mich die beste Wahl ist?

M4 Was machst denn du so beruflich?

„Ich weiß ganz oft noch nicht, was ich tun soll. Für die Aufgaben meiner Abteilungsleiterin bin ich sehr dankbar. Sie hat einfach den Überblick!“

Derya, 23
Auszubildende

„Manchmal wünsche ich mir meinen alten Job mit festen Arbeitszeiten zwischen acht und neun Stunden zurück. Aber es ist auch toll, dass ich mich endlich verwirklichen kann. Auch wenn der Tag jetzt oft 15 Stunden hat.“

Phillip, 35
gründet ein Start-up

Bearbeiterin

M5 Welche Motive gibt es, sich selbstständig zu machen?

1 „Ich möchte nicht immer gesagt bekommen, was ich tun soll! In meinem Unternehmen müssten alle nach meiner Pfeife tanzen.“

2 „Ich möchte mich nur auf mich selbst verlassen. Auf niemanden sonst. Ich muss einfach alleine für mich arbeiten können.“

3 „Ich hab einfach Lust mal ein eigenes, kleines Café auszuprobieren. Backen kann ich gut.“

4 „Ich will jedem Menschen die Möglichkeit geben, einen Kredit aufnehmen zu können. Ich will eine Art Bank für arme Menschen gründen!“

5 „Keiner stellt mich ein. Meine einzige Chance auf einen Job ist, mein eigenes Unternehmen zu gründen.“

6 „Ich übernehme das Familienunternehmen, um die lange Tradition der Familie fortzuführen.“

7 „Ich bin Journalist. In diesem Tätigkeitsfeld machen sich viele selbstständig.“

8 „Ich bin vor zwei Jahren aus Bangladesh nach Deutschland gekommen. Leider finde ich keine Anstellung, weil mein Ausbildungsabschluss nicht von den Behörden anerkannt wird. Deshalb gründe ich ein Unternehmen, damit ich meinen Lebensunterhalt bezahlen kann.“

Bearbeiterin

M6 Angestellt oder selbstständig? Tagesabläufe im Vergleich

Elif, 28
Versicherungsangestellte
aus Essen

Bei uns in der Versicherung gibt es ein Gleitzeitsystem. Das heißt ich komme zwischen sieben und zehn Uhr ins Büro und gehe dann dementsprechend nach acht Stunden. Wir haben eine Kantine, die ich meist mittags nutze. Im Durchschnitt bin ich gegen 16:30 Uhr auf dem Heimweg und kann mich dann mit meinen Freund:innen treffen oder meinen Hobbys nachgehen. Wenn ich mal Überstunden mache, kann ich an einem anderen Tag früher gehen. Bei weitreichenden Entscheidungen muss ich meine Vorgesetzte fragen, das nervt mich manchmal. Ich hätte häufig gerne mehr Verantwortung. Wenn ich krank bin, lasse ich mich krankschreiben und meine Kolleg:innen vertreten mich. Die Krankenkassenbeiträge werden jeweils zur Hälfte vom Unternehmen und mir gezahlt. Auch im Urlaub kann ich richtig abschalten. Weil ich angestellt bin, bin ich automatisch in der gesetzlichen Rentenversicherung. Die Beiträge für die Krankenkasse und die Rentenversicherung werden automatisch von meinem Gehalt abgezogen.

Johannes, 38
Malermeister
aus Dortmund

Mein Tag beginnt um sechs Uhr. Zu allererst kläre ich die anstehenden Termine im Büro ab. Ich habe fünf Angestellte, die pünktlich zu ihren Aufträgen erscheinen müssen. Im letzten Jahr hatten wir fast vierzehn Tage keine Aufträge. Seit dem bin ich noch mehr darauf bedacht, neue Kund:innen anzuwerben. Ich bin für alle verantwortlich und muss dafür sorgen, dass unser Einkommen reinkommt. Mein Tag endet oft gegen 19:00 Uhr. Im Urlaub bleibt mein Diensthandy an. Am Wochenende muss ich oft die Abrechnungen machen, auch wenn meine Tochter ein Fußballspiel hat und ich eigentlich lieber zusehen würde. Aber so ist es eben; ich arbeite selbst und ständig und meistens macht mir das auch großen Spaß. Mein Arbeitsalltag ist sehr abwechslungsreich. Wenn ich krank bin, vertritt mich niemand. Die Krankenkassenbeiträge trage ich allein. Der Blick auf die Rente macht mir etwas Sorgen. Ich muss mich auch darum selbst kümmern. Aktuell geht es uns aber finanziell sehr gut und ich kann etwas zur Seite legen.

Bearbeiterin

AUFGABEN

70079-480

1. Beschreibe die Beispiele aus **M4**.
2. a) Erkläre, welche Motive es zur Unternehmensgründung gibt (**M5**).
   b) Beurteile, welche Motive du überzeugend findest und welche nicht.
3. a) Arbeitet in Kleingruppen die Unterschiede zwischen angestellt und selbstständig sein aus den Fallbeispielen heraus (**M6**).
   b) Diskutiert in Partnerarbeit, welche Art der Arbeit für euch in Frage kommt und begründet eure Wahl ausführlich anhand von **M5** und **M6**.

H zu Aufgabe 2b
Bedenke die Chancen und Risiken, die damit einhergehen.

4.2 Organisation von Unternehmen

Beschaffung, Produktion, Absatz: Wie muss geplant werden?

Ordnung ist das halbe Leben, oder? In einem Betrieb läuft alles nach einer bestimmten Struktur ab. Wird diese unterbrochen, hakt es überall. Ohne Arbeitskräfte kann nichts produziert werden und ohne Produkte wiederum nichts verkauft werden. Doch wie ist denn nun die richtige Reihgenfolge?

M1 Teamwork: Wie fangen wir an?

Was benötigen wir für die Eröffnung einer Bäckerei?

Jeder sollte wissen, was wann zu tun ist. Dazu braucht es einen guten Plan, damit alle im Team erfolgreich zusammenarbeiten können.

M2 Beschaffung, Produktion, Absatz – was ist wichtig?

BESCHAFFUNG = Rohstoffe besorgen	PRODUKTION = Produkte herstellen	ABSATZ = Produkte verkaufen
Welche Rohstoffe / Produkte / Dienstleistungen muss man selbst einkaufen? Braucht man Zulieferer / Maschinen / Arbeitskräfte?	Welche Tätigkeiten müssen erledigt werden? Braucht man dafür Maschinen oder Arbeitskräfte?	Wie kommt das Produkt zu den Kund:innen? Braucht man dafür Arbeitskräfte / Werbung / Transportmittel?

Bearbeiterin

M3 Was ist die richtige Reihenfolge?

Beschaffung

- A Bestellung aufgeben
- B Zahlung abwickeln
- C Bestand kontrollieren
- D Lieferanten auswählen
- E Bedarf ermitteln
- F Wareneingang überprüfen
- G Arbeitskräfte bereitstellen
- H Kosten kalkulieren

Produktion

- A Produktmenge festlegen
- B Wartezeiten einplanen
- C Qualitätsprüfung
- D Bearbeitungszeit kalkulieren
- E Transportzeiten planen
- F Kapazitäten kalkulieren
- G über die zu produzierenden Produkte entscheiden

H Kontrollen durchführen | I Störungen berücksichtigen | J Termine festlegen | K Transportzeiten planen | L Aufträge freigeben | M Produktionsphase

Absatz

A Marketing | B Marktnachfrage | C Marktforschung | D Logistik
E Kommunikation | F Marktanalyse | G Produktplanung | H Vertrieb

Bearbeiterin

M4 Welche Konflikte gibt es bei der Beschaffung?

Große oder kleine Einkaufsmengen können zu Vor- oder Nachteilen für das Unternehmen führen. Bei großen Bestellmengen ist z. B. ein großes Lager notwendig. Dies hat eine Steigerung der **Lagerkosten** (z. B. durch Mieten und Strom) zur Folge.
Umgekehrt verhält es sich bei kleinen Einkaufsmengen, denn es ist kein großes Lager mehr nötig.
Andererseits muss das Unternehmen in kürzeren Zeitabständen Bestellungen durchführen, und hierdurch steigen die Bestellkosten. Solche **Bestellkosten** umfassen Kosten der Warenannahme und -prüfung sowie Kosten für Anfragen, Angebotsvergleiche und Vertragsverhandlungen.
Die **optimale Bestellmenge** ist erreicht, wenn die Summe aus Lagerkosten und Bestellkosten am niedrigsten ist.
Diese Rechnung ist in der Praxis allerdings – z. B. aufgrund von beschränkt lagerfähigen Produkten oder vorgegebenen Mindestbestellmengen – nur schwer zu verwirklichen.

Voss, Rödiger: BWL kompakt – Grundwissen Betriebswirtschaftslehre. 8. Auflage, Merkur Verlag Rinteln 2018, S. 359 f.

AUFGABEN 70079-481

1. Was benötigt man für die Eröffnung einer Bäckerei (**M1**)? Erstellt gemeinsam in der Klasse eine Mindmap (→ **Methodenglossar**).
2. Erläutere am Beispiel der Herstellung einer Pizza, was man unter Beschaffung, Produktion und Absatz versteht (**M2**).
3. Die Begriffe zu den drei Bereichen Beschaffung, Produktion und Absatz sind durcheinander geraten. Ordne sie in einer zeitlich sinnvollen Reihenfolge an (**M3**).
4. Diskutiert die Herausforderungen im Bereich der Beschaffung (**M4**).
5. Beurteile die folgenden Aussagen:
   a) „Beschaffung für Unternehmer:innen ist Absatz für die Lieferanten."
   b) „Absatz für Unternehmer:innen ist Beschaffung für die Kund:innen."

F **zu Aufgabe 2**
Ermittle den Ablauf für einen Haarschnitt. Erkennt ihr einen Unterschied?

Wie verkauft man seine Produkte erfolgreich?

Ein Unternehmen muss nicht nur gute Produkte herstellen, es muss sie auch verkaufen. Es gibt sehr vielfältige Marketingmaßnahmen, die das Unternehmen einsetzt, um seine Kundinnen und Kunden zu erreichen.

M5 Überzeugung auf ganzer Linie?

Kaminholz zu verkaufen!
Verkaufe Holz an Selbstabholer.
Gut durchgetrocknet.
✆ 2354

M6 Absatz der Güter

Mit **Absatz** (Marketing) ist nicht nur der reine Verkauf von Produkten angesprochen, sondern es sind auch jene Maßnahmen gemeint, die diesen Verkauf unterstützen. Ein Marketingmanager übernimmt also die Verantwortung für die gesamten vertrieblichen Aktivitäten des Unternehmens.

Voss, Rödiger: BWL kompakt – Grundwissen Betriebswirtschaftslehre. 8. Auflage, Merkur Verlag Rinteln 2018, S. 26

Aufgabenerfüllung im Bereich:

Marktforschung:	Vertriebswege:	Marketingmaßnahmen:
Welche Bedürfnisse haben meine Kunden? Wie groß ist die Konkurrenz am Markt?	Werden die Produkte direkt an Kunden verkauft oder an Zwischenhändler?	Welche Kommunikationswege erreichen meine Kunden und passen diese zum Produkt?

Bearbeitergrafik

ABSATZ

Neben der Analyse des Kundenbedarfs und Aufgaben des Marketings umfasst der Absatz eines Unternehmens die Verteilung der erbrachten Leistungen.
Konkret sind das die Menge der verkauften Produkte oder die Stundenzahl bei erbrachten Dienstleistungen. In einem Unternehmen bildet der Absatz eine entscheidende Größe für den Erfolg eines Unternehmens am Markt. Dieser Bereich stellt den Kontakt zu den Kunden her und ermöglicht den Verkauf.

M7 Die vier P des Marketings

Marketing-Mix

P – Product (Produkt)
Produktpolitik

- Wie wird das Produkt gestaltet? (Design, Funktionen etc.)
- Wie ist die Verpackung gestaltet?
- Ist das Produkt in ein Sortiment eingebettet („Marke“)?
- Welcher Produktname ist geeignet?

P – Place (Ort)
Distributionspolitik

- Wie gelangt das Produkt zum Kunden? (Vertrieb über Einzelhandel, Großhandel, Internet, Vertreter ...)
- Wie wird das Ladenlokal gestaltet?

P – Price (Preis)
Konditionenpolitik

- Wie hoch ist der Preis? (Anpassung an die Konkurrenz, Deckung der Stückkosten)
- Gibt es Sonderpreise für bestimmte Kundengruppen?
- Wie werden Rabatte gestaltet?

P – Promotion (Werbung)
Kommunikationspolitik

- Welches Werbekonzept verspricht am meisten Erfolg (Medien, Botschaft, Budget)
- Wie kann das Image des Unternehmens verbessert werden? (Public Relations, z. B. Sponsoring, Zusammenarbeit mit Schulen)

Bearbeiterin

AUFGABEN

70079-482

1. Untersuche die Werbeanzeigen in **M5**. Erläutere, was dich an den Beispielen anspricht und was dich nicht überzeugt. MK
2. Erstellt in Teams anhand von **M6** und der Methode auf der nächsten Seite einen Fragenbogen zum Thema „benötigte Produkte an unserer Schule“. Ziel ist es eine Marktanalyse eurer Schule anzufertigen.
3. Erarbeitet in Kleingruppen mithilfe von **M7** einen Marketingansatz, der dazu beiträgt,
   a) mehr Brötchen in einer Bäckerei,
   b) mehr Haarschnitte in einem Friseursalon oder
   c) mehr Webdesign-Konzepte einer Agentur zu verkaufen.
4. Beurteile, ob man wirklich jedes Produkt mit dem richtigen Marketingmix verkaufen kann.
5. Recherchiert, was man unter Guerilla-Marketing versteht. Sammelt verschiedene Beispiele hierfür und diskutiert, wie, wann und warum diese besondere Art Werbung zu machen funktioniert. MK

Einen Fragebogen erstellen

Worum geht es?

Fragebögen benötigt ihr immer wieder. Ob nun für eine Umfrage oder eine Evaluation. Fragebögen beginnen immer mit einem so genannten „Eisbrecher“, d. h. einer leichten Einstiegsfrage, die gut verständlich ist und Lust auf die Befragung macht. Insgesamt sollten es nicht zu viele Fragen sein. Mehr als zehn Fragen ermüden die Befragten. Aber auch die Art der Fragen ist wichtig, da die Auswertung der Ergebnisse eindeutig durchführbar sein sollte.

Geht dabei so vor:

1. Schritt: Überblick verschaffen

Zunächst überlegt ihr euch, was genau ihr wissen möchtet. Dabei kann euch eine Mindmap helfen.

Beispiel:

2. Schritt: Aufbau des Fragebogens

a) Die erste Frage nennt man auch „Eisbrecher“. Dabei handelt es sich um eine einfache und motivierende Frage: Was bringt die Befragten dazu freiwillig alle Fragen zu beantworten?
b) Stellt nicht mehr als zehn Fragen.
c) Stellt nur wenige offene Fragen. Das sind Fragen, die frei beantwortet werden können.
d) Nutzt Abstufungen als Hilfe für die Antworten wie z. B.:
Sehr ... / ... / Weder noch / Nicht sonderlich ... / Gar nicht ...
e) Stellt abwechslungsreiche, kurze Fragen, damit die Konzentration bestehen bleibt.

3. Schritt: Testlauf

Testet euren Fragenbogen, indem ihr euch gegenseitig befragt. So bemerkt ihr Probleme beim Beantworten und Auswerten der Fragen.

4. Schritt: Auswertung

Sammelt alle Fragebögen und teilt die Fragen bzw. jeweiligen Antworten je einer Person zu. Es ist sinnvoll, wenn sich eine Person auf eine Frage konzentriert und diese auszählt oder auswertet.
Tipp: Der Fragebogen kann auch online beispielsweise über Pingo (*https://pingo.coactum.de/*) mithilfe eines Accounts erstellt werden. Auf dieser Webseite fällt euch auch die Auswertung leichter.

Bearbeiterin

Entscheidungen im Unternehmen – eine Frage der Hierarchie?

Kommunikation ist alles! Eine gute Geschäftsidee ist eine Sache, aber ohne Ordnung ist sie nichts wert. Wer kauft ein? Wer stellt die Produkte her? Was passiert, wenn eine Abteilung ausfällt und sich niemand verantwortlich fühlt? Wie gibt man dem eigenen Unternehmen Struktur und sorgt für eine nachhaltige Idee?

M8 Fallbeispiel – Abläufe im Unternehmen

Die Schülerfirma Kopernikusschen hat den Auftrag, täglich 75 Brötchen für die Pausen zu belegen und zu verkaufen. Seit kurzer Zeit gibt es zwei neue Mitarbeiter:innen aus der Parallelklasse, Tom und Kaya. Tom soll die Brötchen belegen. Leider hat er nun mehrfach vergessen der Abteilung „Beschaffung" mitzuteilen, dass Käse fehlt. Kaya hilft im Absatz. Sie mag selbst am liebsten Marmelade und hat ohne Rücksprache mit den anderen Abteilungen nun für 50 € Erdbeermarmelade bestellt. Die übrigen Schüler:innen sind genervt und bangen um den monatlichen Gewinn.

Bearbeiterin

verschiedene belegte Brötchen

M9 Hierarchie: Alles nach der Reihe, oder?

Hierarchie
Ist eine Organisationsform, die z. B. Mitarbeitende nach Wichtigkeit oder Aufgabengebiet ordnet.

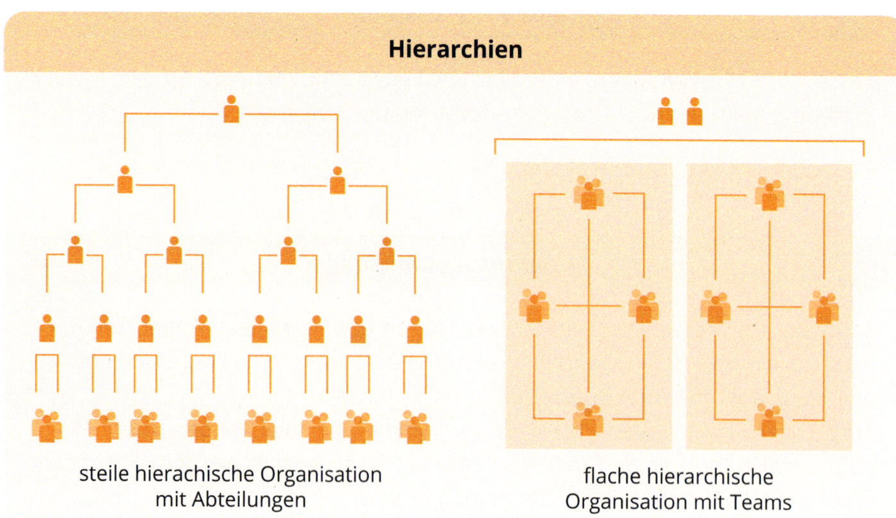

Bearbeitergrafik

M10 Vor- und Nachteile flacher Hierarchien

1 Mitarbeitende, die mitgestalten und Verantwortung übernehmen dürfen, sind motivierter und eigenverantwortlicher als solche, die von Chefs ihre Aufgaben vorgesetzt bekommen.

2 Entscheidungen können auf kurzen Wegen getroffen werden und werden somit unkomplizierter und schneller.

3 Führungskräfte müssen sich nicht um jede Detailentscheidung kümmern und haben dadurch mehr Zeit, sich um grundlegende Entwicklungen zu beschäftigen.

4 Mitarbeitende sind durch (zu) viele Gestaltungsfreiräume und Entscheidungen überfordert.

5 Teams können zu groß oder zu instabil (bei häufigen Wechseln) sein, um darin sinnvoll miteinander Entscheidungen treffen zu können.

6 Es ist unklar, wer für was verantwortlich ist.

7 Flache Hierarchien bieten weniger Aufstiegsmöglichkeiten.

8 Entscheidungen werden durch lange Diskussionsrunden in die Länge gezogen. (Sprichwort: Viele Köche verderben den Brei)

Bearbeiterin

AUFGABEN

70079-483

1. Beschreibt zu zweit, was in **M8** schief lief und überlegt, welche Gründe es dafür gibt.
2. a) Vergleiche die Abbildungen in **M9** und stelle in eigenen Worten dar, was man unter den beiden Hierarchieformen versteht.
   b) Stellt eine Übersicht für die Mitarbeiter:innen in eurer Schule auf.
3. a) Arbeite die Vor- und Nachteile zu flachen Hierarchien heraus (**M10**).
   b) Begründe, in welchen Bereichen eher steile oder flache Hierarchien geeignet wären. Zum Beispiel: Produktion in der Industrie, Tageszeitung, IT-Unternehmen, Bürgeramt, Schule, Universität …
   c) Entscheide dich für ein Modell (**M9**), in dem du später arbeiten oder selbst gern leiten möchtest und begründe deine Wahl.
4. Diskutiert in der Klasse Lösungsmöglichkeiten und vorbeugende Maßnahmen, damit die Probleme in **M8** nicht wiederholt auftreten.

H **zu Aufgabe 3b**
Zum Beispiel kann in der Produktion von Gütern eine steile Hierarchie die Zuständigkeiten klar strukturieren.

WARUM WERDEN UNTERNEHMEN GEGRÜNDET UND WIE SIND SIE ORGANISIERT?

M1-M2, M5 ··➔ #
Kapitel 4.1

MOTIVE FÜR DIE GRÜNDUNG EINES UNTERNEHMENS

Es gibt die unterschiedlichsten Motive ein Unternehmen zu gründen. Die Motive hängen von den persönlichen Fähigkeiten und Interessen ab, können sich aber auch durch äußere Umstände ergeben. So kann es für Migrant:innen in einem neuen Land schwierig sein, Zugang zum Arbeitsmarkt zu finden. Eine Unternehmensgründung kann hier eine Option sein, seinen eigenen Lebensunterhalt zu verdienen. Ob die Gründung erfolgreich ist, hängt auch mit diesen Motiven und der damit verbundenen Motivation zusammen. Bevor man ein Unternehmen gründet, muss man sich über seine Motive im Klaren sein. Mögliche Motive sind z. B.:

- seinen Arbeitsalltag nach eigenen Vorstellungen gestalten zu können
- besonders kreative Ideen umsetzen zu können
- frei und ohne Vorgaben arbeiten zu können
- sich selbst zu verwirklichen
- sich seinen eigenen Arbeitsplatz zu schaffen

M1, M2 ··➔ #
Kapitel 4.1

WAS UNTERNEHMERPERSÖNLICHKEITEN AUSMACHT

Ob es so etwas wie eine Unternehmerpersönlichkeit gibt, ist umstritten. Eigenschaften, die aber auch von Gründer:innen selbst immer wieder als wichtig genannt werden, sind: Risikobereitschaft, Verantwortungsbewusstsein, Selbstwirksamkeit, Eigeninitiative, Teamfähigkeit. Viele dieser Kompetenzen kann man sicher erlernen. Die Frage ist aber, ob alle diese Eigenschaften nicht auch in vielen anderen Berufen gebraucht werden. Durch die Festlegung einer Unternehmerpersönlichkeit verbreitet sich ein klischeehaftes und stereotypes Bild von Unternehmer:innen. Das kann dazu führen, dass so manche mögliche „Gründertypen" schon im Vorfeld entmutigt werden.

M6 ··➔ #
Kapitel 4.1

UNTERSCHIED ZWISCHEN ANGESTELLT UND SELBSTSTÄNDIG SEIN

Ist man in einem Unternehmen angestellt, werden einige Dinge für einen geregelt. Zum Beispiel werden Krankenkassenbeiträge vom Arbeitgeber und Arbeitnehmer gezahlt. Als selbstständige Unternehmer:in zahlt man die Kosten komplett selbst. Man muss sich selbst etwas für seine Rente zur Seite legen. Rentenzahlungen vom Staat bekommt man nicht. Viele Anstellte genießen die Vorzüge einer Arbeitszeiterfassung mithilfe eines Gleitzeitsystems. Dabei kann man selbst entscheiden, wann man zu arbeiten beginnt und wann man seinen Tag beendet. Überstunden werden notiert, die man später wieder abbauen kann. Als selbständige:r Unternehmer:in hat man auch diesen Vorzug nicht. Dafür hat man viel mehr (Eigen-)Verantwortung als eine angestellte Person. Falls Personal vorhanden ist, ist man dafür zuständig. Man zahlt Löhne, kümmert sich um neue Kund:innen, Investitionen, Unternehmensziele, usw.

BESCHAFFUNG, PRODUKTION UND ABSATZ

⟵ M2-M4, M6-M7
Kapitel 4.2

Die Arbeitsschritte in jedem Unternehmen können in drei Bereiche aufgeteilt werden: Beschaffung – Produktion – Absatz. Diese Bereiche müssen genau aufeinander abgestimmt werden.

Die **Beschaffung** regelt die Bereitstellung der Ressourcen, die für die Produktion erforderlich sind; das sind Werkstoffe, Betriebsmittel, Finanzmittel und Arbeitskräfte. In Dienstleistungsunternehmen unterscheidet sich der Bereich der Beschaffung und Produktion jedoch sehr stark von Produktionsunternehmen.

Der Unternehmensbereich der **Produktion** ist der Ort, an dem Leistungen in einem Unternehmen erstellt werden. In Produktionsunternehmen werden Güter hergestellt, in Dienstleistungsunternehmen werden Dienstleistungen erbracht und in Handelsunternehmen werden Produkte eingekauft und verkauft.

Beim **Absatz** geht es um den Verkauf und die Vermarktung der Produkte und Dienstleistungen. Neben den Aufgaben des Marketings umfasst der Absatz eines Unternehmens die Verteilung der erbrachten Leistungen, wie z. B. die Auslieferung und der Transport.

STEILE UND FLACHE HIERARCHIE

⟵ M9-M10
Kapitel 4.2

Im Zusammenhang mit den Führungsstilen spielen Hierarchien eine wichtige Rolle: Während steile Hierarchien sich durch verschiedene Ebenen und deren strenge Trennung durch Abteilungen auszeichnen, haben flache Hierarchien nur wenige Ebenen mit Teams und die Wege zwischen den einzelnen Verantwortlichen erscheinen kürzer. Stark hierarchische Strukturen werden zunehmend durch flache Hierarchien und neue Arbeitsformen wie Projekt- und Teamarbeit abgelöst. Dies geht einher mit einer größeren Verantwortung und steigenden Anforderungen an die einzelnen Mitarbeiter:innen.

4.3 Unternehmen gründen

Welche Idee ist die Richtige für ein Unternehmen?

Jeans, Computer, der radierbare Stift, Bestelldienste ... Es gibt doch wirklich schon jede Idee, oder? Kann man heutzutage noch neue Geschäftsideen finden?

M1 Ideen über Ideen für Produkte

1. **Togo:** schnelles Bauen mit Hohlbetonsteinen
2. **EKG-Gerät MAC 400:** Medizintechnik für Jedermann
3. Sparsame Solar-Geldautomaten von Vortex
4. **Frankreich:** Computer als nachhaltige Heizung
5. **Indien:** Tata sorgt für sauberes Wasser

Bearbeiterin

M2 Was muss für eine Geschäftsidee beachtet werden?

Zielgruppe?

Kapital?

Verkehrsinfrastruktur?

Marktlücke?

Ort?

Marketing?

Mitarbeiter:innen?

Konkurrenz?

Bearbeiterin

M3 Soll Sara einen eigenen Fahrradladen aufmachen?

Sara: „Hallo Amil, [...] ich habe die Idee, ein Geschäft für Fahrradreparaturen zu eröffnen. Da gibt es viel zu tun, und ich dachte, vielleicht könnten wir uns zusammentun?"

Amil: „Mensch, das ist ja toll. Das wusste ich noch gar nicht. Hast du dir das auch gut überlegt? So als Selbstständiger hat man ja doch viel zu tun."

Sara: „Ja, das stimmt schon. Aber ich möchte doch ganz gerne mein eigener Chef sein. Und vor allem: Ich möchte gerne, dass so richtig Knete rüberkommt."

Amil: „Und wo willst du das Geschäft aufmachen?"

Sara: „[...] in der Goethestraße."

Amil: „[...] In der Straße gibt es doch schon ein Fahrradgeschäft. Das bedeutet doch Konkurrenz für dich. Und außerdem ist das doch auch ziemlich weit ab vom Schuss. Meinst du, dass da überhaupt genug Kund:innen hinfinden?"

Sara: „Einerseits hast du Recht. Aber auf der anderen Seite: Ich habe schon viele Leute klagen hören, dass die dort nur am Verkaufen interessiert sind. Wenn's danach Probleme mit dem Rad gibt, wird der Kunde eher im Stich gelassen. Ich sehe da also durchaus eine Chance."

Amil: „Hm, stimmt auch wieder. Ich sehe, du hast dir schon deine Gedanken gemacht. Aber bevor ich mitmache, müssen wir doch noch ein paar Dinge klären. Zum Beispiel: Wie kommen wir denn zu unserem Material? Woher sollen wir das Geld nehmen? Und wie teilen wir es zwischen uns auf, wenn wir überhaupt einen Gewinn machen?"

Sara: „Jetzt sei mal nicht zu ängstlich. Schließlich ist doch dein Vater bei der Bank. Der kann uns bestimmt Tipps geben, wie wir geschickt an das nötige Startkapital kommen können."

Nach einer Idee des Instituts für Ökonomische Bildung, Oldenburg

AUFGABEN

70079-484

1. a) Beschreibe, wodurch sich die Geschäftsideen in **M1** auszeichnen. Recherchiere ggf. weitere Details.
   b) Entscheide dich, welche Idee(n) dich überzeugen. Begründe.
   c) Begründe, welche Ideen aus deiner Sicht auch für eine Schüler:innenfirma infrage kommen.
2. Erkläre mithilfe der Abbildung **M2**, auf welche Aspekte und Personengruppen bei der Entwicklung einer Geschäftsidee geachtet werden muss.
3. a) Ermittle die Erfolgschancen und Risiken von Saras Geschäftsidee (**M3**) mithilfe der nachfolgenden Methode.
   b) Führe die **SWOT-Analyse** nun mit einem Beispiel deiner Wahl durch (Bäckerei, Atomkraftwerk, Schreinerei) und erschließe dir die Chancen und Risiken.
4. Diskutiert in der Klasse, warum es wichtig ist, dass gesellschaftliche Probleme angegangen und neue Ideen zur Problemlösung entwickelt werden. Für welche gesellschaftlichen Bereiche sind aus eurer Sicht neue Ideen notwendig?

F zu Aufgabe 3 MK
Recherchiert zu zweit weitere Risiken bei der Gründung von Unternehmen. Teilt dazu eure Klasse in Kleingruppen auf und wählt jeweils ein Beispiel aus dem folgenden Podcast.
Link:
Ungeschönt – der Gründungspodcast
70079-485

Eine SWOT-Analyse durchführen

I. Worum geht es?

SWOT steht für Strength, Weakness, Opportunities, Threats. Zu deutsch: Stärken, Schwächen, Chancen, Risiken. Die Methode dient der Bewertung von Chancen und Risiken für Unternehmen.

II. Geht dabei so vor:

1. Schritt: SWOT-Analyse mithilfe einer Matrix durchführen

Nutzt zum Beispiel die folgende Matrix zur Erarbeitung und Bewertung von Chancen und Risiken für Unternehmen.

Unternehmen / Markt		Interner Faktor	
		Stärken	**Schwächen**
Externer Faktor	**Chancen**	Stärken werden erhöht oder kommen am Markt besser zur Geltung.	Schwächen können kompensiert oder ausgeglichen werden.
	Risiken	Stärken gehen verloren oder werden am Markt nicht mehr wirksam.	Schwächen werden verschärft oder wirken sich am Markt stärker aus.

Bearbeiter

Kosten über Kosten – wie behält man den Überblick?

Nun hast du eine tolle Idee und bist dir auch sicher, dass du alles mitbringst, um ein:e echte:r Unternehmer:in zu werden. Von Anfang an muss man einen Überblick über seine Kosten haben. Welche Kosten muss man berücksichtigen?

M4 Hilfe, so viele Kosten!

Ferdinand hat vor zwei Jahren erfolgreich ein Unternehmen gegründet. Leider hat er den Überblick über all seine Kosten verloren ...

M5 Welche Kosten fallen an?

Betriebsbedingte Kosten	Beispiel Cafeteria	Beispiel Grafikdesign
Personalkosten (Löhne, Gehälter)	Aushilfen für größere Events, Köch:innen bzw. Personen, die das Essen täglich ausgeben	Steuerberater, Sekretariat
Materialkosten (Rohstoffe, Vorprodukte)	Essen und Getränke, Geschirr, Servietten	Laptops, Software
Dienstleistungskosten (Müllgebühren, Transport, Energie, Versicherung)	Müllgebühr, Strom	Telefonanschluss, Internet
Raumkosten (Miete, Pacht, Reinigung)	Miete für Speisesaal, Küche, ggf. Toiletten	Miete für Büroräume
Sonstige Kosten (Werbung, Flyer, Events)	Stifte, Plakate, Tafeln	Werbeanzeigen (Internet), Messebesuche

Bearbeiterin

M6 Wie hängen Kosten und Menge zusammen?

Variable Kosten

Gesamtkosten

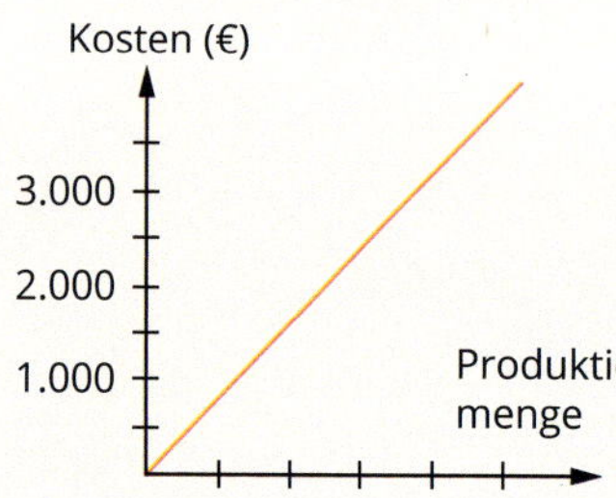

Bei steigender Produktionsmenge steigen die variablen Gesamtkosten mit jedem Stück an.

Kosten pro Stück

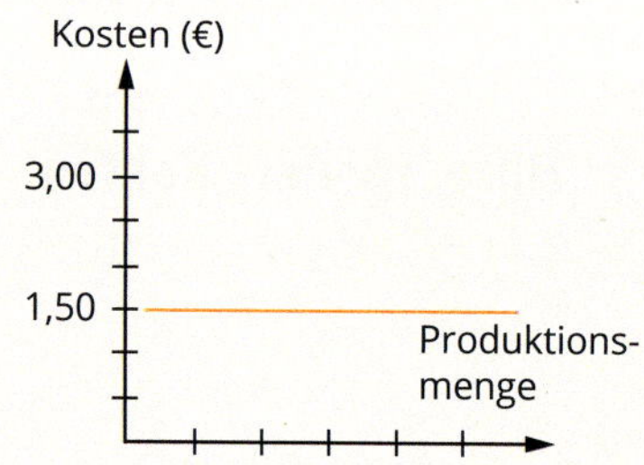

Bei steigender Produktionsmenge bleiben die variablen Kosten pro Stück konstant.

konstant
immer gleich, stabil

Bearbeitergrafik

Fixe Kosten

Gesamtkosten

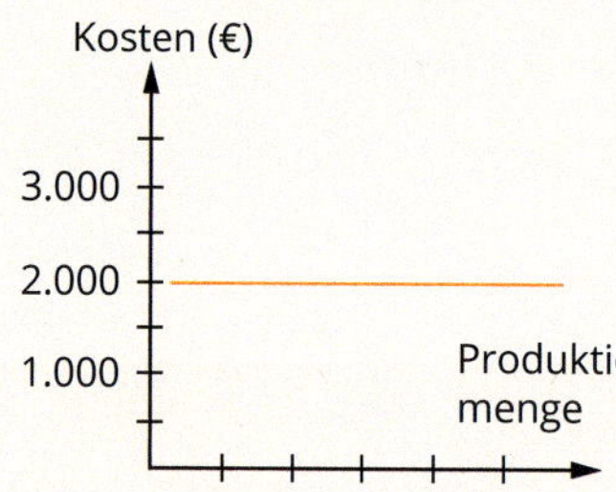

Die fixen Kosten bleiben auch bei steigender Produktionsmenge konstant.

Kosten pro Stück

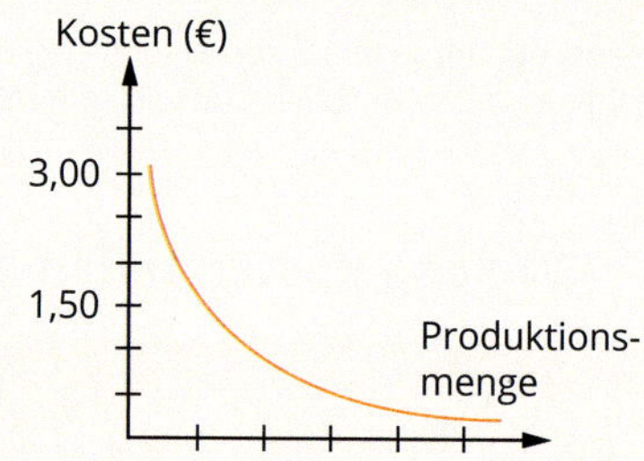

Bei einer Ausweitung der Produktionsmenge sinkt der Anteil der fixen Kosten pro Stück.

Bearbeitergrafik

VARIABLE UND FIXE KOSTEN

Variable (veränderliche) Kosten steigen oder fallen direkt mit der Produktionsmenge. Fixkosten verändern sich nicht, egal wie viele Produkte hergestellt und verkauft werden. In einer Pizzeria fallen Kosten an, die jeden Monat unterschiedlich sind: Je mehr Pizzas hergestellt werden, umso mehr steigen die Kosten für die Zutaten. Das sind dann **variable Kosten** oder **Einzelkosten**, da sie dem einzelnen Stück zugeordnet werden können. Die Pizzeria hat außerdem jeden Monat **fixe Kosten** oder **Gemeinkosten**, wie z. B. Miete, Müllgebühren und Versicherungen, egal wie viele Pizzas verkauft werden. Sie können den einzelnen Produkten nicht direkt zugeordnet werden.

UMSATZ UND GEWINN

Der Umsatz eines Unternehmens ergibt sich aus der Menge der verkauften Produkte. Der Gewinn sagt aus, dass ein Unternehmen erfolgreich wirtschaftet. Der Umsatz eines Unternehmens errechnet sich aus dem Preis aller erfolgreich verkauften Produkte. Vom Umsatz müssen noch sämtliche Kosten abgezogen werden, um die Höhe des erzielten Gewinns auszurechnen. Wenn die Kosten höher als der Umsatz sind, macht das Unternehmen Verlust. Gewinn und Verlust werden zusammengefasst auch als Unternehmenserfolg bezeichnet.

METHODE

Berechnung von Umsatz und Gewinn

Ob ein Unternehmen Gewinn oder Verlust erwirtschaftet, lässt sich am Umsatz und den Kosten ablesen.

$$\text{Umsatz} = \text{Preis} \times \text{Stückzahl}$$

$$\text{Gewinn} = \text{Umsatz} - \text{Gesamtkosten}$$

$$\text{Gewinn pro Stück} = \frac{\text{Gewinn}}{\text{Stückzahl}}$$

ODER

$$\text{Gewinn pro Stück} = \text{Preis pro Stück} - \text{Kosten pro Stück}$$

AUFGABEN

70079-487

1. Beschreibe die Umsatz- und Gewinnzahlen in **M8**: Was fällt dir auf?
2. Erstelle eine Tabelle mit denjenigen Faktoren, die den Umsatz und den Gewinn beeinflussen (**M9**).
3. Eine Stiftung hat es sich zur Aufgabe gemacht, neue Geschäftsideen finanziell zu unterstützten. Bewirb dich bei der Stiftung mit einer Kostenrechnung für ein Unternehmen deiner Wahl.
   a) Erkläre deine Unternehmensidee in wenigen Sätzen.
   b) Benenne alle fixen und variablen Kosten deiner Idee.
   c) Stelle den Kosten den erhofften, realistischen Umsatz gegenüber.
   d) Berechne, wie viel Gewinn übrig bleibt (**Methode: Umsatz und Gewinn**).

H zu Aufgabe 3
Beispiel zu fixen und variablen Kosten

70079-488

Was willst du mit deinem Unternehmen erreichen?

Ein Unternehmen muss kostendeckend arbeiten, sonst droht mittelfristig das Scheitern. Es muss also nicht unbedingt Gewinn erzielt werden, aber der Umsatz muss ausreichen, um alle Verbindlichkeiten zu erfüllen. Welche Ziele sollte ein Unternehmen verfolgen?

Corporate Social Responsibility (CSR)
CSR ist ein Konzept, das den Unternehmen als Grundlage dient, auf freiwilliger Basis – über den gesetzlichen Rahmen hinausgehend – soziale Belange und Umweltbelange in ihre Unternehmenstätigkeit und in die Wechselbeziehungen mit Interessenten am Unternehmen zu integrieren.

M10 Welche Ziele und Aufgaben haben Unternehmen?

1 Betrieb bildet aus
2 Spenden an gemeinnützige Organisationen
3 Beachtung der Menschenrechte
4 besondere Familienfreundlichkeit
5 Sponsoring von Sport- und Kulturereignissen
6 Umweltbewusstsein
7 flexible Arbeitszeitenmodelle
8 Reduzierung von Arbeitslosigkeit
9 Arbeitsschutz
10 anständige Bezahlung
11 Kinderbetreuung
12 Verminderung von Armut
13 bewusste Auswahl von Geschäftspartnern und Lieferanten
14 …

Bearbeiterin

M11 Was ist am wichtigsten?

ÖKONOMISCH
- kostendeckend arbeiten
- Gewinne erzielen
- Kunden zufrieden stellen
- Personalkosten einkalkulieren
- Umsätze steigern
- Kosten senken
- Marktanteile vergrößern
- neue Geschäftsfelder erschließen
- neue Märkte erobern
- …

ÖKOLOGISCH
- Gesundheit fördern
- Umwelt schützen
- Klima schützen
- Energie sparen
- neue Techniken einsetzen
- …

SOZIAL
- Arbeits- und Ausbildungsplätze schaffen
- Gleichberechtigung fördern
- Arbeitsbedingungen verbessern
- Kinderbetreuung anbieten
- Beschäftigte arbeiten im Team
- Mitarbeitende fördern
- Altersvorsorge unterstützen
- …

Bearbeiterin

M12 Welche Nachricht soll verarbeitet werden?

Mehr BIO: Mehr Qualität

Strom: 100% Ökostrom

COME IN AND FIND OUT!

Eine Versicherung fürs Leben.

AUF DIESE STEINE KÖNNEN SIE BAUEN!

... machtmobil.

... macht Kinder froh und Erwachsene ebenso.

Werbung von Coca-Cola

Werbung von Katjes

AUFGABEN

1. Beschreibe Unternehmensziele, die aus **M10** hervorgehen.
2. Untersuche die Aspekte in **M11** im Hinblick auf Nachhaltigkeit im Unternehmen und ordne diese nach ihrer Wichtigkeit.
3. Analysiere die Werbefotos und -sprüche aus **M12** und diskutiert zu zweit folgende Fragen: **MK**
   a) Welche Werbebotschaft soll gesendet werden?
   b) Ist die Werbung irreführend für die Kund:innen?
4. Diskutiert in Kleingruppen das Zitat des Wirtschaftsnobelpreisträgers Milton Friedman: „Die einzige soziale Verantwortung des Unternehmens ist es, seine Gewinne zu steigern." *New York Times Magazine, 13.09.1970*

Woran können Unternehmen scheitern?

In unserem Alltag sind wir auf diese Unternehmen angewiesen, um beispielsweise Kleidung oder Lebensmittel zu kaufen. Um ein erfolgreiches Unternehmen zu führen, muss man an Vieles denken und den Überblick über Details behalten. Nicht allen Unternehmen gelingt es, diese Herausforderungen immer zu meistern. Was können die Gründe dafür sein, dass ein Unternehmen scheitert?

M13 Fiktive Schlagzeilen-Collage

Wasserknappheit:
Uns droht ein heißer Sommer

Angriffskrieg in der Ukraine:
Energiekosten sind so hoch wie noch nie

Engpässe für Teilelieferungen:
Produktion verzögert sich bei vielen Unternehmen, Kund:innen springen ab

„Wenn die Schule schließt, kann ich meinen Kiosk dichtmachen!"

Bearbeiterin

M14 Warum scheitern Unternehmen?

Nach: sevDesk GmbH, Datenquelle: CB Insights 2018

M15 Ist Scheitern immer schlecht?

Der Erfolg in der Vergangenheit ist offensichtlich keine Sicherheit für Erfolg in der Zukunft. Erfolg im Sinne von Wachstum, Erreichen von hochgesteckten Zielen oder der Erfüllung von Erwartungen (Investoren, Geschäftspläne) kommt in Zukunft immer mehr von Innovationen, speziell im Bereich neuer Geschäftsmodelle. Diese hat aber noch niemand vorher getestet, es gibt keinerlei Erfahrungswerte. Deshalb müssen Innovatoren diese Geschäftsmodelle ausprobieren – und mit hoher Wahrscheinlichkeit scheitern. Denn innovative Geschäftsmodelle funktionieren nicht im ersten Anlauf, oft auch nicht im zweiten, manchmal nie. Paypal-Mitgründer Max Levchin brachte dies einmal auf den Punkt: „Das erste Unternehmen, das ich gegründet habe, ist mit einem großen Knall gescheitert. Das zweite ein bisschen weniger schlimm, das dritte ist wieder anständig gescheitert. Das vierte Unternehmen überlebte bereits. Das fünfte war dann PayPal." Menschen, die als Erste neue Wege gehen, können sich nur auf sich selbst verlassen. [...] Deshalb müssen sie probieren und nach neuen Lösungen suchen. Es wäre vermessen anzunehmen, dass diese Wege immer direkt zum Ziel führen oder die angestrebte Lösung ermöglichen. Dies aber als Scheitern zu bezeichnen, ist schlichtweg falsch: Es sind Lernerfahrungen und Ergebnisse von Experimenten.

Rapp, Reinhold: Der Weg zum Erfolg? Scheitern! In: www.zukunftsinstitut.de, 01/2017

Ungeschönt – der Gründungspodcast

70079-485

INSOLVENZ

Insolvenz liegt vor, wenn nach Abzug der finanziellen Mittel für den grundlegenden Bedarf (z. B. Nahrung) das verbleibende Geld nicht ausreicht, um die Zahlungsverpflichtungen pünktlich zu erfüllen.
Kredite aufnehmen kann sinnvoll sein, um wichtige Investitionen zu tätigen. Es sollte aber immer abgewogen werden, ob diese Verschuldung sinnvoll ist.

AUFGABEN

70079-490

1. a) Sammelt mögliche Ursachen für ein Scheitern von Unternehmen stichpunktartig auf Kärtchen an der Tafel.
   b) Ordnet eure Kärtchen von „stark beeinflussbar" bis „nicht beeinflussbar".
2. Diskutiert die fiktiven Schlagzeilen aus **M13**: Welche Folgen könnten ihre Inhalte für die Unternehmen haben?
3. Erkläre mithilfe von **M14** mögliche Ursachen für das Scheitern von Unternehmen.
4. Erörtert in Partner:innenarbeit Tipps für Gründer:innen, wie sie mit einem Scheitern umgehen könnten (**M15, QR-Code**).

F Aufgabe
Ermittelt zu zweit, wie viele Unternehmensgründungen scheitern.
Grafik: Firmeninsolvenzen in Deutschland

70079-517

WAS MUSS MAN BEIM GRÜNDEN VON UNTERNEHMEN BEACHTEN?

M1-M3 → #

CHANCEN UND RISIKEN VON UNTERNEHMEN

Will man ein Unternehmen gründen, sollte man verschiedene Fragen beantworten:

- **Zielgruppe:** Wen will man erreichen?
- **Kapital:** Wie viel Geld hat man zur Verfügung?
- **Ort:** Wo will man sein Unternehmen gründen?
- **Verkehrsinfrastruktur:** Wie gut ist der Ort erreichbar? (zu Fuß, Bahn, Auto, Fahrrad)
- **Mitarbeiter:innen:** Wie viel Personal braucht man?

  Die SWOT-Analyse ist eine wertvolle Unterstützung, um die Chancen und Risiken richtig einzuschätzen: Es wird zwischen internen und externen Faktoren unterschieden, die den Erfolg eines Unternehmens beeinflussen. Interne Faktoren sind die Stärken und Schwächen eines Unternehmens. Externe Faktoren sind Chancen und Risiken des Unternehmens beispielsweise auf dem Markt. Die internen und externen Faktoren beeinflussen sich dabei gegenseitig. Die Stärken können zum Beipsiel die Chancen vergrößern und die Risiken verkleinern.

M5-M9 → #

UMSATZ UND GEWINN VON UNTERNEHMEN

In jedem Unternehmen gibt es bestimmte betriebsbedingte Kosten. Manche Kosten sind fix und unabhängig von der produzierten Menge (**Fixkosten**). Andere Kosten hängen von der produzierten Menge ab (**variable Kosten**). Nur wenn man die Kosten im Blick behält, kann es gelingen, Gewinn zu erzielen. Der Gewinn ergibt sich, indem man die Kosten vom Umsatz abzieht. Das wirtschaftliche Ziel jedes Unternehmens ist es, die Kosten zu senken und dadurch den Gewinn zu steigern. So kann man z. B. bei niedrigen Kosten auch mit wenig Umsatz verhältnismäßig viel Gewinn erzielen. Wenn die Kosten höher als der Umsatz sind, macht das Unternehmen Verluste.

M10-M12 → #

ZIELE VON UNTERNEHMEN

Das wichtigste Ziel jedes Unternehmens ist es, möglichst hohe Gewinne zu erzielen, um so langfristig am Markt erfolgreich zu sein. Diese Gewinne können für verschiedene Zwecke eingesetzt werden. Man unterscheidet dabei zwischen ökonomischen, ökologischen und sozialen Zielen. Die Gewinne können dem Unternehmen wieder zugutekommen – zum Beispiel in Form von Investitionen oder Rücklagen. Sie können der Umwelt zugutekommen – zum Beispiel durch Umstellung auf erneuerbare Energien. Oder sie können sozialen Zwecken zugutekommen – zum Beispiel durch eine Erhöhung von Löhnen und Gehältern. Bevor ein Unternehmen diese Ziele verfolgen kann, muss es jedoch zunächst seine Kosten decken, um überleben zu können.

ERFOLG UND SCHEITERN VON UNTERNEHMEN

← M13-M15

Die meisten Unternehmen garantieren mehrere Arbeitsplätze in ihrer Region. Allein deswegen ist es wichtig, dass Unternehmen gute wirtschaftliche Entscheidungen treffen. Es gibt jedoch in der Regel eine Vielzahl an Aspekten, die dabei berücksichtigt werden müssen. Nur Unternehmer:innen, die solide ökonomische Kenntnisse haben, eine gute Geschäftsidee mitbringen und ihre Kund:innen richtig einschätzen, können am Markt erfolgreich bestehen. Kredite aufnehmen ist beispielsweise für Unternehmen wichtig, um Investitionen zu tätigen. Es sollte aber immer abgewogen werden, inwiefern diese Verschuldung sinnvoll ist.
Insolvenz liegt vor, wenn nach Abzug der finanziellen Mittel für den grundlegenden Bedarf (Essen, Trinken, Arbeitsraum, Strom, Wasser) das verbleibende Geld nicht mehr ausreicht, um die Zahlungsverpflichtungen pünktlich zu erfüllen. Ausgewogene Finanzen sind deshalb sehr wichtig.
Gründe für das Scheitern von Unternehmen sind außerdem:

- Qualität der Produkte überzeugt nicht
- Unstimmigkeiten im Team

Der Erfolg eines Unternehmens hängt also maßgeblich von den Personen der Geschäftsleitung ab. Dennoch sollte die Angst vor einem möglichen Scheitern kein Hindernis sein, seine Idee in die Praxis umzusetzen.

M1 Unternehmensführung – zwei verschiedene Modelle

1 **Die Firma A** – Gründerin: Gabriele Thumm, 54, Bäckerin. Sie eröffnet ihren ersten Drogeriemarkt 1974. Sie leitet den Konzern mit ihrer Ehefrau Margret. Filialen in Deutschland: ca. 8.900, im Schnitt rund 200 qm groß und eng gestellt, Lage: oft an abgelegenen Standorten, Angestellte: ca. 50.000.

In vielen Filialen erledigt eine einzige Person alle Jobs: einräumen, kassieren, beraten, putzen, Waren bestellen. Mehrarbeit bleibt oft unbezahlt. Vorgesetzte Bezirksleiter:innen statten regelmäßig Kontrollbesuche ab und bewerten die Mitarbeitenden mit Schulnoten: bei schlechten Noten droht eine Abmahnung. Um den Aufbau der besonders großen XL-Märkte zu finanzieren, entließ das Unternehmen seine Angestellten, die Tarifverträge hatten, und stellte ihnen frei, sich über eine Leiharbeitsfirma neu zu bewerben – für den gleichen Job zu einem deutlich niedrigeren Stundenlohn.

Die Philosophie – Gabriele Thumm: „Man muss streng kontrollieren, ob die Regeln eingehalten werden, sonst macht jeder, was er will." Die Chefin entscheidet allein, Vorschläge von Angestellten sind nicht erwünscht, Betriebsräte und Gewerkschaften werden höchstens als „notwendiges Übel" geduldet. Thumm nennt das „Festhalten an den als richtig erkannten Grundwerten".

2 **Die Firma B** – Gründer: Nazar Kulyk, 50, Drogist. Er eröffnet seinen ersten Drogeriemarkt 1973. Er leitet das Unternehmen selbst, gibt die Leitung 2005 an eine Nachfolgerin ab. Filialen in Deutschland: ca. 1.200, im Schnitt rund 600 qm groß, meist in City-Lagen.

Kulyk glaubt daran, dass sich der Gewinn eines Markts durch gut ausgebildetes Personal steigern lässt. Zahl der Angestellten: ca. 33.000. Die Mitarbeitenden bestimmen das lokale Sortiment, Dienstpläne und in Teilen sogar Gehälter selbst. Letztere werden positiv als „Mitarbeitereinkommen" oder „Kreativposten" bezeichnet. Vorgesetzte werden meist von der Belegschaft gewählt. Verbesserungsvorschläge werden mit allen Beteiligten diskutiert, Neuerungen in einer Filiale müssen nicht immer mit der Zentrale abgesprochen werden. Wird mehr erwirtschaftet als erwartet, erhält jeder einen gleich hohen Bonus.

Die Philosophie – Nazar Kulyk: „Wir wollen kein Unternehmen sein, das Druck erzeugt, sondern eines, das einen Sog erzeugt, der zum Mitmachen einlädt." Sein Führungsstil setzt auf flache Hierarchien und Transparenz bis hin zur Führungsebene. Wichtig sind ihm Nachhaltigkeit bei den Produkten und der Logistik sowie Eigenverantwortung der Mitarbeitenden. Sein Motto ist: „Zutrauen macht den Menschen edler."

Bearbeiterin

AUFGABEN

70079-491

1. Arbeite die Unterschiede in den Führungsstilen von Frau Thumm und Herrn Kulyk heraus. Welcher Stil ist eher autoritär und welcher eher kooperativ?
2. Stelle Vermutungen darüber an, ob ein Zusammenhang zwischen Führungsstil und Geschäftserfolg bestehen könnte.
3. Entwickelt in Kleingruppen ein für euch passendes Modell der Unternehmensführung und begründet eure Wahl. Berücksichtigt dabei nicht nur den Führungsstil, sondern auch die Hierarchie.

In diesem Kapitel hast du dich mit der Frage auseinandergesetzt, was es bedeutet Unternehmer:in zu sein, wie Unternehmen organisiert sind und was alles zum Erfolg eines Unternehmens beiträgt. Schätze nun ein, wie sicher du dich in den folgenden Bereichen auskennst.

Ich kann ...	Das klappt schon ...	Hier kann ich noch üben ...
... beurteilen, ob ich mir die Gründung eines Unternehmens vorstellen kann.		Kapitel 4.1: M2 #Was Unternehmerinnen und Unternehmer ausmacht Grundwissen
... erklären, welchen Unterschied es zwischen angestellt und selbstständig sein gibt.		Kapitel 4.1: M5, M6 Grundwissen
... erklären, was man unter Beschaffung, Produktion und Absatz versteht.		Kapitel 4.2: M2-M4, M7 Grundwissen
... erklären, was man unter einer steilen und flachen Hierarchie versteht.		Kapitel 4.2: M9, M10 Grundwissen
.. erklären, auf welche Aspekte bei der Entwicklung von Geschäftsideen geachtet werden sollte.		Kapitel 4.3: M2, M3 Grundwissen
... darstellen, um was es sich bei variablen und fixen Kosten handelt und wie diese sich in Bezug auf die Produktmenge verhalten.		Kapitel 4.3: M5, M6 #Variable und fixe Kosten Grundwissen
... erläutern, was man unter Gewinn versteht, und wie er sich vom Umsatz unterscheidet.		Kapitel 4.3: M8, M9 #Umsatz und Gewinn Grundwissen
... erörtern, welche Aufgaben und Ziele Unternehmen haben sollten.		Kapitel 4.3: M10-M12 Grundwissen
... begründen, warum Unternehmen scheitern.		Kapitel 4.3: M13-M15 #Insolvenz Grundwissen

Gestrandet auf einer einsamen Insel

Das Schiff ist gesunken.

Ihr habt an einem Wettbewerb teilgenommen und als Klasse eine Reise in die Karibik gewonnen. Mit dem Schiff fahrt ihr aus Florida (USA) los. Doch trotz guter Planung, kommt das Schiff schon bald vom Kurs ab. Ein Sturm zieht auf und ihr befindet euch plötzlich in Seenot.
Euer Schiff läuft auf einem Riff auf und Wasser bahnt sich den Weg in das Schiffsinnere. Ihr rettet euch gerade noch rechtzeitig auf herumtreibenden Trümmern.
Das Schicksal meint es gut mit euch und es gelingt der ganzen Klasse, sich wohlbehalten an einen Strand einer Insel zu retten. Der Tag neigt sich dem Ende zu und ihr merkt, dass aufgrund der einsamen Lage der Insel eine Rettung erstmal ausgeschlossen ist.
Jetzt müsst ihr den Alltag und das Zusammenleben auf der Insel organisieren, um zu überleben.

Bearbeiterin

Link zum Padlet

70079-495

Fortführung des Inselspiels

70079-494

Was weißt du schon?

1. Versetzt euch in die Situation im Text und beschreibt die Lage.
2. Erläutert mögliche Probleme und Konflikte auf der Insel.
3. Sammelt Ideen mithilfe eines Padlets (auf das ihr später zurückkommen könnt) für den ersten Tag auf der Insel. Was muss als erstes dringend erledigt werden? Wer kann was besonders gut? Wie wollt ihr euch organisieren?
4. Führt euer Inselspiel fort, indem ihr die Anweisungen links im Mediencode befolgt.

5

#Funktionen unseres Wirtschaftssystems

Brutto und Netto hört man immer wieder, aber warum muss man diese ganzen Abgaben zahlen? Wer bestimmt welche Versicherungen verpflichtend sind? Wieso darf man nicht selbst entscheiden, was man abgibt? Muss es immer zum Wohle aller sein? Wie läuft das in anderen Ländern und was passiert, wenn man erst mit 60 Jahren merkt, dass man doch gern abgesichert wäre?

Was lernst du in diesem Kapitel?

... die Prinzipien der Wirtschaftsordnungen Marktwirtschaft und Zentralverwaltungswirtschaft zu erklären.
... die Grundprinzipien der Sozialen Marktwirtschaft zu erläutern.
... die Bedeutung eines funktionierenden Wettbewerbs im Rahmen der marktwirtschaftlichen Ordnung sowie Grenzen des Marktes zu erläutern.
... alternative Messungen zur Ermittlung des Wohlstandes einer Gesellschaft erklären.
... gesamtwirtschaftliche Ziele und mögliche Zielkonflikte zu erläutern.
... Möglichkeiten zum Anlegen und Vorsorgen zu beurteilen.

„Learning Snack" zum Thema „Wirtschaftsordnung" erstellen MK

Worum geht es?

Learning Snacks sind selbst erstellte, interaktive Lerneinheiten im Messenger-Stil. Sie lassen sich zu jedem Thema erstellen und ermöglichen durch eine Abfolge von Schritten ein Lernen in kleinen Portionen. Dazu können verschiedene Elemente (Text, Multiple-Choice-Fragen, Bilder und Links) miteinander verknüpft werden. Sie lassen sich schnell und kostenlos am Computer, Tablet oder Smartphone herstellen. Anschließend können sie anderen über einen QR-Code zur Verfügung gestellt werden. Wenn ihr mehrere Learning Snacks in eurer Lerngruppe erstellt, lohnt es sich ein „Klassenzimmer" zu erstellen.

Geht dabei so vor:

Start

1

Nutze den QR-Code, der dich zur Seite der Learning Snacks führt und registriert euch.

Anleitung zum Erstellen eines "Learning Snacks"

70079-515

Seht euch auf der Seite *learningsnack.de* verschiedene Beispiele an und informiert euch mithilfe der Anleitung hinter dem links stehenden QR-Code, wie Learning Snacks aufgebaut werden können.

2

Teilt euch in Gruppen von maximal drei Personen ein. Und entscheidet euch für ein Thema:

a) Wie soll eure Wirtschaft geregelt werden? (Kap. 5.1: M1-M6, #Soziale Marktwirtschaft)
b) Welche Herausforderungen gibt es in unserem Wirtschaftssystem? (Kap. 5.2: M1-M18, #Wirtschaftswachstum)
c) Wie wollt ihr euch für das Alter absichern? (Kap. 5.3: M1-M11, #Vorsorgelücke, #Vorsorgekonzept)

3

Überlegt euch Fragen zu eurem Thema im Multiple-Choice-Format oder als Bildabfrage (A oder B). Eine Mulitple-Choice-Frage sieht zum Beispiel so aus:

Benenne ein Tier mit Fell.

a) Schildkröte
b) Hund
c) Goldfisch

4

Erstellt aus eurem Fragenkatalog einen Learning Snack und testet das Format mindestens ein Mal.

Ziel

5

Testet euch gegenseitig und bereitet euch so auf die anstehende Lernerfolgskontrolle vor.

5.1 Wirtschaftsordnungen

Zentralverwaltungswirtschaft vs. Marktwirtschaft – was ist hier der Unterschied?

Wie in einem Spiel gibt es auch für die Ordnung der Wirtschaft in einem Land Regeln. Sicherlich sind euch hier auch schon Unterschiede zwischen Ländern oder Wirtschaftsräumen aufgefallen. In China plant zum Beispiel der Staat die wirtschaftlichen Prozesse und greift stark in diese ein. Im Vergleich dazu herrschen in den USA die Gesetze des Marktes fast ohne Einfluss. Doch funktioniert das wirklich immer? Welche Vor- und Nachteile sind mit der Zentralverwaltungswirtschaft und der Marktwirtschaft verbunden?

M1 Der Staat ordnet das Spiel?

Ludwig Erhard

„Ebenso wie beim Fußballspiel der Schiedsrichter nicht mitspielen darf, hat auch der Staat nicht mitzuspielen. Die Zuschauer würden es den Spielpartnern auch außerordentlich übel nehmen, wenn diese vorher ein Abkommen geschlossen und dabei ausgehandelt haben würden, wieviel Tore sie dem einen oder anderen zubilligten. Die Grundlage aller Marktwirtschaft bleibt die Freiheit des Wettbewerbs."

Ludwig Erhard, Regierungserklärung vom 18. Oktober 1963

M2 Was ist eine Wirtschaftsordnung?

Jeder Staat legt Regeln für das Wirtschaften im eigenen Land fest. Diese Regeln bestimmen, nach welchen Gesetzen wirtschaftliche Aktivitäten ausgerichtet sein müssen. Das ist die Wirtschaftsordnung.

Die Marktwirtschaft und Zentralverwaltungswirtschaft sind Wirtschaftsordnungen mit gegensätzlichen Grundprinzipien. Die Marktwirtschaft basiert auf dem Prinzip von Angebot und Nachfrage sowie der grundsätzlichen Möglichkeit für alle, private Unternehmen zu gründen. Der Staat hält sich mit Verordnungen und Gesetzen, die den Markt beeinflussen sollen grundsätzlich eher zurück.

Die Zentralverwaltungswirtschaft basiert auf der Idee, die Wirtschaft zu planen. Der Staat bestimmt die gesamte Produktion, die Verteilung und die Preise aller Güter und Dienstleistungen. Was, wie viel und von wem produziert wird, wird also zentral und vorab gesteuert. Die Unternehmen sind dann zumeist in staatlicher Hand. Die Zentralverwaltungswirtschaft wird auch Planwirtschaft genannt.

Bearbeiterin

M3 Welche Unterschiede gibt es zwischen Marktwirtschaft und Zentralverwaltungswirtschaft?

Die Unterschiede zwischen beiden Wirtschaftsordnungen sind in der folgenden Tabelle zusammengefasst:

Kategorie	Marktwirtschaft	Zentralverwaltungswirtschaft
Lenkung	So viel Markt wie möglich, so viel Staat wie nötig	Der Staat entscheidet über die herzustellenden Produkte und die Menge.
Gehälter	Leistung und Fähigkeiten bestimmen die Höhe des Gehalts. Der Staat kann eingreifen und einen Mindestlohn vorgeben.	Der Staat bestimmt die Höhe des Gehalts.
Preisbildung	Angebot und Nachfrage regeln den Preis. **Bsp.:** *Jeder möchte Eis im Sommer. Der Preis steigt, da die Nachfrage groß ist.*	Der Staat bestimmt den Preis. **Bsp.:** *Jeder möchte Eis im Sommer. Der Preis ist festgelegt. Die Menge ist allerdings auch geregelt. Die Nachfrage beeinflusst den Preis nicht.*
Zielsetzung	Ziel ist immer der Gewinn und der Erhalt des Unternehmens. **Bsp.:** *Haribo stellt so viele Gummibären her, wie verkauft werden können.*	Ein Unternehmen soll den Plan des Landes erfüllen. **Bsp.:** *Die Regierung hat errechnet, dass 10.000 Küchen im Jahr benötigt werden. Die Nachfrage war höher, daher fehlen Küchen auf dem Markt.*
Eigentum	Dinge, die du dir gekauft hast, gehören dir. Das ist gesetzlich geschützt. (*Art. 14 GG*)	Kommunismus kommt vom lateinischen Wort für „gemeinsam". Der Hauptgedanke ist daher, dass die Bürgerinnen und Bürger alles teilen.
Wettbewerb	Es gibt verschiedene Unternehmen, die ein Produkt auf dem Markt anbieten. **Bsp.:** *Handys, Kekse, Autos usw.*	Der Staat bestimmt, welche Unternehmen es gibt und welche Produkte hergestellt werden.

Bearbeiterin

AUFGABEN

70079-496

1. a) Beschreibe Situationen im Alltag, in denen Regeln eine wichtige Rolle spielen.
   b) Stelle Vermutungen darüber an, inwiefern der Staat die Rolle eines Schiedsrichters/einer Schiedsrichterin übernehmen muss (**M1**).
2. Erkläre, was eine Wirtschaftsordnung ist (**M2**).
3. Ermittelt zu zweit aus **M3** Aspekte der jeweiligen Wirtschaftsordnung.
4. a) Erörtert in Gruppen, in welcher Wirtschaftsordnung ihr lieber leben möchtet. Welche Chancen und Herausforderungen seht ihr für die Individuen und die gesamte Gesellschaft?
   b) Wechselt nun die Perspektive: Wenn ihr Regierungschef:innen wärt, welche Elemente aus **M3** würdet ihr für eine neue Wirtschaftsordnung deines Landes nehmen? Entwerft hierzu ein Plakat und stellt eure Ideen zu eurer neuen Wirtschaftsordnung in der Klasse vor.
5. Diskutiert, welche Ideen der verschiedenen Gruppen euch überzeugen und wo ihr Schwierigkeiten bei der Umsetzung seht.

H zu Aufgabe 4b
Zum Beispiel: Wie viele Güter die Verbraucher:innen bekommen legt der Staat fest. Oder: Konsument:innen haben durch ihre Kaufentscheidung Einfluss auf Art und Menge der angebotenen Waren.

Was ist die Soziale Marktwirtschaft?

In Deutschland wird viel Wert auf soziale Gerechtigkeit gelegt. Mit der Sozialen Marktwirtschaft soll dies ermöglicht werden. Das Ziel ist, unerwünschte Konsequenzen einer freien Marktwirtschaft durch staatliche Maßnahmen abzumildern. Wie soll das genau funktionieren? Und wo liegen Chancen und Herausforderungen dieses Konzepts?

M4 Was macht die Marktwirtschaft sozial?

1 Die Soziale Marktwirtschaft ist die Gesellschaftsordnung der Freiheit und des menschlichen Miteinanders. Beides gehört untrennbar zusammen.
Helmut Kohl

2 Die soziale Marktwirtschaft ist ein wesentlicher Teil unserer freiheitlichen, offenen und solidarischen Gesellschaft. Mit ihr gibt es einen bewährten Kompass, der Wohlstand und Vollbeschäftigung ermöglicht und zugleich den sozialen Ausgleich und den gesellschaftlichen Zusammenhalt in unserem Land festigt.
Bundesministerium für Wirtschaft und Energie, 2014

M5 Was sind die Bausteine der Sozialen Marktwirtschaft?

Kategorie	Soziale Marktwirtschaft
Lenkung	Steuerung durch den Markt; Der Staat minimiert starke Ungleichheiten.
Preisbildung	Angebot und Nachfrage mit wenigen staatl. Vorgaben (z. B. Buchpreise)
Zielsetzung der Unternehmen	Sozialverträgliche Gewinnmaximierung
Wettbewerb	Wettbewerb wird gefördert (z. B. Verbot von Preisabsprachen)
Löhne und Gehälter	Werden zwischen den Betroffenen frei ausgehandelt; staatlicher Mindestlohn
Eigentum	Privates Eigentum wird durch den Staat geschützt.

Bearbeiterin

SOZIALE MARKTWIRTSCHAFT

Als Soziale Marktwirtschaft bezeichnet man die Wirtschaftsordnung der Bundesrepublik Deutschland.
Der Grundsatz der Sozialen Marktwirtschaft lautet: So viel Markt wie möglich, so viel Staat wie nötig. Der Staat greift ein, wenn dem Gemeinwohl geschadet wird und unterstützt diejenigen Marktteilnehmer:innen, die selbst nicht in der Lage sind, für die sich zu sorgen. So gibt es zum Beispiel Gesetze zum Kündigungsschutz. Dabei ist es verboten, dass ein:e Arbeitnehmer:in von einem Tag auf den anderen entlassen wird.

M6 Umfrage: Zufriedenheit mit der Sozialen Marktwirtschaft

In einer repräsentativen Umfrage der Bevölkerung der BRD wurde nach Eigenschaften der Sozialen Marktwirtschaft gefragt – und ob die Befragten sie für erfüllt halten:

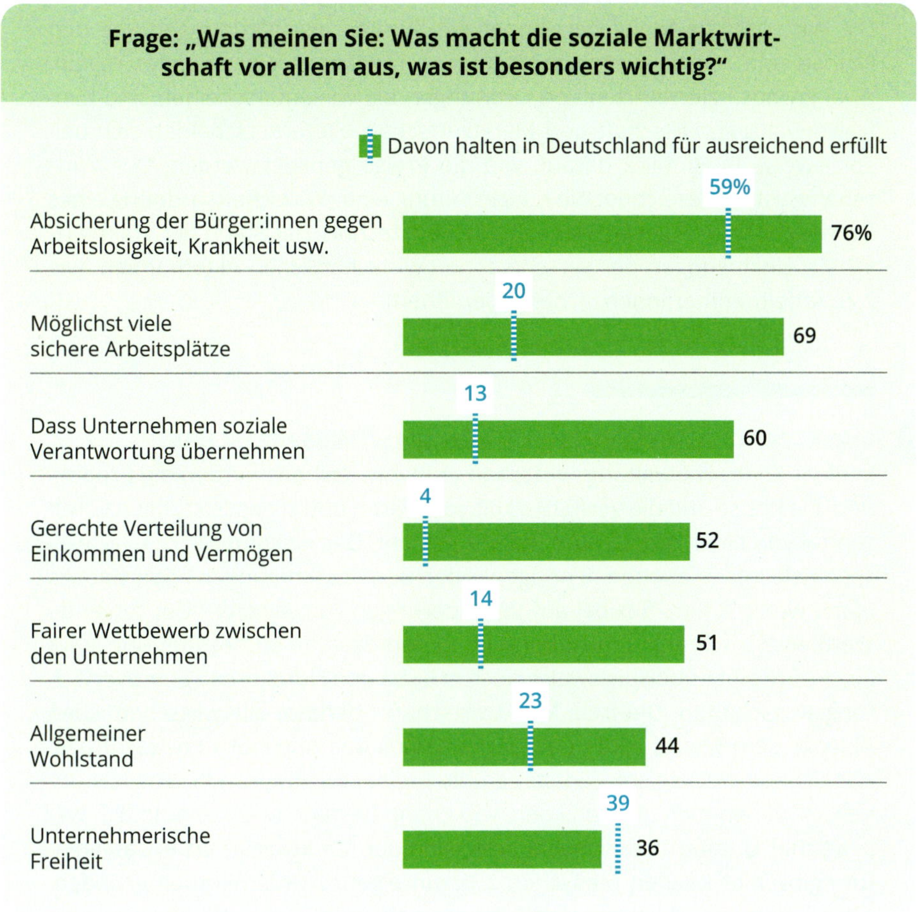

Basis der Umfrage: Bundesrepublik Deutschland, Bevölkerung ab 16 Jahre, Angaben in Prozent

Nach: Institut für Demoskopie Allensbach: Soziale Marktwirtschaft – Bewährungsprobe in der Krise. Umfrage Nr. 12031 vom 21.03.2021

AUFGABEN

70079-497

1. Tauscht euch in der Klasse darüber, wann eine Wirtschaftsordnung für euch als „sozial“ bezeichnet werden kann (**M4**).
2. Erkläre, was die Soziale Marktwirtschaft ist (**M5**).
3. a) Analysiere **M6**.
   b) Erkläre die Unterschiede zwischen den Wünschen der Bevölkerung und der Ist-Situation.
   c) Führt in der Klasse zu den einzelnen Kriterien in **M6** eine Positionslinie durch.
4. Beurteile, ob die Soziale Marktwirtschaft einen „Mittelweg“ zwischen freier Marktwirtschaft und Zentralverwaltungswirtschaft darstellt.

WAS SIND WIRTSCHAFTSORDNUNGEN UND WELCHE GIBT ES?

M2 ··→ #

#WIRTSCHAFTSORDNUNG UND WIRTSCHAFTSSYSTEM

Die Wirtschaftsordnung bezeichnet die Summe aller Ordnungen, die den Aufbau und Ablauf aller wirtschaftlichen Tätigkeiten eines Landes regeln. Zwei grundsätzliche Arten von Ordnungen die wir unterscheiden sind Zentralverwaltungswirtschaft und Marktwirtschaft. Sie unterscheiden sich beispielsweise in Hinblick darauf, wie die Preise gebildet werden. Das Wirtschaftssystem bezeichnet die Ausgestaltung einer Wirtschaftsordnung eines Landes (historisch gewachsene Strukturen, technischer Stand der Volkswirtschaft, Einstellungen der verschiedenen wirtschaftlichen Akteur:innen, wie z. B. Arbeitnehmer:innen, Arbeitgeber:innen).

M3 ··→ #

MARKTWIRTSCHAFT UND ZENTRALVERWALTUNGSWIRTSCHAFT

In einer Zentralverwaltungswirtschaft (= Planwirtschaft) werden die Produktion, die Preise und die Verfügbarkeit von Waren und Dienstleistungen vorab zentral von einer bestimmten Instanz geplant. Das ist kompliziert, u. a., weil sehr viele Informationen benötigt werden und Abstimmungen nötig sind. Es bleibt wenig Raum, flexibel auf Veränderungen zu reagieren. Der fehlende Wettbewerb schränkt Innovationen und den Grad an Mitbestimmung stark ein. Heute gibt es beispielsweise noch in Kuba und Nordkorea Zentralverwaltungswirtschaften. Die freie Marktwirtschaft überlässt alle wirtschaftlichen Abläufe dem Markt, also dem Mechanismus aus Angebot und Nachfrage. Aus diesem Wechselspiel entstehen die Preise für Güter und Dienstleistungen, an denen man ablesen kann, wie knapp bestimmte Güter sind. Ein wesentlicher Unterschied ist auch, dass es in der Marktwirtschaft Privateigentum gibt, hier können Menschen z. B. ein eigenes Unternehmen gründen. Auch können die Menschen selbst entscheiden, z. B. was sie konsumieren wollen oder welchen Beruf sie ausüben wollen. Der Staat versucht sich mit Gesetzen zumeist aus dem Wirtschaftsleben herauszuhalten.

M5 ··→ #

SOZIALE MARKTWIRTSCHAFT

In Deutschland ist die Soziale Marktwirtschaft die Wirtschaftsordnung. Sie hat zum Ziel, den Grundsatz der Freiheit auf dem Markt mit dem Gedanken der sozialen Sicherung des Einzelnen zu verbinden. In der Sozialen Marktwirtschaft besteht – ebenso wie in der freien Marktwirtschaft – Privateigentum an Produktionsmitteln. Die Regelung von Angebot und Nachfrage erfolgt überwiegend durch den Markt. Anders jedoch als in der freien Marktwirtschaft mildert der Staat durch entsprechende Maßnahmen (z. B. Bürgergeld, gesetzliche Sozialversicherungen, ...) die sozial nicht vertretbaren Folgen des Marktmechanismus.

5.2 Herausforderungen des Staates in der Sozialen Marktwirtschaft

Zwingt der Staat dich zu deinem Glück?

Frau Ruthardt ärgert sich wieder einmal über Ihre Gehaltsabrechnung. „Wofür arbeite ich eigentlich, wenn ich nur die Hälfte ausgezahlt bekomme? Und dann soll ich auch noch einmal im Jahr so eine nervige Steuererklärung machen. Wozu der ganze Aufwand?"

M1 Wie sieht die Gehaltsabrechnung in Deutschland aus?

Gehaltsabrechnung

Frau Ruthardt
Blumenweg 12
26122 Bochum

Steuerklasse I
Konfession.: ev.

Bruttoverdienst	**3300,00 Euro**
Abzüge	
Lohnsteuer	415,25 Euro
Solidaritätszuschlag	0,00 Euro
Kirchensteuer (9 % von Lohnsteuer)	37,37 Euro
Kirchensteuer (9 % von Lohnsteuer)	240,90 Euro
Rentenversicherung (anteilig 9,3 %)	306,90 Euro
Arbeitslosenversicherung (anteilig 1,3 %)	42,90 Euro
Pflegeversicherung (anteilig 1,7 %)	56,10 Euro
Nettoverdienst	**2.200,58 Euro**

Bearbeiterin

Kirchensteuer
Abgabe, die evangelische und Katholische Kirchenmitglieder an den Staat zahlen. Der Staat sammelt für die Kirche den Beitrag ein.

M2 Sozialversicherung – wer hat's erfunden?

Armut, Krankheit oder sogar Obdachlosigkeit wünscht man Niemandem. Bis ins 19. Jahrhundert war es jedoch normal, dass Menschen arm, ohne ärztliche Versorgung, oder ohne Dach über dem Kopf lebten. Es gab kein System wie den Staat, der ihnen half. Heute ist das in vielen Ländern anders.

Den Anfang machte in Deutschland der damalige Reichskanzler Otto von Bismarck. Er führte die Kranken-, Unfall- und Rentenversicherung ein. Heute „steht" unser Sozialversicherungssystem auf fünf „Säulen". Die fünf deutschen Sozialversicherungen (siehe M1) gehören zu unserem gesetzlichen Versicherungssystem, das uns in vielen alltäglichen Situationen absichert.

Gemeinsam zahlen wir in das System ein und sichern uns gegenseitig (solidarisch) ab.

Bearbeiterin

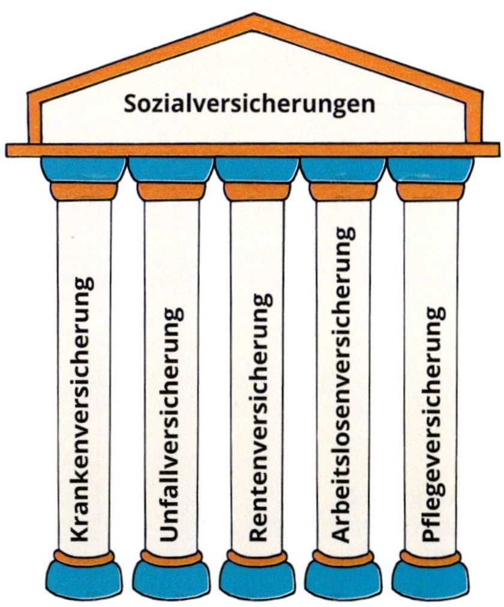

M3 Prinzipien der sozialen Sicherung

Versicherungsprinzip
Durch regelmäßige Beiträge erhält man im Schadensfall Hilfe. Je höher der Beitrag, desto höher die Hilfe, die man in Anspruch nehmen kann.

Fürsorgeprinzip
Der Staat finanziert deine Leistungen im Notfall mit. Du erhältst daher immer Leistungen, auch wenn du erst seit kurzem einzahlst.

Solidarprinzip
Solidarisch sein, heißt, für einander da sein. Menschen, die mehr verdienen, zahlen mehr in die Versicherungen ein und unterstützen so diejenigen, die nur wenig einzahlen können.

Subsidiaritätsprinzip
Subsidiarität bedeutet nachgeordnete Hilfe. Konkret heißt das, dass du zuerst dir selbst hilfst. Erst wenn deine Einzelleistung nicht mehr reicht, springt der Staat helfend ein.

Bearbeiterin

M4 Risiken ohne Versicherungsschutz

In den letzten zwei Jahren habe ich nur zweimal meine Rente ausgezahlt bekommen. Ich habe nur Glück, dass meine Kinder mich unterstützen.

Sarah, 68
Ibadan (Nigeria)

Hier auf den Philippinen haben nur 50 % der Bevölkerung Zugang zur Gesundheitsversorgung. Geimpft bin ich auch nicht.

Rodrigo, 16
Manila (Philippinen)

Meine Frau ist an Krebs erkrankt. Die Medikamente sind aber zu teuer. Krank sein ist hier Luxus. Ich weiß gar nicht, was ich jetzt machen soll.

John, 52
Seattle (USA)

Ich zahle so viel in meine Krankenversicherung ein. Trotzdem muss ich immer erst in Vorkasse gehen und dann werden mir meist nur 70 % der Kosten erstattet.

Héloise, 32
Amiens (Frankreich)

Bearbeiterin

AUFGABEN

70079-498

1. Benenne die Abzüge, die vom Bruttoverdienst gezahlt werden (**M1**).
2. Erkläre das Sozialversicherungssystem (**M2**, **M3**).
3. Erörtert in Gruppen, ob und warum ihr diese Prinzipien als wichtig erachtet und erstellt eine Reihenfolge: Welche Prinzipien findet ihr wichtiger als andere und warum (**M3**)?
4. a) Beschreibe die Probleme, von denen die Menschen erzählen (**M4**).
   b) Vergleiche die Situationen mit der Lage in Deutschland. Gibt es ähnliche Probleme?
5. Nimm begründet zu folgender Frage Stellung: Ist es gerecht, dass wir „so viele" Abzüge in Kauf nehmen müssen?

H zu Aufgabe 5
Denke dabei an gesellschaftliche und persönliche Vor- und Nachteile.

Arbeitslos – und nichts mehr los?

„Ich werde nicht arbeitslos! Ich bin viel zu schlau."
Arbeitslosigkeit kann jeden treffen. Manche erwischt es nach der Schule, manche nach dem Studium oder man findet nach einer Kündigung nicht zurück in das Erwerbsleben. Es gibt verschiedene Gründe für Arbeitslosigkeit. Doch ist das immer so schlimm, wie es klingt und kann ich überhaupt verhindern, arbeitslos zu werden?

M5 Wie wird man arbeitslos?

Dalia ist gut in ihrem Beruf. Sie arbeitet bei einem Stahlkonzern. Leider verkauft das Unternehmen seit einiger Zeit immer weniger Stahl, sodass Angestellte entlassen werden mussten. Dalia zählt dazu.

Yvonne will sich neu orientieren. Ihr Job bei einer Werbeagentur war ihr zu stressig. Vor 5 Monaten hat sie daher gekündigt und sucht seitdem nach einem passenderen Angebot.

Nach Protesten aus der Bevölkerung werden Kohlekraftwerke nach und nach abgeschaltet. **Georg** hat es bereits getroffen. Er ist arbeitslos und weiß noch nicht, wie es für ihn weitergeht.

Lucian ist Maurer. In diesem Sommer hat er viel arbeiten können, aber jetzt im Winter wird kaum gebaut. Er kann von seinen Ersparnissen leben, weil er wie jedes Jahr vorgesorgt hat. Arbeitslos ist er trotzdem.

Bearbeiterin

M6 Welche Gründe gibt es für die Arbeitslosigkeit?

1. **konjunkturelle Arbeitslosigkeit:**
Die Auftragslage der Unternehmen sinkt. Der Bedarf an Arbeitskräften sinkt ebenfalls. Kündigungen sind die Folge.

2. **Saisonale Arbeitslosigkeit:**
Der Bedarf an Arbeitskräften ist saisonalen Bedingungen unterworfen. Zum Beispiel benötigt man im Winter kaum Eisverkäufer:innen. Kündigungen sind die Folge.

3. **Friktionelle Arbeitslosigkeit:**
Arbeitskräfte orientieren sich neu oder ziehen um. Durch die Suche entsteht ein Zeitraum der Arbeitslosigkeit.

4. **Strukturelle Arbeitslosigkeit:**
Der regionale Bedarf an Arbeitskräften ändert sich. Dies kann politische oder wirtschaftliche Gründe haben. So werden beispielsweise auf Druck der Bevölkerung Atom- und Kohlekraftwerke abgeschaltet. Kündigungen sind die Folge.

Bearbeiterin

M7 Wie unterstützt der Staat bei Arbeitslosigkeit?

	Arbeitslosengeld I	Arbeitslosengeld II / Bürgergeld
Umstände	Ich habe gearbeitet und in die Arbeitslosenversicherung eingezahlt.	Ich bin schon länger als 12 Monate arbeitslos. ODER Ich habe noch nie gearbeitet.
Finanzielle Hilfe	60 oder 67 % meines letzten durchschnittlichen Einkommens	Nach Bedarf (Stand: 2023): Alleinstehende Personen **502 €** Volljährige Partner:innen **451 €** Volljährige Personen (18-24 Jahre) **402 €** Jugendliche (14-17 Jahre) **420 €** Kinder (6-13 Jahre) **348 €** Kinder unter 6 Jahre **318 €**
Zusätzliche Hilfe	keine	Miete wird gezahlt, wenn sie „angemessen" ist.

Bearbeiter, Zahlen nach: Familienratgeber: Bürgergeld. In: www.familienratgeber.de, Abruf am 03.05.2023

M8 Ein Leben voller Herausforderungen

Einnahmen
Nettogehalt Hr. Meyer: 2500,00 €
Nettogehalt Fr. Meyer: 1100,00 €

Ausgaben
Miete warm: 1200,00 €
Auto Hr. Meyer: 210,00 €
Auto Fr. Meyer: 105,00 €
Lebensmittel: 550 €
Taschengeld Karl: 20 €
Bausparvertrag: 150 €
Sparen Urlaub: 100 €
Sonstige Ausgaben: 300 €

Situation 1: Familie Meyer lebt in einem Haus in Arnsberg. Christopher ist Industriekaufmann. Marie arbeitet halbtags in einer Arztpraxis als medizinische Fachangestellte. Ihre Kinder Karl (7) und Florentine (4) gehen zur Grundschule bzw. in den Kindergarten.

Situation 2: Das Ehepaar Meyer hat sich getrennt. Marie und ihre zwei Kinder leben in einer 2-Zimmer-Wohnung in Meschede. Aufgrund des nötigen Umzugs und des fehlenden Kindergartenplatzes ist Frau Meyer arbeitslos.

Situation 3: Marie ist seit 14 Monaten arbeitslos. Sie findet keinen neuen Halbtagsjob.

AUFGABEN

70079-500

1. Beschreibe, warum die Personen arbeitslos wurden (**M5**).
2. a) Erkläre die Gründe für Arbeitslosigkeit (**M6**).
   b) Ordne die passenden Fachbegriffe den Beispielen in **M5** zu.
3. Erläutere den Unterschied zwischen Arbeitslosengeld I und II (**M7**).
4. a) Berechne anhand der Situationen im Leben der Familie Meyer (**M8**), wie viel Geld diese zur Verfügung hat. Nutze dazu **M7**.
   b) Diskutiert mithilfe der nachfolgenden Methode, ob das Bürgergeld zum Leben reicht.

Eine Fishbowl-Diskussion durchführen

Worum geht es?

Diese Methode der Diskussionsführung hat den Vorteil, dass Mitglieder, die sonst in einer großen Gruppe nicht zu Wort kommen, jederzeit ihre Meinung äußern und aktiv mitdiskutieren können. Teilnehmende, die keine Lust mehr haben, aktiv mitzudiskutieren, können aussteigen und von außen zuhören. Dadurch bleibt die Diskussion stets aktiv.

Geht dabei so vor:

1. Schritt: Vorbereitung

In einer Fishbowl-Diskussion haben jeweils drei Befürworter:innen und Gegner:innen der Fragestellung wie auch die beiden Moderator:innen feste Plätze am Tisch. Zwei weitere Plätze können zur Diskussion einzelner Aspekte vom fachkundigen Publikum zeitweise besetzt werden, um neue Gesichtspunkte einzubringen oder konkrete Fragen an eine teilnehmende Person zu stellen.

2. Schritt: Durchführung

1. Macht euch mit dem Thema und der Problemstellung vertraut: Worum geht es genau? Führt in einer Abstimmung ein erstes Meinungsbild herbei und haltet es fest.
2. Bildet Gruppen für die kontroversen Positionen. Es empfiehlt sich, diese Gruppen per Los oder nach dem Zufallsprinzip zusammenzustellen.
3. Mithilfe geeigneter Materialien setzen sich die Gruppen mit „ihren" Positionen auseinander. Dabei werden auch Gegenargumente gewürdigt. Anschließend verständigen sich die Gruppen auf ihre Vertreter in der Fishbowl-Diskussion. Die anderen fungieren als Beobachtende, die sich aber in die Diskussion einschalten können.
4. Zwei bereiten sich auf ihre Aufgabe als Moderator:in (Diskussionsleitung) vor.
5. Für die Durchführung ist es notwendig, eine geeignete Sitzordnung herzustellen (siehe Schaubild).
6. Die Moderator:innen führen in das Thema ein, stellen die Vertreter vor und begrüßen die Zuschauer, erklären den Ablauf, eröffnen die Diskussion, erteilen und entziehen das Wort, achten auf die Zeit und beenden die Diskussion. Daraufhin halten die Gruppensprecher jeweils ein kurzes Eingangsstatement (max. 1 Minute). Anschließend erfolgt in Rede und Gegenrede der Austausch der Argumente und Gegenargumente (ca. 20 min).

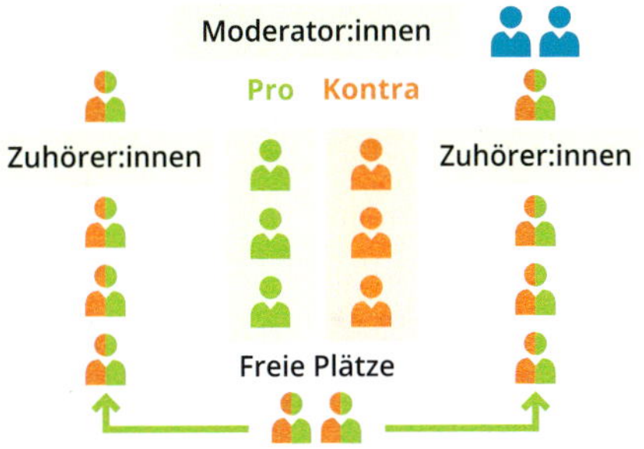

7. Möchten Beobachtende sich in die Diskussion einschalten, so setzen sie sich auf einen freien Stuhl. Nachdem sie/er das Wort erhalten und ggf. eine Antwort bekommen hat, verlässt sie/er diesen wieder.
8. In der Auswertung fordern die Moderator:innen die Beobachtenden auf, mitzuteilen, welche Argumente sie überzeugt haben und die dahinter stehenden Werte zu reflektieren. Auch den Ablauf der Veranstaltung sollen sie bewerten.
9. Abschließend lösen sich alle von ihren Rollen, und es wird eine zweite Abstimmung durchgeführt. Das Ergebnis wird mit dem ersten Meinungsbild verglichen, Unterschiede werden hinterfragt.

Bearbeiter

Wie funktioniert das Rentensystem?

Oma Herta ist Rentnerin. Der Staat zahlt ihr nach 40 Jahren Arbeit als Köchin und Hausfrau ein Alterseinkommen – die Rente. Allerdings erhält sie viel weniger als ihr Mann Heinz. Woran liegt das?

M9 Wer zahlt die Rente?

Ich habe eigentlich erst angefangen zu arbeiten, als die Kinder aus dem Haus waren. Natürlich halbtags um mich auch um den Haushalt kümmern zu können. Ich bin froh verheiratet zu sein. Meine eigene Rente würde nicht reichen.

Gertrud, 68
Dortmund

Ich habe echt 40 Jahre unter Tage malocht. Jeden Cent meiner Rente habe ich mir verdient und selbst eingezahlt.

Horst, 72
Köln

Ich war Zeit meines Lebens selbstständig und habe mein Unternehmen erfolgreich geleitet. Aber wer denkt denn mit 30 ans Alter?! Gott sei Dank habe ich damals auf meine Frau Elke gehört und freiwillig für die Rente vorgesorgt, sonst ständen wir nun vor dem nichts.

Alfred, 85
Bonn

M10 Weshalb die Grundrente?

Während deines Arbeitslebens bekommst du Gehalt. Davon wird ein bestimmter Anteil in die Rentenversicherung eingezahlt. Wenn du das Rentenalter erreicht hast, kannst du Rente beantragen. Dies ist ein Betrag, der dir monatlich ausgezahlt wird. Leider reicht dieser Betrag für viele Menschen nicht aus, um alltägliche Kosten zu decken. Das betrifft vor allem Geringverdienende. Deshalb gibt es seit 2021 einen Zuschlag auf die Rentenansprüche der Betroffenen – die Grundrente.

Die Grundrente

Für Rentnerinnen und Rentner, die mind. 33 Jahre gearbeitet und unterdurchschnittlich verdient haben

Sie beträgt bis zu 418 Euro monatlich.

Ein Antrag ist nicht nötig, für bestehende Einkommen gelten Freibeträge.

Bearbeiterin

M11 Wie viele bekommen Rente und wie viele zahlen ein?

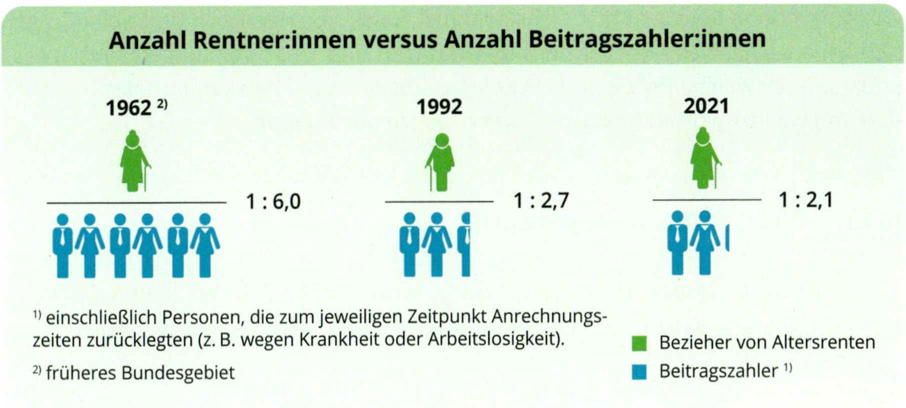

Nach: Bundesinstitut für Bevölkerungsforschung / Demografieportal, 2023

M12 Karikatur: Der Generationenvertrag

Karikatur: Universitäts- und Landesbibliothek Münster, N. Schöpper K 12, 057, 1986

AUFGABEN

70079-501

1. a) Fasse die Äußerungen der Renter:innen aus **M9** zusammen.
   b) Befragt eure Großeltern oder ältere Nachbar:innen zum Thema Rente und sammelt die Ergebnisse als Klasse.
2. Erkläre mithilfe von **M10**, welche Aufgabe die Grundrente hat.
3. Erläutere die dargestellte Entwicklung im **M11**.
4. a) Beschreibe die Karikatur **M12**.
   b) Erkläre die Einzelheiten der Abbildung.
   c) Setze dich mit der dargestellte Problematik auch mithilfe von **M11** auseinander: Wer trägt die Last und kann es so weitergehen?

Wirtschaftswachstum = Wohlstand für alle?

Wirtschaft ohne Politik ist fast nicht denkbar. Beide bedingen sich und beeinflussen sich gegenseitig. Das Ausmaß der Auswirkungen und Einschränkungen sind überall anders. Doch welche Politik und Ordnung ist die Richtige? Wie kann ich das entscheiden und was antworten Menschen, wenn wir sie dazu befragen?

M13 Wie ordnet man gerecht?

Mila

José

Mila: „Es ist ungerecht, wenn einige immer mehr Geld verdienen und andere keine Arbeit finden, das sollte alles viel besser verteilt werden!"

José: „Jeder hat doch dieselben Möglichkeiten! Wenn jeder alles einfach so vom Staat bekommt, dann muss sich ja gar niemand mehr anstrengen. Außerdem ist das eine schreckliche Vorstellung, wenn der Staat über alles bestimmt - wie früher in der DDR!"

Mila: „Es geht ja nicht darum, alles nach Plan festzulegen. Aber es ist doch wichtig, dass zum Beispiel jeder von seinem Einkommen gut leben kann und dass es Regeln gibt, an die sich auch Unternehmer halten müssen."

José: „Gibt es ja! Aber wer hat denn Lust, bei zu vielen Regeln noch Unternehmer zu sein?"

Bearbeiter

M14 Wirtschaftswachstum - ein Auf und Ab der Gefühle?

Die Wirtschaft entwickelt sich nicht geradlinig, sondern ist von einem Auf und Ab geprägt. Gemessen wird das Wirtschaftswachstum am Bruttoinlandsprodukt (BIP). Das BIP ist die Summe aller wirtschaftlichen Leistungen eines Landes in einem Jahr. Sinkt das BIP, sinken auch die finanziellen Möglichkeiten für die Gesellschaft, sich etwas zu leisten. Das Wachsen der Wirtschaft bedeutet, dass die Unternehmen Gewinne mit ihren Waren und Dienstleistungen erzielen. Dies ist wichtig, damit sie beispielsweise Investitionen tätigen können. Nur so können sie sich nämlich weiterentwickeln und neue Ideen in die Tat umsetzen. Der Gewinn von Unternehmen kommt auch den Angestellten zu Gute. Sie können zum Beispiel mit Lohnerhöhungen rechnen. Dies wiederum führt dazu, dass mehr konsumiert werden kann. Der Konsum hilft den Unternehmen, Gewinne zu erzielen. So schließt sich der Kreis. Das Wirtschaftswachstum hat also einen großen Einfluss auf den Wohlstand einer Gesellschaft.

Bearbeiterin

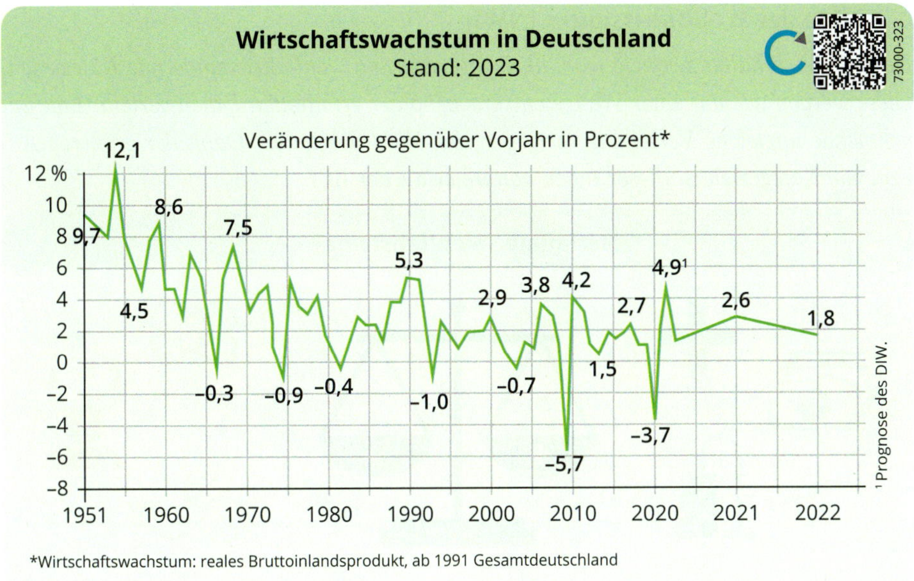

©C.C. Buchner Verlag, aktuelle Daten nach: Statistisches Bundesamt (Datenerhebung: 1951–2023; Grafikerstellung: 2023)

Wirtschaftswachstum
Eine Wirtschaft ‚wächst', wenn das Bruttoinlandsprodukt (BIP), also der Wert produzierter Waren und angebotener Dienstleistungen, steigt.

Erklärfilm zum Konjunkturzyklus
70079-502

Erklärfilm zum Bruttoinlandsprodukt
70079-519

M15 Wie misst man Wohlstand am besten?

Das Bundesinlandsprodukt (BIP) zeigt wie die Wirtschaft wächst und schrumpft, nicht mehr und nicht weniger. Es berücksichtigt aber beispielsweise nicht wie das Einkommen in einer Gesellschaft verteilt ist. Es werden auch keine Folgekosten durch Umweltschäden erfasst. Sowohl der Better Life Index als auch der Nationale Wohlfahrtsindex versuchen für die Messung des Wohlstands weitere Themen zu berücksichtigen, um ein genaueres Bild zu erfassen.

Index
ein Kriterienkatalog mithilfe dessen man z. B. Zufriedenheit oder Wohlstand messen kann;
Plural: Indizes

a) Better Life Index (BLI)

Der Better Life Index versucht mithilfe von elf Kriterien, das Wohlergehen einer Bevölkerung zu messen. Durch die wenigen Kategorien bleibt der Index aber allgemein.

Nach: OECD Better Life Index

Hier findest du alle zwanzig Kriterien zum nationalen Wohlfahrts-Index

70079-504

b) Nationaler Wohlfahrtsindex (NWI)

Der NWI beinhaltet zwanzig wohlfahrtsteigernde und wohlfahrtsmindernde Kategorien. Diese werden wie auf einer Waage entsprechend der ermittelten Daten verteilt. Eine zunehmende ungleiche Verteilung verringert den Wert des Index. Dank der größeren Anzahl von Kategorien ist dieser Index konkreter als der BLI.

Nationaler Wohlfahrtsindex

Bearbeitergrafik

Erklärfilm zum Wirtschaftswachstum

70079-518

WIRTSCHAFTSWACHSTUM

Wenn das Bruttoinlandsprodukt in einem Jahr größer ist als im voran gegangenen Jahr, spricht man von Wirtschaftswachstum.

In Phasen des Wirtschaftswachstums geht es der Wirtschaft sehr gut. Die Arbeitslosigkeit ist niedrig, weil viele Unternehmen bereit sind, neue Mitarbeiterinnen und Mitarbeiter einzustellen. Unternehmen tätigen Investitionen, vergrößern sich und sind bereit, ihren Mitarbeiterinnen und Mitarbeitern höhere Löhne zu zahlen.

AUFGABEN

70079-503

1. Fasse den Dialog in eigenen Worten zusammen.
2. Analysiere das Diagramm aus **M13**. Was fällt dir im Zeitverlauf auf?
3. a) Erkläre mithilfe von **M14** den Begriff Wirtschaftswachstum.
   b) Stelle Vermutungen über das Auf und Ab der Werte an: Woran könnte das liegen?
4. a) Vergleiche die Indizes aus **M15** im Hinblick auf ihre Kriterien miteinander. Was messen sie und wie?
   b) Entscheide dich für einen Index und begründe deine Auswahl.
5. Nimm Stellung zum Zitat von Peter Schumacher: „Irgendwann wird auch die Marktwirtschaft erkennen müssen, dass nicht der Reichtum das Maß aller Dinge ist, sondern die Armut." Schumacher (1941-2013) war ein deutscher Publizist.

Grenzenloses Wirtschaftswachstum – ohne negative Konsequenzen?

Wie gut Menschen ihre Bedürfnisse befriedigen können, hängt vor allem von der wirtschaftlichen Entwicklung ab. Diese ist politisch beeinflussbar und die Frage der „richtigen" Wirtschaftspolitik demensprechend umstritten. Gibt man zum Beispiel der Wirtschaft mehr Gewicht oder dem Umweltschutz?

M16 Natur erhalten?!

Aktivistinnen und Aktivisten besetzen den Hambacher Forst, um zu verhindern, dass dieser für den Abbau von Kohle weichen muss.

Hambacher Forst
Als Hambacher Forst wird ein noch ca. 500 Hektar großer Wald in Nordrhein-Westfalen (NRW) zwischen Köln und Aachen bezeichnet. Seit den 1970er Jahren rodet der Energieversorger RWE den Wald zur Erweiterung seines Hambacher Braunkohle-Tagebaus.

M17 Wie nimmt der Staat Einfluss auf die Wirtschaft?

a) Das magische Sechseck

Der Staat versucht, durch politische Maßnahmen die wirtschaftliche Entwicklung zu beeinflussen. Dabei verfolgt er mehrere wirtschaftspolitische Ziele. Man spricht bei den hier genannten sechs Zielen von einem „magischen Sechseck", da sie sich nicht gleichzeitig und unabhängig voneinander verwirklichen lassen. Einige der Ziele stehen stattdessen in einem Konflikt zueinander.

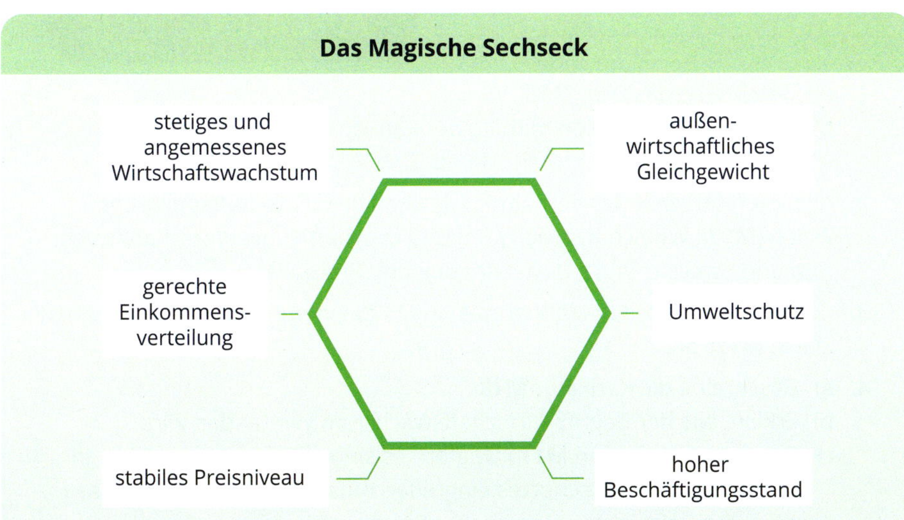

Bearbeiterin

Außenwirtschaftliches Gleichgewicht
Der Wert der Waren und Dienstleistungen, die von Deutschland ins Ausland ausgeführt werden (Export), entspricht dem Wert derjenigen, die aus dem Ausland nach Deutschland eingeführt werden (Import).

b) Maßnahmen des Staates mit Einfluss auf die Wirtschaft

1 Steuern für Unternehmen werden gesenkt.

2 Der Mindestlohn wird erhöht.

3 Ein Investitionsprogramm zum Bau von Straßen wird verabschiedet.

4 Steuern auf Mineralöl (Benzin) werden erhöht.

5 Die Stromgewinnung aus Kohle und Kernenergie wird beendet.

Bearbeiterin

M18 Wirtschaftswachstum: Grenzen werden überschritten

»Hurra, wieder 2,5% höher!«

Karikatur: Horst Haitzinger, 1987

AUFGABEN

70079-505

1. a) Beschreibe das Bild (**M16**).
   b) Erläutere die Situation mithilfe der Randspalte und ggf. eigenen Recherchen zu den Begriffen „Hambacher Forst" und „RWE".
2. Analysiert zu zweit das Verhältnis zwischen den wirtschaftspolitischen Zielen (**M17**): Wirtschaftswachstum und Beschäftigung, Wirtschaftswachstum und Umweltschutz, Beschäftigung und Preisniveau.
3. Ordnet die politischen Maßnahmen in **M17b** einem wirtschaftspolitischen Ziel in **M17a** zu.
4. a) Beschreibe die Karikatur **M18**.
   b) Erkläre wie der Begriff Wirtschaftswachstum verstanden wird.
   c) Bewerte mithilfe von **M17** inwiefern es sinnvoll ist, dass der Staat in Fragen des Umweltschutzes eingreifen muss oder sollte. Nutze dazu auch das Beispiel des Hambacher Forst.

Inflation – warum verliert das Geld an Wert?

Früher war alles besser. Oma Herta meckert schon wieder über den letzten Einkauf: „Es ist alles teurer geworden! Ich kaufe doch jede Woche das Gleiche ein und habe dann doch immer weniger von meiner Rente übrig."

M19 Wird das Eis teurer?

In jedem Sommer denken wir, dass das Eis teurer wird.

Ich erinnere mich noch genau. Früher habe ich noch 60 Pfennig für eine Kugel Eis bezahlt. Das sind umgerechnet 30 Cent!

In Bremen kostete eine Kugel Eis letztes Jahr 90 Cent.

Ich glaube, ich habe vorhin 1,20 € für eine Kugel Erdbeereis gezahlt. Das wird auch immer teurer.

Bearbeiterin

M20 Was ist die Inflation und wie wird sie berechnet?

Das Statistische Bundesamt schickt regelmäßig Testeinkäuferinnen und -einkäufer los und vergleicht die Preise von etwa 600 Produkten und Dienstleistungen miteinander. Steigen die Preise, nennt man das eine sogenannte Inflation. Sinken die Preise spricht man von einer Deflation – man erhält mehr für weniger Geld.
Bearbeiterin

Der Warenkorb umfasst nicht nur Nahrungsmittel und Bekleidung, sondern auch Produkte aus den Bereichen Wohnung, Energieversorgung oder Freizeit und Kultur.

Erklärfilm zur Inflation

70079-506

M21 Wie wirkt sich die Inflation auf die Kaufkraft aus?

Um die Kaufkraft zu beurteilen, ist es wichtig, auf die Entwicklung von Gehältern zu schauen. Steigen sie nicht in einem ähnlichen Verhältnis an wie die Preise, schwindet die Kaufkraft der Konsumentinnen und Konsumenten. Die folgende Beispielrechnung zeigt, wie sich die Kaufkraft verändern würde, wenn es jedes Jahr eine Inflationsrate von zwei Prozent gibt, ohne dass dabei die Gehälter mitwachsen:

Kaufkraft
das verfügbare Einkommen, das eine Bevölkerung ausgeben kann

Jahr	Kaufkraft Jahresbeginn	Inflationsrate	Kaufkraft Jahresende
2023	100,00 Euro	2,0 Prozent	98,00 Euro
2024	98,00 Euro	2,0 Prozent	96,04 Euro
2025	96,04 Euro	2,0 Prozent	94,12 Euro
2026	94,12 Euro	2,0 Prozent	92,24 Euro
2027	92,24 Euro	2,0 Prozent	90,39 Euro

Bearbeiterin

M22 Welche Ursachen hat die Inflation seit 2021?

Schon im Jahresdurchschnitt 2021 hatten sich vor allem Energieprodukte verteuert [...]. Für die Verbraucherinnen und Verbraucher spürbare Preiserhöhungen gab es 2021 vor allem bei [...] Heizöl und bei Kraftstoffen. Auch die Preise für Erdgas und Strom erhöhten sich. Im Jahr 2022 gingen die Preissteigerungen bei der Energie weiter. Sie wurden zum einen von der weltweiten Konjunkturerholung nach dem wirtschaftlichen Einbruch durch Corona angeheizt. [...] [Zum anderen] ließ der Krieg in der Ukraine Energiepreise und auch die Lebensmittelpreise deutlich anziehen. Die Steigerung beim Ölpreis hing unter anderem mit [...] [dem EU-Beschluss zusammen], die russischen Ölimporte um rund 90 Prozent zu reduzieren. Zwischenzeitlich stiegen auch die Strompreise und vor allem die Gaspreise sprunghaft an. Letzteres lag vor allem daran, dass Russland nach Kriegsbeginn immer weniger Gas nach Europa lieferte. Hinzu kamen die Lecks als Folge eines Anschlags auf die Gas-Pipelines Nord Stream 1 und Nord Stream 2.

Deutschlandfunk: Warum steigen die Preise? In: www.deutschlandfunk.de, 22.03.2023

AUFGABEN

70079-507

1. Beschreibe die Problematik des Eis-Kaufs aus **M19** und überlege dir weitere Beispiele.
2. Erkläre anhand von **M20** und dem Mediencode in der Randspalte die Begriffe Inflation und Deflation.
3. Bewerte die dargestellte Veränderung der Kaufkraft (**M21**). Welche Konsequenzen hat eine Inflation oder Deflation für dich persönlich? Versetzt euch in die Lage einer Rentnerin oder eines Rentners. Welche Konsequenzen hat eine Inflation für die Altersvorsorge?
4. Diskutiert die Ursachen für die Inflation seit 2021 (**M22**).

F zu Aufgabe
Nutze den persönlichen Inflationsrechner. Informiere dich über deine Ausgaben und lass dir deine Inflation berechnen.

Persönlicher Inflationsrechner

70079-508

WAS SIND HERAUSFORDERUNGEN FÜR UNSEREN STAAT?

DIE FÜNF SÄULEN DER SOZIALVERSICHERUNG

M2, M3

Ziel der Sozialversicherungen ist es, der Bevölkerung menschenwürdigen Lebensverhältnisse zu ermöglichen und sie gegen alltägliche Lebensrisiken abzusichern. Die fünf Säulen der sozialen Sicherung bilden die Renten,- Kranken-, Pflege-, Unfall -und Arbeitslosenversicherung.
Grundsätzlich gilt für alle Versicherungen das Solidarprinzip, d. h. alle Versicherten tragen die Risiken gemeinsam und gleichen Ansprüche und Zahlungen so aus.

ARBEITSLOSIGKEIT

M6, M7

Man unterscheidet zwischen konjunktureller, saisonaler, friktioneller und struktureller Arbeitslosigkeit. Ersteres bezieht sich auf die wirtschaftliche Entwicklung, welche das Unternehmen zwingt, Personal zu entlassen. Manche Arbeiten werden nur zu bestimmten Zeiten im Jahr gebraucht. Personen werden also nur für diesen Zeitraum angestellt. Das ist die saisonale Arbeitslosigkeit. Friktionelle Arbeitslosigkeit liegt vor, wenn Arbeitskräfte umziehen oder sich umorientieren und während dieser Zeit kein Arbeitsverhältnis haben. Schließlich bezieht sich strukturelle Arbeitslosigkeit auf die Veränderung des Bedarfes von Arbeitskräften. Dies kann politische oder wirtschaftliche Ursachen haben. Beispielsweise werden Arbeitsprozesse in einem Unternehmen automatisiert und das vorhandene Personal wird dafür nicht mehr gebraucht. Mithilfe des Arbeitslosengeld I und dem Bürgergeld versucht der Staat, Betroffene zu unterstützen. Ersteres orientiert sich am letzten durchschnittlichen Einkommen. Es werden noch 60 oder 67 Prozent von diesem Einkommen ausgezahlt. Dafür muss man mindestens 12 Monate gearbeitet haben. Bürgergeld erhält man, wenn man weniger als zwölf Monate oder nie gearbeitet hat.

RENTE

M10-M12

Die gesetzliche Rentenversicherung war ursprünglich so geplant, dass viele Arbeitnehmer:innen die Rente für wenige ältere Personen zahlen (Generationenvertrag). Sie geben einen festgelegten Anteil ihres Gehaltes an die Rentenversicherung ab. Aufgrund des demografischen Wandels gerät dieses System in eine Schieflage. Die Beiträge der jetzigen Arbeitnehmer:innen werden direkt an die aktuellen Rentner:innen ausgezahlt. Es wird nichts angespart und die zukünftige Generation kann sich nicht mehr darauf verlassen, dass eine kommende Generation ihre Rente zahlen wird. Zudem reicht für einige Menschen die Rente nicht. Die Betroffenen haben während ihres Arbeitslebens aufgrund ihres niedrigen Gehaltes weniger in die Rentenversicherung eingezahlt und bekommen deshalb auch weniger ausgezahlt. Hier soll die Grundrente helfen. Sie ist ein Zuschlag auf die Rentenansprüche.

M14, M15 ···➔ #

WIRTSCHAFTSWACHSTUM MESSEN

Das Bruttoinlandsprodukt (BIP) umfasst den Wert aller Waren und Dienstleistungen, die in einer Wirtschaftsordnung eines Landes in einem Jahr erwirtschaftet wurden. Das BIP dient deshalb häufig als Messgröße für das Wirtschaftswachstum. Wenn das Bruttoinlandsprodukt in einem Jahr größer ist als im vorangegangenen Jahr, spricht man von Wirtschaftswachstum. In Phasen des Wirtschaftswachstums geht es der Wirtschaft sehr gut. Die Arbeitslosigkeit ist niedrig, weil viele Unternehmen bereit sind, neue Mitarbeitende einzustellen. Unternehmen tätigen Investitionen, vergrößern sich und sind bereit, ihren Mitarbeitenden höhere Löhne zu zahlen.

Allerdings hat es auch Grenzen. Denn das Bruttoinlandsprodukt beschreibt nicht, wie beispielsweise Einkommen in der Gesellschaft verteilt sind und welche Umweltfolgen das wirtschaftliche Handeln hat. Der Better Life Index (BLI) und der nationale Wohlfahrtsindex (NWI) sind beliebte Werkzeuge, um ein genaueres Bild zu bekommen. Der BLI misst mithilfe von elf Kategorien, verschiedene Bereiche der Gesellschaft wie Einkommen, Bildung und Gesundheit. Je höher der BLI, desto höher ist die Lebensqualität. Der nationale Wohlfahrtsindex wägt wachstumsmindernde (z. B. Stress und Drogen) und wachstumssteigernde Kategorien (z. B. Hausarbeit und Ehrenamt) gegeneinander wie auf einer Waage ab. Je niedriger der Index, desto höher ist die Ungleichverteilung in der Gesellschaft.

M17 ···➔ #

STAATLICHER EINGRIFF IN DIE WIRTSCHAFT

Der Staat hat verschiedene Möglichkeiten in das Wirtschaftswachstum einzugreifen. Deutschland folgt dabei dem Leitbild der Sozialen Marktwirtschaft, die immer wieder neu an die gesellschaftlichen Entwicklungen angepasst werden muss. Auf dieser Basis gibt es verschiedene wirtschaftspolitische Ziele, die im magischen Sechseck zusammengefasst sind und sich nicht unabhängig voneinander verwirklichen lassen.

M20, M21 ···➔ #

INFLATION

Inflation ist die Bezeichnung für den Anstieg des allgemeinen Preisniveaus. Von jeder Geldeinheit kann man sich dann immer weniger Güter kaufen.

In Phasen des Wirtschaftswachstums, in denen der Konsum schneller zunimmt, als die Waren produziert werden können, steigen die Preise. Wenn Löhne und Gehälter nicht im gleichen Maße angepasst werden, kann man sich von seinem Geld immer weniger kaufen. Man spricht dann von einem Verlust der Kaufkraft. Den entgegengesetzten Trend, wenn der Wert des Geldes steigt, bezeichnet man als Deflation.

5.3 Für die Zukunft selbst vorsorgen

Wie lässt sich Altersarmut verhindern?

Viele Menschen in Deutschland sind von Armut betroffen. Insbesondere ältere Menschen - vor allem Frauen - trifft die so genannte Altersarmut. Doch wie kann das passieren, wenn wir doch alle in die Rentenversicherung eingezahlt haben? Und wie kann ich mich vor diesem Schicksal schützen?

M1 Altersarmut - Risikogruppen in Deutschland

Eine Studie des Bundesseniorenministeriums aus dem Jahr 2021 zeigt, dass fast 25 Prozent, d. h. ein Viertel, der über 80-Jährigen in Deutschland von Armut betroffen sind. Frauen sind sogar noch öfter arm.

Langzeitarbeitslose
zahlen gar nicht oder zu wenig in die Rentenversicherung ein. Hierzu gehören auch ältere Ostdeutsche, da sie häufiger von Arbeitslosigkeit betroffen waren.

Solo-Selbstständige
häufiger Wechsel zwischen Angestelltenverhältnis und Selbstständigkeit; Spätere geringe Einkommen werden nicht für die Rentenversicherung genutzt.

Personen mit Migrationshintergrund (1. Generation)
Keine anerkannten Berufsausbildungen; Späte Integration und dadurch wenig Beiträge zur Rentenversicherung.

Geringverdiener
vor allem Frauen, da diese oft nicht in die Rentenkasse einzahlen, Alleinerziehende oder Personen ohne Berufsausbildung

Bearbeiterin

Solo-Selbstständige sind Personen, die ein Unternehmen gründen und ohne weitere Mitarbeiter:innen arbeiten.

VORSORGELÜCKE

Die Renten- bzw. Vorsorgelücke ist die Differenz zwischen dem letzten Gehalt und der zu erwartenden gesetzlichen Altersrente.
Ziel eines individuellen Vorsorgekonzeptes für das Rentenalter sollte der Erhalt des Lebensstandards durch entsprechende freiwillige Zusatzversicherungen sein.

Aktien
Mit dem Kauf von Aktien beteiligt man sich am Eigenkapital eines Unternehmens und profitiert dabei von dessen Erfolg. (→ siehe auch **M8**)

ETFs
ETFs (Englisch: Exchange Traded Funds) sind eine bestimmte Art von Fonds. Sie bündeln das Geld von vielen Anleger:innen und erwerben viele verschiedene Aktien, Anleihen, Ressourcen, usw. (→ siehe auch **M9**)

M2 Ein Vorsorgekonzept muss her

Immobilie

Sparschwein

Erben

Versicherungen

Aktien und ETFs

Wertmetalle

VORSORGEKONZEPT

Unter einem Vorsorgekonzept können alle individuellen Maßnahmen zusammengefasst werden, mit denen einer möglichen späteren (negativen) Entwicklung oder persönlichen Lage vorgebeugt werden soll.
Dazu zählt als Grundpfeiler die gesetzliche Sozialversicherung. Ein Vorsorgekonzept kann durch weitere private Zusatzversicherungen z. B.:
- Berufsunfähigkeitsversicherung,
- Hausrat-,
- Haftpflichtversicherung
- u. ä.

oder den Erwerb einer Immobilie ergänzt werden. Ziel ist es, dadurch die Vorsorgelücke zu schließen.

AUFGABEN

70079-509

1. a) Beschreibe, wie du mit 68 Jahren leben möchtest.
   b) Beschreibe das Bild aus **M1** und benenne Situationen, in denen du dies bereits beobachtet hast.
   c) Bewertet, ob ihr auch gefährdet sein könntet und tauscht euch zu zweit dazu aus.
2. Erkläre die Vorsorgeideen aus **M2** und stelle Vermutungen darüber an, welche möglichen Vor- und Nachteile sie für dich haben könnten.
3. Recherchiert zu zweit, was man unter den genannten Versicherungen versteht (**#Vorsorgekonzept**).
4. Diskutiert, welche Möglichkeiten ihr zur Vorsorge nutzen würdet, sobald ihr eigenes Geld verdient.

Anlegen, Vorsorgen oder wie?

Das Geld verliert an Wert, reich heiraten ist nicht immer möglich und im Traumjob warten auch keine Millionen ... Wie führe ich nun ein gutes Leben ohne mich zu verschulden und was passiert erst, wenn ich nicht mehr arbeiten kann?

M3 Warum und wie wir Geld anlegen

Um mir mal ein eigenes Auto kaufen zu können, fange ich schon jetzt an zu sparen.

Falls plötzlich die Waschmanische repariert oder erneuert werden muss

Die gesetzliche Rente wird nicht reichen. Deshalb lege ich jetzt schon etwas zurück.

Bearbeiterin

M4 Richtig anlegen: Das Vier-Töpfe-Prinzip

Erster Topf
Geldbedarf für das **tägliche Leben** muss zuerst gedeckt sein. Der Rest kann in die weiteren Spartöpfe getan werden.

Zweiter Topf
Existenzielle Risiken müssen abgesichert werden.
Hier kann Geld für die Haftpflichtversicherung oder eine mögliche Berufsunfähigkeit angelegt werden.

Dritter Topf
Du möchtest in den Urlaub, sparst Geld für eine größere **Anschaffung** oder möchtest Geld als **Reserve** haben, falls die Waschmaschine plötzlich kaputt geht.

Vierter Topf
Hier legst du Geld für deine **Altersvorsorge** an und baust evtl. ein **Vermögen** auf.

Bearbeiterin

M5 Welches Anlageziel verfolgst du?

Dein Interesse / deine Ausgangssituation	Anlageziel	Mögliche Geldanlage
Wenn du immer und jederzeit auf das gesparte Geld zurückgreifen willst, musst du eine Geldanlage wählen, ...	... die dir garantiert, dass dein Geld immer flüssig (= liquide) ist.	Das kannst du mit einem Girokonto, Bargeld oder Tagesgeldkonto erreichen.
Wenn du dein Geld vermehren möchtest und dabei auch Risiken in Kauf nehmen willst, musst du eine Geldanlage wählen, ...	... die dir einen möglichst hohen Ertrag (= Rentabilität) verspricht.	Dafür bieten sich z. B. Aktien, Fonds, oder ETFs an.
Wenn du später auf dein Geld zurückgreifen möchtest, etwa weil du für die Zukunft vorsorgst, legst du dein Geld in Produkte an, ...	... die Sicherheit garantieren.	Bausparverträge, Renten- oder Lebensversicherungen sind dafür eine Möglichkeit.

Bearbeiterin

Rendite
Gewinn, Ertrag, Profit

Rentabilität
das Wirtschaftlich sein, etwas lohnt sich beispielsweise finanziell

M6 Was ist das magische Dreieck der Geldanlage?

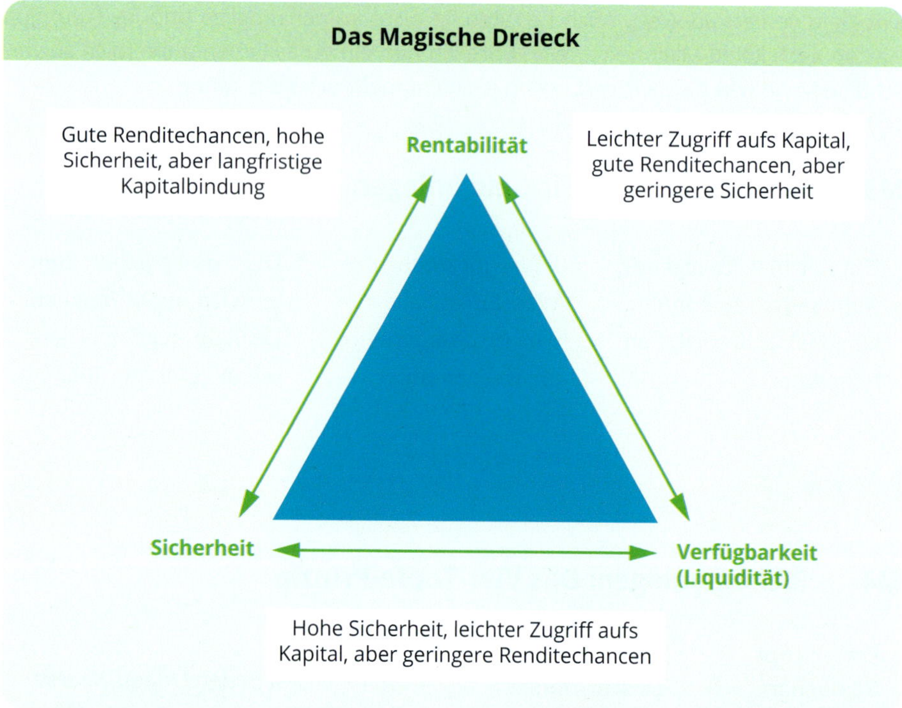

Bearbeiterin

AUFGABEN

70079-510

1. Erstelle eine Mindmap (→ **Methodenglossar**) zur Frage, warum Geld anlegen wichtig ist. Nutze die Ideen aus **M3** und ergänze sie mit deinen eigenen.
2. Erläutere das Vier-Töpfe-Prinzip zum Anlegen **(M4)**.
3. Erschließe dir die Anlageziele und die dazugehörigen Anlageformen aus den Situationen und stelle sie in einer Tabelle dar (**M3**, **M5**).
4. Entscheide dich für ein sinnvolles Anlagekonzept für jedes Beispiel und begründe deine Auswahl:
   a) als Schüler:in aktuell mit einem Nebenjob
   b) als Auszubildende:r mit einem monatlichen Einkommen von 950 €
   c) als gelernte Mitarbeiter:in mit einem monatlichen Brutto-Einkommen von 3300 €.
5. Diskutiert zu zweit, was das magische Dreieck über die Gelanlage aussagt (**M6**).
6. a) Recherchiere die Begriffe aus dem Material links im QR-Code, die dir unbekannt sind.
   b) Erklärt euch zu zweit die Anlageformen.
7. Nimm begründet Stellung zur Aussage: „Lege Geld an in der Zeit, dann hast du es in der Not."

Material zu Vor- und Nachteilen verschiedener Anlageformen

70079-511

Wie investiert man in Aktien?

Aktien sind doch nur etwas für reiche Leute oder Profis. Das sind Vorurteile, die in den Köpfen Vieler herumgeistern. Aber sind Aktien wirklich nur etwas für wenige Menschen oder kannst du auch Aktionär:in werden? Und wo liegen die Chancen und Gefahren dieser Anlageform?

M7 Handel mit Aktien – ein Kampf zwischen Bulle und Bär?

Bulle und Bär gelten als Symbol der Börse: Wenn die Kurse steigen, ist der Markt „bullish", und wenn sie nach unten stürzen, ist er „bearish".

Börse
oft auch realer Ort, an dem Aktien gehandelt werden; Du kennst sicherlich die Frankfurter Börse. Bekannte online Börsen sind zum Beispiel bieson, bit panda, traderepublic.

Erklärfilm zu Aktien

70079-512

M8 Eine Aktie – was ist das eigentlich?

Mit einer Aktie kauft man Anteile bei einem Unternehmen. Man wird dadurch zur Mitunternehmerin oder zum Mitunternehmer, weil das Geld, mit dem man die Aktie gekauft hat, dem Unternehmen als Kapital zur Verfügung steht. Es kann also zum Beispiel neue Gebäude bauen oder in neue Technologien investieren. Im Gegenzug erhalten die Anlegerinnen und Anleger einmal im Jahr eine sogenannte Rendite. Das ist ein Zinssatz zu einem festgelegten Prozentsatz, der sich am Erfolg des Unternehmens orientiert. Dies ist die Gegenleistung für den Kauf der Unternehmensanteile und ein wesentlicher Anreiz, in Aktien zu investieren. Bei Aktien ist auch der Anlagehorizont wichtig: Wer das Geld schnell zurück braucht, für den sind Aktien weniger geeignet, denn wer sie unter Druck verkaufen muss, und auf keinen günstigen Zeitpunkt warten kann, muss mitunter hohe Verluste in Kauf nehmen. Wie sich Aktien entwickeln wird beispielsweise im Deutschen Aktien Index (DAX) der Frankfurter Börse und im Dow Jones Index (DJI) der New Yorker Börse ermittelt. Beide Indizes sind „Stimmungsmesser" für die allgemeine wirtschaftliche Lage. Der DAX bezieht sich auf Deutschland, der DJI auf die weltweite Entwicklung.

Bearbeiterin

Index
Ist ein Kriterienkatalog mithilfe dessen man z. B. ermittelt, wie sich Aktien von Unternehmen entwickeln
Plural: Indizes

Zins
Wenn z.B. eine Bank jemandem Geld leiht, möchte sie nicht nur das geliehene Geld wieder haben, sondern zusätzlich Geld dafür bekommen, dass sie das tut.

Anlagehorizont
Zeitraum, in dem eine Anlegerin oder ein Anleger Geld investieren will oder kann

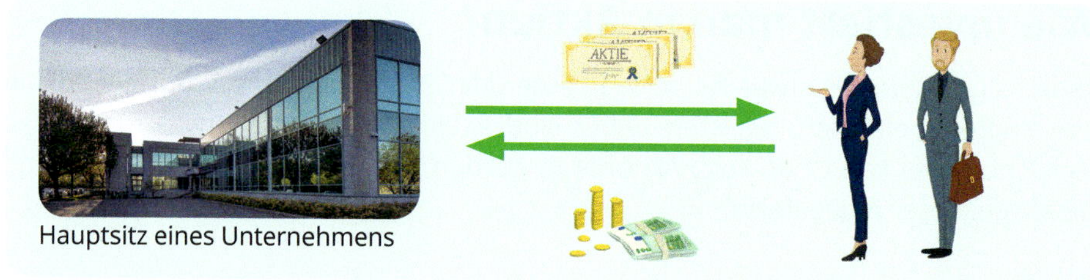

Bearbeitergrafik

Erklärfilm zu ETFs

70079-516

Anleihe
Zum Beispiel leihst du einen Unternehmen Geld. Dafür legt ihr einen Zins fest und eine Laufzeit. Das Unternehmen zahlt in diesem Zeitraum für das Geld die vereinbarten Zinsen an dich. Am Ende der Laufzeit bekommst du dein Geld zurück.

Provision
Wenn man ein Geschäft erfolgreich vermittelt hat, dann kann man dafür eine erfolgsabhängige Vergütung bekommen. Makler:innen vermitteln zum Beispiel Immobilien und erhalten bei Erfolg einen vereinbarten Prozentsatz vom erzielten Wert für die Immobilie.

M9 Was sind ETFs ?

Aktien von nur einem Unternehmen zu kaufen, kann risikoreich sein. Das Unternehmen kann Pleite gehen und dann ist das gesamte investierte Geld weg. Schwierig ist auch, wenn man nur Aktien von Unternehmen innerhalb einer Branche kauft oder nur in Unternehmen eines bestimmten Landes investiert. Hat man zum Beispiel nur Aktien im Gesundheitsbereich und es gibt dort eine Krise, gehen alle Aktien gleichzeitig in den Keller. Daher ist es sinnvoll in verschiedene Unternehmen unterschiedlicher Branchen parallel zu investieren und auch seine Aktien breit über verschiedene Länder zu verteilen. Dieses Vorgehen, mit dem man versucht, das Risiko zu verteilen, nennt man Diversifikation. ETFs (Exchange Traded Funds) eignen sich hierbei besonders, weil sie verschiedene Branchen, Länder, Ressourcen und Anleihen zusammenfassen. Man kann durch den Kauf von nur wenigen ETFs seine Aktien sehr breit streuen.

Da viele Kund:innen dennoch in bestimmte Branchen oder Wirtschaftsräume (z. B. Europa) anlegen möchten, gibt es auch themenbezogene ETFs – sozusagen Pakete zu einem Thema. Ein Technik-Investmentfonds beinhaltet beispielsweise nur Aktien von Technik-Unternehmen. Es gibt passive und aktive ETFs. Erstere werden nicht von sogenannten Fondmanager:innen betreut. Sie werden einmal zusammengestellt und dann bleiben sie, wie sie sind. Bei aktiven ETFs passen Fondmanager:innen die Zusammensetzung je nach Marktlage an. Dabei wird allerdings für die Anleger:innen eine Provision fällig. Egal welche ETFs man jedoch wählt, man investiert in sie mit einem möglichst langen Zeithorizont. Aus diesem Grund werden sie auch bei der Altersvorsorge immer beliebter.

Bearbeiterin

Broker
Finanzdienstleister:innen, die im Auftrag von Anleger:innen zum Beispiel Aktien kaufen und verkaufen.

Depot
Konto zur Verbuchung von z. B. Aktien oder ETFs

M10 Wo und wie kauft man Aktien und ETFs?

Zu allererst richtet man ein Konto ein, das für den Kauf der Aktien oder ETFs belastet werden soll. Dann braucht man noch ein Depot bei einer Bank. Das Depot ist zuzusagen der Einkaufskorb für Aktien und ETFs: Gekaufte Aktien und ETFs sowie ihre Entwicklung werden hier aufgelistet. Man sieht wie viel Geld im Depot ist, wie viel Gewinn und Verlust man gerade hat. Aktien kann man auf verschiedenen Banken oder online Plattformen sowie Börsen und Brokern erwerben.

Bearbeiterin

M11 Erfahrungen über das Anlegen von Geld in Aktien und ETFs

Meine Mutter hat schon früh für mich in Aktien und ETFs investiert. Ich bin nun abgesichert für mein Alter und muss mir keine Sorgen machen.
Ingo, 24

Jetzt mit meinem ersten richtigen Job habe ich Geld übrig, um in ETFs zu investieren. Ich habe einen Sparplan und investiere 50 Euro im Monat in zwei ETFs.
Zeynep, 27

Ich lege mein Geld in ETFs an und investiere in Aktien. Das Geld für die Aktien nenne ich „Spielgeld", weil ich hohe Gewinne machen kann, aber ebenso auch hohe Verluste.
Maya, 16

Ich lese mich gerade ein in das Thema und bin noch unentschlossen. Immer dieses Auf und Ab der Aktienkurse. Ich habe wohl nicht die Ruhe, um langfristig zu investieren.
Julia, 19

Bearbeiterin

AUFGABEN

70079-513

1. a) Sammelt in Tandemarbeit eure Ideen und Erfahrungen zum Thema Aktien und Börse mithilfe einer Mindmap (→ **Methodenglossar**).
   b) Erkläre, warum Bulle und Bär das Symbol der Börse sind (**M7**).
2. Erläutere in eigenen Worten, was eine Aktie ist (**M8**).
3. Erstellt in Kleingruppen eine kurze Infokarte über die beiden Indizes DAX und DJI (**M8**).
4. Arbeite heraus, was man unter ETFs versteht und wie sie sich von Aktien unterscheiden (**M9**).
5. Erkläre, wie und wo man Aktien kaufen kann (**M10**).
6. Recherchiert in Kleingruppen bei drei euch bekannten Banken zu Aktiendepots und erstellt eine Übersicht in einem Padlet zu den Kriterien: Kosten, Funktionen der Apps und/oder Depots, Angebotsumfang, Aufklärung und Informationen zu den Produkten. **MK**
7. a) Beschreibe die Erfahrungen, die die Personen zum Thema Geld anlegen gemacht haben (**M11**).
   b) Beurteile, ob der Kauf von Aktien und/oder EFTs für dich ggf. später als Erwachsene oder Erwachsener infrage kommt und begründe deine Meinung. Beziehe in deine Überlegungen auch das magische Dreieck mit ein (**M6**).

F Aufgabe
Paul und Nihan wollen sich im nächsten Jahr eine Fernreise leisten. Nihan schlägt vor, das Geld bis dahin in Aktien zu investieren, um es schnell zu vermehren. Diskutiert zu zweit, was ihr den beiden raten würdet.

F zu Aufgabe 7
Recherchiere für drei DAX-Aktien, wie viel Prozent Dividende Anleger:innen im aktuellen Jahr erhalten haben. Vergleiche dies anschließend mit den Zinsmöglichkeiten auf einem normalen Sparbuch einer Bank. **MK**

WIE LEGT MAN SEIN GELD AM BESTEN FÜR DIE ZUKUNFT AN?

M1, M2 ···➔ #

VORSORGELÜCKE UND VORSORGEKONZEPT

Vielen Menschen droht die Altersarmut. Dies liegt daran, dass sie im Laufe ihres Lebens zu wenig in die Deutsche Rentenkasse gezahlt haben und deshalb auch zu wenig ausgezahlt bekommen würden. Besonders betrifft dies Geringverdienende, Langzeitarbeitslose und Personen mit Flucht- oder Migrationserfahrungen. Die Vorsorgelücke oder auch Rentenlücke genannt ergibt sich aus der Differenz zwischen dem letzten Gehalt und der zu erwartenden Altersrente. Mit einem Vorsorgekonzept kann man diese Lücke zumindest verkleinern. Dies geht mit Versicherungen, die das vorhandene Kapitel schützen (z. B. Hausrat-, Haftpflichtversicherung). Zusätzlich lohnt es sich das Geld beispielsweise in Aktien oder ETFs anzulegen.

M4-M6 ···➔ #

GELD RICHTIG ANLEGEN: DAS MAGISCHE DREIECK

Eine passende Geldanlage ist ein wichtiger Schlüssel zur Schließung der Rentenlücke. Dabei sollte man sein Geld auf vier Töpfe verteilen:

1. Täglicher Bedarf: Geld für Essen, Miete, Kleidung, usw.
2. Existenzielle Risiken: Versicherungen wie Haftpflicht oder Berufsunfähigkeitsversicherung
3. Anschaffungen oder Reserve: Urlaub, große Anschaffungen wie ein Auto
4. Altersvorsorge: Geld zum Erweitern des Vermögens

Es gibt für jedes Anlageziel verschiedene Anlagemöglichkeiten. Für den täglichen Bedarf eignet sich beispielsweise ein Girokonto oder Bargeld. Für die Altersvorsorge kann man in Aktien oder ETFs investieren.

Egal wie man sein Geld jedoch anlegt, man sollte stets die Regeln des magischen Dreiecks im Blick haben:

Bei der besten Anlage erhält man hohe Renditen, geht keinerlei Risiko ein und kann die Anlage jederzeit verkaufen. Da die drei Merkmale zusammen bei keiner Geldanlage vorhanden sind, spricht man von einem magischen Dreieck der Geldanlage. Wer Geld anlegt, muss sich entscheiden, auf welche Merkmale er besonders Wert legt.

AKTIEN

←·· M8-M11

Mit dem Kauf von Aktien beteiligt man sich am Eigenkapital eines Unternehmens. Das Unternehmen kann das Geld nutzen, um beispielsweise Investitionen zu tätigen. Durch den Kauf der Aktien wird man Mitunternehmer:in und man wird man an den Gewinnen des Unternehmens beteiligt. So erhalten die Anleger:innen einmal im Jahr die sogenannte Dividende. Eine Dividende ist ein Teil des Gewinns, den die Unternehmen an ihre Mitunternehmer:innen auszahlen.

Die 40 nach dem Wert aller Aktien (Marktkapitalisierung) größten deutschen Unternehmen befinden sich im Deutschen Aktien Index (DAX). An dem Wert des DAX lässt sich die allgemeine Lage der deutschen Wirtschaft ablesen. Der weltweit wichtigste Aktienindex ist der an der New Yorker Börse ermittelte Down Jones Index.

Das Investieren in Aktien kann sehr risikoreich sein, wenn man sie nur von einzelnen wenigen Unternehmen kauft und nicht über verschiedene Branchen und Länder verteilt (Risiko-Diversifikation) oder wenn man nur einen sehr kurzen Anlagehorizont hat und in absehbarer Zeit auf das Geld angewiesen ist. Gleichzeitig kann man mit mit einer Anlage in Aktien zumeist sehr viel höhere Gewinne machen als beispielsweise auf dem klassischen Sparbuch. Die Zinsen hier reichen nicht, um die derzeitige Inflation auszugleichen, so dass bei der Geldanlage faktisch der Wert des Geldes verringert wird.

ETFS

←·· M9-M11

ETFs (Englisch: Exchange Traded Funds) sind eine bestimmte Art von Fonds. Anders als bei Aktien eines Unternehmens, bündeln Fonds das Geld von vielen Anleger:innen und erwerben viele verschiedene Aktien, Anleihen, Ressourcen, usw. Aus diesem Grund gelten ETFs als sicherer im Vergleich zu Aktien von einzelnen Unternehmen. ETFs werden in der Regel passiv verwaltet, d. h. sie werden einmal zusammengestellt und nicht mehr verändert. Bei aktiv verwalteten ETFs ist das anders. Dort versuchen Fondmanager:innen die Auswahl stetig zu optimieren. Dabei wird eine Provision für die Anleger:innen fällig. ETFs werden bei der Altersvorsorge immer beliebter, weil sie sich vor allem dann rentieren, wenn man einen langen Zeithorizont hat.

M1 Begriffe-Memory

Sicher kennt ihr das Spiel „Memory". Das könnt ihr gut auch selbst anfertigen. Begriffe: Markt. Soziale Marktwirtschaft, Zentralverwaltungswirtschaft, Wettbewerb, Globalisierung, Standortwettbewerb ...

M2 Finanzielles Vorsorgekonzept – eine individuelle Entscheidung

Philipp, 23 Jahre alt
Fachinformatiker
im Jahr 2023
Monatliches Gehalt
3.156 Euro brutto

Monatliche Versicherungsbeiträge von 140 Euro in die private Altersvorsorge gezahlt und 100 Euro in zwei ETFs

Keine Versicherungsbeiträge zur privaten Altersvorsorge gezahlt und auch kein Geld in Aktien oder ETFs angelegt.

Szenario A

Philipp, 68 Jahre alt im Jahr 2068
Monatliche Rente 1.198 Euro Brutto
+ 450 Euro Riesterrente
+ 560 Euro betriebliche Rente
+ 1000 Euro aus dem ETF

Szenario B

Philipp, 68 Jahre alt im Jahr 2068
Monatliche Rente 1.198 Euro Brutto

Bearbeiterin

AUFGABEN

70079-514

1. a) Sammelt die wichtigsten Begriffe dieses Kapitels und entwickelt eine passende Definition (**M1**).
   b) Erstellt nun Memory-Karten aus Pappe und legt diese durcheinander auf dem Tisch aus.
   c) Spielt das Spiel. Wer die meister Paare aufdeckt, gewinnt.
2. Vergleiche die Lebensstandards von Philipp im Rentenalter bei Lebensunterhaltskosten u. a. für Miete und Lebensmittel von 1.580 Euro (**M2**).
3. Erörtere wie du für dich vorsorgen möchtest.

In diesem Kapitel hast du dich mit den Funktionen unseres Wirtschaftssystems auseinander gesetzt. Schätze ein, wie sicher du dich in den folgenden Bereichen auskennst.

Ich kann ...	Das klappt schon ...	Hier kann ich noch üben ...
... erklären, was eine Wirtschaftsordnung ist.	👍 ✋ 👎	Kapitel 5.1: M2, Grundwissen
... die Marktwirtschaft und Zentralverwaltungswirtschaft miteinander vergleichen.	👍 ✋ 👎	Kapitel 5.1: M3, Grundwissen
... die Grundprinzipien der Sozialen Marktwirtschaft zu erläutern.	👍 ✋ 👎	Kapitel 5.1: M5, #Soziale Marktwirtschaft, Grundwissen
... ermitteln, welche Gründe es für Arbeitslosigkeit gibt und wie der Staat hilft.	👍 ✋ 👎	Kapitel 5.2: M2, M3, Grundwissen
... erschließen, welche Herausforderungen das Rentensystem hat.	👍 ✋ 👎	Kapitel 5.2: M6-M8, Grundwissen
... Instrumente zur Messung des Wohlstandes miteinander vergleichen.	👍 ✋ 👎	Kapitel 5.2: M10, M11, #Wirtschaftswachstum, Grundwissen
... darstellen, wie der Staat auf die wirtschaftliche Entwicklung Einfluss nehmen kann.	👍 ✋ 👎	Kapitel 5.2: M13, Grundwissen
... erklären, was Inflation ist und welche Folgen sie haben kann.	👍 ✋ 👎	Kapitel 5.2: M15-M17, Grundwissen
... beurteilen, wie man sein Geld richtig anlegt, um Altersarmut zu vermeiden.	👍 ✋ 👎	Kapitel 5.3: M1-M6, #Vorsorgelücke, #Vorsorgekonzept, Grundwissen
... erklären, was Aktien und ETFs sind und wie man sie kauft.	👍 ✋ 👎	Kapitel 5.3: M8-M10, Grundwissen

Ein Containerschiff ist auf dem Weg von Hamburg nach Shanghai.

Kund:innen haben im Supermarkt die Auswahl zwischen Waren aus aller Welt.

Auf der Insel Borneo in Südostasien wird der Regenwald großflächig abgeholzt.

Sitz der Europäischen Zentralbank (EZB) in Frankfurt am Main

Was weißt du schon?

1. Beschreibe, was auf den Bildern zu sehen ist.
2. Erläutere, was die abgebildeten Motive mit internationaler Wirtschaft zu tun haben.
3. Wer profitiert vom internationalen Handel und welche Probleme entstehen dadurch? Diskutiert in der Klasse, was ihr dazu schon wisst.

6

#Rund um den Globus: Internationale Wirtschaft

Spielekonsolen aus Japan und Südkorea, Autos aus Schweden oder Italien und Bananen aus Ecuador und Costa Rica: Es gibt kaum einen Wirtschaftsbereich, indem nicht Waren aus der gesamten Welt angeboten werden. Auch du hast bestimmt schon häufig vor einer riesigen Auswahl von Produkten aus der ganzen Welt gestanden, zum Beispiel, wenn du ein neues Smartphone, ein Kleidungsstück oder im Supermarkt Lebensmittel eingekauft hast. Aber welche Voraussetzungen müssen eigentlich erfüllt sein, bis die Waren zum Verkauf im Regal landen?

Was lernst du in diesem Kapitel?

... die Faktoren zu beschreiben, an denen sich Unternehmen bei einer Gründung oder Erweiterung orientieren und ihre Bedeutung zu bewerten.

... die Funktionen und Zusammenhänge zu beschreiben, die für die globale Wirtschaft wesentlich sind.

... die grundlegenden Freiheiten und Handlungsfelder der Europäischen Union (EU) zu erklären und die Auswirkungen auf Bürger:innen sowie Unternehmen zu untersuchen.

... zu beurteilen, wie internationale Akteure eine funktionierende und gerechte Weltwirtschaft beeinflussen können.

Eine Concept Map zum Thema „Internationale Wirtschaft“ erstellen MK

Oberbegriff
umfassender Begriff, der übergeordnet ist, zum Beispiel: Kleidungsstück ist ein Oberbegriff u. a. für Hosen, Pullover, T-Shirts, Kleider, usw.

Worum geht es?

Sicher kennt ihr aus dem Unterricht eine Mindmap: In der Mitte steht ein Oberbegriff oder Thema, von dem aus Pfeile zu verschiedenen Teilaspekten des Themas führen. Von diesen Teilaspekten verlaufen dann weitere Äste zu Ursachen, Folgen, Beispielen. Eine Concept Map ist ähnlich, es werden aber die Beziehungen zwischen einzelnen Begriffen ergänzt.

Geht dabei so vor:

Start

1

Teilt eure Klasse in drei Gruppen ein. Ihr könnt die Arbeit dann auch innerhalb der Gruppen aufteilen.

- Gruppe 1 übernimmt die Seiten 162-165 (→ Kapitel 6.1)
- Gruppe 2 übernimmt die Seiten 166-169 (→ Kapitel 6.2)
- Gruppe 3 übernimmt die Seiten 170-175 (→ Kapitel 6.2)

2

Jede Gruppe sammelt für ihren Teil die wichtigsten Begriffe (z. B. #Kästen, Grundwissen-Seiten). Notiert die Begriffe jeweils auf einer Karteikarte.

3

Erklärt euch die Begriffe in der Gruppe gegenseitig. Findet auch einen gemeinsamen Oberbegriff.

4

Klebt für ein großes Poster mehrere DIN-A3-Seiten zusammen. Erstellt auf dem Poster eure Concept Map mit dem Zentrum „Internationale Wirtschaft". Von diesem Zentrum aus gehen drei Hauptäste zu den Oberthemen der drei Gruppen. Achtet auf eine **schlüssige Anordnung** der Begriffe und **verständliche Erklärungen**, z.B. durch weitere Stichworte. An jedem Ast sollte eine **Beschreibung der Beziehung** zwischen den beiden Begriffen stehen.

Ziel

5

Wendet euer Wissen an. Teilt eure Klasse dazu in Vierergruppen auf und beantwortet begründet folgende Frage: Welche Verantwortung tragt ihr im globalen Handel? (→ Kapitel 6.3)

Digitale Concept Map erstellen

Eure Concept Map könnt ihr auch mit einem digitalen Werkzeug für kooperatives Arbeiten erstellen. Dafür kann eure Lehrkraft zum Beispiel einen kostenlosen Account auf mindmeister.com erstellen. Ein paar Hinweise zur Bedienung:

- Wenn man einen Begriff eingegeben hat, kann mit der ENTER-Taste ein Element der gleichen Ebene eingefügt werden, mit der TABULATOR-Taste ein Element einer niedrigeren Ebene.
- Die Elemente können bei gedrückter ALT-Taste mit der Maus verschoben werden.

Wenn man einen Begriff anklickt können im Menü (drei Punkte) weitere Verbindungen erstellt werden. Klickt man mit der rechten Maustaste auf diese Verbindung kann ein Label hinzugefügt werden, z.B. eine Erklärung.

ENTER-Taste

TABULATOR-Taste

6.1 Globaler Handel

Wie hat sich der globale Handel entwickelt?

Noch zu Beginn des letzten Jahrhunderts waren Reisen und Waren aus anderen Ländern, z. B. Gewürze oder exotische Früchte, rar und deshalb teuer zu kaufen. Doch der globale Handel nahm in den letzten Jahrzehnten massiv zu und bestimmt heute an vielen Stellen wirtschaftliche Entscheidungen.

M1 Wie hat sich der weltweite Warenhandel entwickelt?

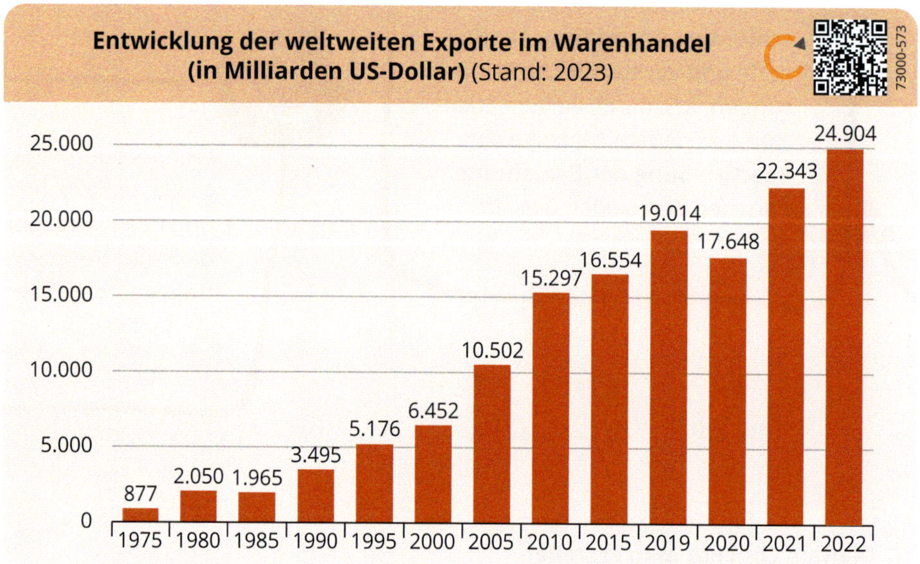

©C.C. Buchner Verlag, Daten nach: UNCTAD Statistics: Merchandise: Total trade and share (Datenerhebung: 2022 (jährlich); Grafikerstellung: 2023)

M2 Verschiffungskosten eines 20-Fuß-Containers

20-Fuß-Container
der weltweit erste standardisierte Container mit den Abmessungen von 6,06 Metern Länge, 2,44 Metern Breite und einer Höhe von 2,59 Metern

Strecke	Kosten für einen 20-Fuß-Container
Shanghai – Barcelona	1509 €
Miami – Bremerhaven	503 €
New York – Hongkong	503 €
Los Angeles – Tokio	1048 €

Bearbeitergrafik, Daten nach: www.icontainers.com, 13.03.2023

M3 Wie haben sich die Preise für Telekommunikation entwickelt?

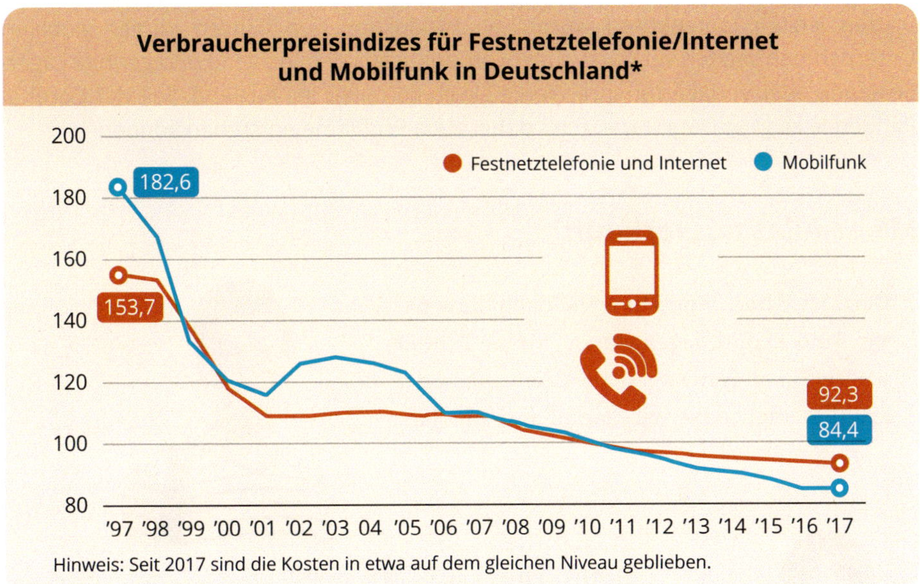

*Nach: Statista; Datenquelle: Statistisches Bundesamt, *2010 = 100*

Index-Darstellung
Bei einer Index-Darstellung werden die Werte auf ein Ausgangsjahr zurückgerechnet (hier: 2010 = 100). Ein Wert von z. B. 120 gibt dann eine Steigerung auf 120 Prozent des Wertes an, ein Wert von 90 eine Verringerung auf 90 Prozent.

M4 Deutsche wandern in die USA aus

Die Passage auf einem Dampfschiff [Anfang 20. Jahrhundert] dauert in der Regel zwei Wochen, später auf den Schnelldampfern lediglich neun Tage. Die Mehrzahl der Emigranten reist für 160 Mark auf dem fensterlosen Zwischendeck. Die Summe entspricht in etwa dem Jahresgehalt eines Arbeiters. Dafür bekommen die Zwischendeckspassagiere wenig geboten: Schlechte Durchlüftung, Platzmangel, Nässe und die Folgen der Seekrankheit machen den Menschen zu schaffen.

Kühl, Janine: Von Hamburg in die weite Welt. In: www.ndr.de, 16.12.2013

Beispiel für Flugkosten in die USA

Flug	Nur Hinflug
Hamburg	New York
1 Erwachsener	1 Stopp
267,- €	

Erklärfilm zur Globalisierung (4:11 min)
70079-401

AUFGABEN
70079-402

1. Beschreibe die aktuelle Situation des internationalen Handels und seine Entwicklung (**M1**).
2. Erkläre die Bedeutung der Informationen aus **M2-M4** für die Entwicklung des Welthandels.
3. a) Wie sieht der Welthandel im Jahr 2030 aus? Entwickelt zu zweit eine Zukunftsvision.
   b) Diskutiert eure Zukunftsvisionen anschließend in der Klasse.

H zu Aufgabe 3
Weitere Fragen, die euch helfen eure Zukunftsvision zu entwickeln:
Sind Transportkosten eher niedrig oder hoch?
Wie wird sich das Angebot zum Beispiel im Supermarkt ändern? Was gibt es noch zu kaufen und was nicht?

Knappheitsprobleme - wie umgehen mit Störungen in globalen Lieferketten?

In den letzten Jahrzehnten wurde die Produktion von Gütern immer globaler. Unternehmen setzten verstärkt auf Vorprodukte aus dem Ausland und geringe Lagerbestände oder verlagerten ihre Werke gleich komplett ins Ausland. Seit der Corona-Pandemie zeigt sich verstärkt, dass dabei auch Probleme entstehen können.

M5 Alles ausverkauft!

Ben: Hi, Minh Thu! Du weißt doch, dass unser Auto kaputt gegangen ist. Meine Mutter wollte einen Neuwagen bestellen, aber der Händler sagt, dass wir darauf fast ein Jahr warten müssen.

Ben

Minh Thu

Minh Thu: Ja, das kenne ich. Ich wollte eine neue Grafikkarte für meinen Rechner bestellen. Entweder sind die ausverkauft oder extrem teuer.

Ben: Oh man, das ist ja noch viel schlimmer! Weißt du, woran das liegen könnte?

Bearbeiter

M6 Störung bei Lieferketten: Kleine Ursache, großer Schaden

Weil Vorprodukte aus dem Ausland fehlten, konnte die deutsche Industrie von Anfang 2021 bis Mitte 2022 Güter im Wert von knapp 64 Milliarden Euro nicht herstellen, [...]. [...]

Ohne die Störungen der Lieferketten, die insbesondere auf Produktionsausfälle in Ostasien und Transportprobleme, aber auch auf Fehleinschätzungen in den Beschaffungsstrategien der Unternehmen zurückgehen, hätte das gesamte Verarbeitende Gewerbe in Deutschland eine höhere Wertschöpfung erziehlt. [...]

Offen ist bislang zwar noch, ob die Wertschöpfungsverluste dauerhaft oder vorübergehend sind. Für Letzteres spricht, dass die Auftragsbestände nach wie vor sehr hoch sind. Allerdings wächst mit der zunehmend schwierigen Wirtschaftslage infolge des Ukraine-Kriegs das Risiko, dass zumindest ein Teil der Bestellungen, die noch nicht abgearbeitet wurden, storniert werden, [...].

Selbst wenn nur ein Teil der Wertschöpfung dauerhaft verloren sein sollte, verdeutliche der Umfang der Ausfälle, dass die bisherige geschäftspolitische Ausrichtung, mit der die deutsche Industrie in internationale Lieferketten eingebun-

Wertschöpfungskette
Sie stellt die Aktivitäten eines Unternehmens bei der Erstellung von Produkten und Dienstleistungen geordnet dar. Sie beschreibt damit, wie einem Produkt in den einzelnen Stufen seiner Herstellung bis zum Verkauf eine Wertsteigerung hinzugefügt wird.

den ist, in weltwirtschaftlichen Stresssituationen alles andere als optimal sei, warnen […] [Wissenschaftler]. „Zu stark erscheint bisher der Fokus des Managements auf kurzfristige Kosteneffizienz." Bessere Resultate verspreche eine Strategie, die auf […] mehr Lagerreserven, Diversifikation und Nachhaltigkeit der Lieferketten setze.

Hans Böckler Stiftung: Pressemitteilung. Neue Studie des IMK. In: www.boekler.de, IMK Policy Brief Nr. 141, 28.11.2022

Diversifikation
hier: Einkauf der Vorprodukte von unterschiedlichen Zulieferern

M7 Folgen der Corona-Pandemie: Lockdowns bremsen Chinas Wirtschaft aus

In Millionenmetropolen wie Peking, dem schwer betroffenen südchinesischen Guangzhou oder in Chongqing gelten weitgehende Bewegungsbeschränkungen. […] China hält weiterhin unbeirrt an seiner strengen Null-Covid-Strategie fest. Schon bei einzelnen Fällen werden Wohnviertel abgeriegelt. […]

Rings um die größte iPhone-Fabrik des Landes in der Stadt Zhengzhou wurde gestern ein Lockdown für mehr als sechs Millionen Menschen verhängt. […] Mehr als die Hälfte der Einwohner der Stadt ist vom Lockdown betroffen. Be-wohner des Stadtzentrums dürfen das Gebiet vorerst nur noch mit einem negativen Corona-Test und einer behördlichen Erlaubnis verlassen. […]

Der Anstieg der Infektionszahlen und die verhängten Lockdowns in China lösen in der deutschen Wirtschaft Sorge aus. […] Für […] den Welthandel bringe dies erneut Unsicherheit in die Lieferketten und belaste die wirtschaftliche Entwicklung […].

„Die Staus vor den chinesischen Häfen zu Beginn des Jahres sind uns noch in unguter Erinnerung. Die Folgen waren bis weit ins Jahr hinein spürbar", sagte der Präsident des Bundesverbandes Großhandel, Außenhandel, Dienstleistungen (BGA). Trotz Verzögerungen in den Lieferketten müsse sich in Deutschland niemand Sorgen um leere Regale im Einzelhandel machen, betonte der Branchenverband HDE. „Die Händler haben sich weitgehend auf die Herausforderungen eingestellt, Lieferwege verändert, neue Lieferanten erschlossen und früher bestellt."

Tagesschau: Lockdowns bremsen Chinas Wirtschaft aus. In: www.tagesschau.de, 25.11.2022

Null-Covid-Strategie
komplette Abschottung: Versuch, jegliche Ansteckung mit dem Coronavirus in der Bevölkerung zu verhindern

Lockdown
Situation, in der beispielsweise Gebäude oder Gegenden nicht betreten oder verlassen werden dürfen: Lockdowns haben viele Staaten weltweit verhängt, um die Infektionen mit dem Coronavirus einzudämmen oder ganz zu verhindern.

AUFGABEN

70079-403

1. a) Beschreibe, welche Probleme Ben und Minh Thu haben (**M5**).
   b) Tauscht euch zu zweit aus, ob ihr ähnliche Fälle kennt.
2. Beschreibe, welche Auswirkungen die fehlenden Vorprodukte auf die deutsche Wirtschaft hatten (**M6**).
3. Erkläre, welche Bedingungen die Probleme in den Lieferketten verstärkt haben (**M6**, **M7**).
4. Entwickelt gemeinsam Empfehlungen für Unternehmen, um auf Unterbrechungen der Lieferketten zu reagieren.

H **zu Aufgabe 3**
Beschreibt zuerst die Lösungsansätze, die in **M6** und **M7** angesprochen werden.

6.2 Unternehmen im Kontext der internationalen Wirtschaft

Die Qual der Wahl – was macht einen guten Standort aus?

In manchen Regionen reihen sich die Unternehmen eng aneinander, sodass es dort viele Arbeitsplätze gibt. Doch besonders in ländlichen oder abgelegenen Regionen müssen die Menschen oft weite Wege bis zu ihrer Arbeitsstelle zurücklegen. Wovon hängt es ab, wo sich ein Unternehmen niederlässt?

M1 Standort: Würden Sie sich wieder so entscheiden?

Interviewer: Warum haben Sie sich für diesen Standort entschieden?
Herr Lottmann: Ich wohne seit meiner Geburt hier und fühle mich auch sehr wohl in dieser Gegend. Deshalb habe ich mein Unternehmen auch hier gegründet.
Interviewer: Aber angenommen, Sie könnten wegen großen Erfolgs ein weiteres Büro aufmachen – wo würden Sie das gerne eröffnen?
Herr Lottmann: Das kommt drauf an. Wenn ich mich auf Deutschland beschränken würde, wahrscheinlich …

Bearbeiter

M2 Wie gut steht NRW im europäischen Wettbewerb da?

NRWs Wettbewerbsfähigkeit im europäischen Vergleich
Stand: 2023

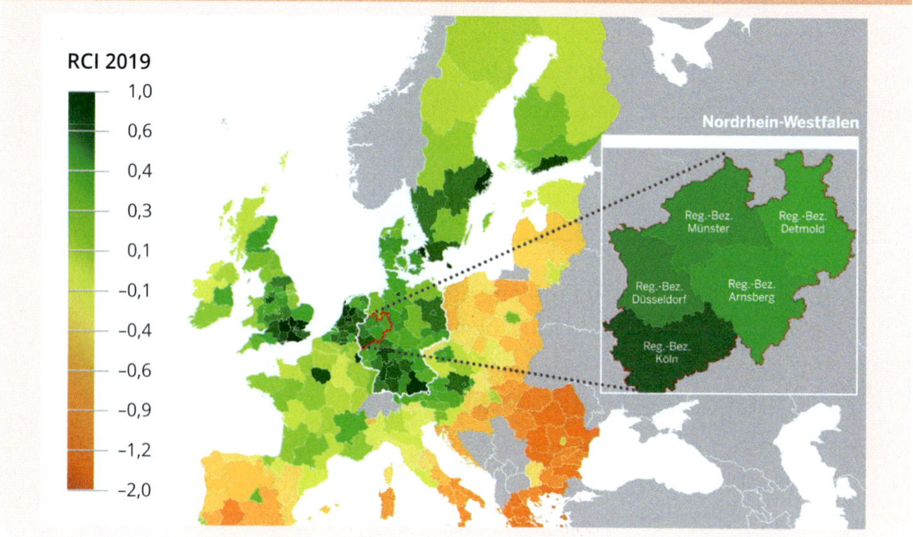

Prognos AG (2021): Studie zur Leistungsfähigkeit der NRW-Industrie und ihrer Transformation, im Auftrag des Ministeriums für Wirtschaft, Innovation, Digitalisierung und Energie des Landes NRW. Abbildung 9, S. 32

RCI
Der RCI (EU Regional Compatitiveness Index – Europäischer Index regionaler Wettbewerbsfähigkeit) misst anhand von etwa 70 Indikatoren die Wettbewerbsfähigkeit europäischer Regionen. Die Bewertung geschieht u.a. in den Bereichen (digitale) Infrastruktur, Gesundheitswesen, Arbeitsmarkt und Innovationsfähigkeit.

M3 Worauf es bei einer Standortentscheidung ankommt

1. **Verkehrsanbindung**
2. **Behördliche Auflagen**
3. **Schulen und Universitäten in der Nähe**
4. **Arbeitskräfteangebot**
5. **Verfügbarkeit von Rohstoffen**
6. **See und Parkanlagen zur Erholung**
7. **Kundennähe**
8. **Miet- und Energiekosten**
9. **Höhe der Gewerbesteuer**
10. **Kino, Theater, Schwimmbad in der Nähe**
11. **Geschwindigkeit des Internets**
12. **Lage um die Gebäude des Unternehmens**
13. **Unterstützung durch Netzwerke und Wirtschaftsförderung**
14. **Konkurrenzunternehmen**
15. **Nähe zu Zulieferbetrieben**

Bearbeiter

behördliche Auflagen
Bestimmungen, an die sich ein Unternehmen vor Ort halten muss. Das sind zum Beispiel Vorgaben für den Bau oder für den Lärm- oder Naturschutz.

Gewerbesteuer
Steuer, die auf den Gewinn eines Unternehmens erhoben wird

Netzwerke und Wirtschaftsförderungen
unterstützen Unternehmen bei der Standortsuche und fördern die Zusammenarbeit, z. B. auf gemeinsamen Fachtagungen

STANDORTFAKTOREN

Den Ort, an dem ein Unternehmen angesiedelt ist, nennt man Standort. Alle Faktoren, die ein Unternehmen in die Überlegung miteinbezieht, wo es sich niederlassen soll, nennt man Standortfaktoren.
Meist werden diese Standortfaktoren unterteilt in sogenannte harte Faktoren, wie z. B. Höhe der Steuern und Abgaben, Nähe von Zulieferern und anderen Kriterien, die man genau berechnen kann. Mit weichen Faktoren sind Kriterien gemeint, die weniger gut zu berechnen sind, wie z. B. das Image einer Region, Freizeitangebote oder die Mentalität der Bevölkerung.

Image
Ansehen oder Ruf von einer Region, Person, etc.

Mentalität
Art zu denken und zu fühlen

M4 Das Unternehmen MöbelXL will sich in einer Region ansiedeln

just in time
Lieferung der Ware in genau dem Moment des Bedarfs bei den Kund:innen

betriebswirtschaftlich
umfasst alle Handlungen und Maßnahmen zum Beispiel eines Unternehmens, um Gewinn zu erwirtschaften

Unternehmerin
Ursula Meier

Unser Unternehmen ist auf die Herstellung von Möbelstücken spezialisiert. Unsere Kundinnen und Kunden, in erster Linie sind dies Möbelhäuser, erwarten die Lieferungen „just in time" und möglichst preiswert. Betriebswirtschaftlich ist es für uns deshalb sehr wichtig, dass die Steuern und die Mietkosten gering sind. Da wir die Aufträge überwiegend online abwickeln, sind wir auf schnelles Internet angewiesen. Damit wir in Zukunft die Produkte noch schneller in Nordrhein-Westfalen liefern können, wollen wir einen neuen Standort in diesem Bundesland eröffnen. Wir haben hierfür drei potenzielle Standorte im Blick ...

Hebesatz
Je höher der Hebesatz in einer Gemeinde ist, desto höhere Gewerbesteuern müssen Unternehmen zahlen.

Standort A	
Mietkosten Produktionshalle:	3,70 Euro/m²
Hebesatz der Gewerbesteuer:	325 %
Entfernung zur Autobahn:	17 km
Nähe zu den Rohstoffen:	35 km
Geschwindigkeit des Internets:	500 Mbit/s

Standort B	
Mietkosten Produktionshalle:	4,10 Euro/m²
Hebesatz der Gewerbesteuer:	360 %
Entfernung zur Autobahn:	5 km
Nähe zu den Rohstoffen:	15 km
Geschwindigkeit des Internets:	400 Mbit/s

Standort C	
Mietkosten Produktionshalle:	4,50 Euro/m²
Hebesatz der Gewerbesteuer:	400 %
Entfernung zur Autobahn:	20 km
Nähe zu den Rohstoffen:	2 km
Geschwindigkeit des Internets:	100 Mbit/s

Bearbeiter

M5 Schnelles Internet für alle

Mehr als die Hälfte der Schulen und Haushalte in Nordrhein-Westfalen haben bereits gigabitfähiges Internet. Das ist die Bilanz nach zwei Jahren Gigabit-Gipfel. NRW, auf dem sich die führenden Netzbetreiber und Verbände mit der Landesregierung auf gemeinsame Ausbauziele verständigt haben.
Wirtschafts- und Digitalminister Prof. Dr. Andreas Pinkwart: „Vor zwei Jahren haben Netzbetreiber und Verbände zugesagt, unsere Ausbauziele zu unterstützen. Das ist gelungen: Die Anzahl der Haushalte, die jetzt auf Gigabit-Anschlüsse zugreifen können, hat sich seit 2018 auf 52 Prozent verfünffacht, die der Schulen auf 51 Prozent verdreifacht. Im gleichen Zeitraum hat sich der Anteil der Gewerbegebiete auf elf Prozent geviertelt. Für fast alle nicht erschlossenen Schulen und Gewerbegebiete hat der Ausbau begonnen oder ist in Planung. Damit steht Nordrhein-Westfalen bei der Breitbandversorgung an der Spitze der Flächenländer in Deutschland."

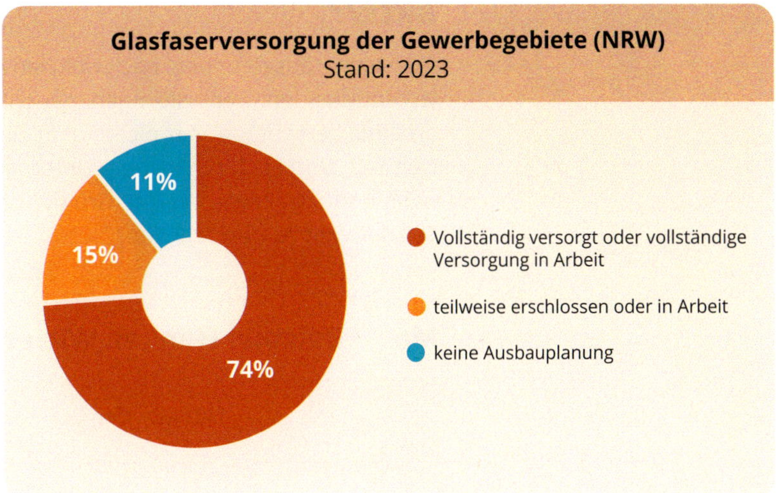

Bearbeitergrafik, Daten nach: MWIKE NRW: Zwei Jahre GigabitGipfel.NRW: Mehrheit der Haushalte und Schulen hat jetzt Zugriff auf ultraschnelles Internet. Pressemitteilungen. In: www.wirtschaft.nrw, 11.09.2020

Nach: MWIKE NRW: Zwei Jahre GigabitGipfel. NRW: Mehrheit der Haushalte und Schulen hat jetzt Zugriff auf ultraschnelles Internet. Pressemitteilungen. In: www.wirtschaft.nrw, 11.09.2020

AUFGABEN

70079-404

1. a) Beschreibe, welchen Standort du an Herrn Lottmanns Stelle bevorzugen würdest (**M1**).
b) Stellt Vermutungen darüber an, welche Bedeutung digitale Bildung an Schulen für die Standortwahl von Unternehmen in einer Region haben könnte.

2. Analysiere die Karte in **M2** und benenne mögliche Gründe dafür, dass NRW im europäischen Vergleich eine hohe Wettbewerbsfähigkeit ausweist.

3. Ordnet zu zweit die in **M3** genannten Standortfaktoren den weichen oder harten Standortfaktoren zu (**#Standortfaktoren**) und vergleicht eure Ergebnisse.

4. Entwickelt in Gruppenarbeit eine Standortempfehlung für das fiktive Unternehmen MöbelXL. Berücksichtigt dabei, welche Standortfaktoren für einen Möbelproduzenten besonders wichtig sind (**M4**).

5. Diskutiert die Bedeutung des Glasfaserausbaus für die Standortwahl von Unternehmen: Welche Rolle spielt schnelles Internet heute (**M5**)?

H zu Aufgabe 1
Gehe dabei beispielhaft auf Unternehmen verschiedener Branchen ein. Welche Bedeutung hat der Breitbandausbau z. B. für kleine Handwerksbetriebe oder große Industriekonzerne?

F zu Aufgabe 2
Recherchiere auf der Webseite der IHK oder einer lokalen Wirtschaftsförderung, welche Standortfaktoren für deine Region gelten. MK

H zu Aufgabe 3
Ihr könnt eure Ergebnisse in einer Tabelle gegenüberstellen.

Inwiefern sind Unternehmen auf der ganzen Welt aktiv?

Du hast herausgefunden, nach welchen Kriterien Unternehmen in Nordrhein-Westfalen entscheiden, wenn sie einen (neuen) Standort suchen. Viele große Unternehmen arbeiten heutzutage aber nicht nur in einem Bundesland oder Staat, sondern agieren weltweit. Und auch für kleinere Unternehmen wird länderübergreifender Handel zunehmend attraktiver. Welche Gründe haben Unternehmen, sich nicht nur auf einen Teil der Welt zu beschränken?

M6 Beispiel Henkel: Wie erfolgreich ist das Unternehmen?

Umsatz der Vertriebsregionen von Henkel
Stand: 2022

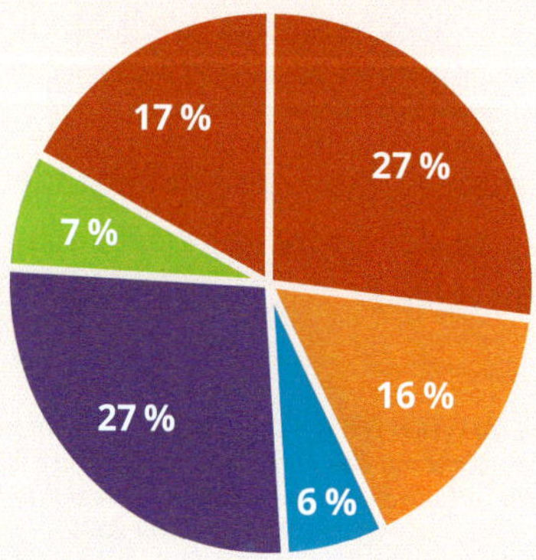

Regionen	Umsatz in Milliarden
Westeuropa	6,064 Mrd. €
Osteuropa	3,474 Mrd. €
Afrika/Nahost	1,272 Mrd. €
Nordamerika	5,984 Mrd. €
Lateinamerika	1,548 Mrd. €
Asien/Pazifik	3,827 Mrd. €

Hinweis: Die Prozente sind eigene Berechnungen und wurden gerundet.

©C.C. Buchner Verlag, Daten nach: Henkel: Geschäftsbericht 2022. In: www.henkel.de, S. 112 (Datenerhebung: 2022; Grafikerstellung: 2023)

M7 Was sind wichtige Standortfaktoren für Henkel?

Nach: Henkel: Geschäftsbericht 2022. In: www.henkel.de, S. 90

Entwicklung in Deutschland:
Technologie und Forschung

Produktion z. B. in Brasilien:
viele Fachkräfte und Lieferanten
Rohstoffe
Energie

Vertrieb mit kurzen Wegen:
Angebote durch Kundennähe anpassen

M8 Warum investieren Unternehmen im Ausland?

©C.C. Buchner Verlag, Daten nach: DIHK: Auslandsinvestitionen der Industrie 2022. Sonderauswertung der DIHK-Konjunkturumfrage vom Jahresbeginn 2022. In: www.dihk.de, S.3 (Datenerhebung: 2021; Grafikerstellung: 2023)

M9 Henkel investiert in das Start-up LoveLocal

Henkel beteiligt sich an einer Finanzierungsrunde des indischen Start-ups LoveLocal, um seine Kompetenz im Bereich Direct-to-Consumer weiter zu stärken. Die Investition unter dem Dach von Henkel dx Ventures wird dem Unternehmen helfen, weitere Erkenntnisse über die Einzelhandelsmärkte und das Verbraucherverhalten in Schwellenländern zu gewinnen.

„Wir freuen uns sehr, LoveLocal durch unser weiteres Investment dabei zu unterstützen, lokale Einzelhändler:innen durch eine intuitive digitale Lösung mit ihren Kund:innen zu vernetzen. [...] Wir sind davon überzeugt, dass das Team von LoveLocal mit seiner Leiden-schaft und seinem Engagement das hyperlokale Einkaufserlebnis weiter revolutionieren", sagte Robert Günther, Head of Corporate Venturing bei Henkel.

LoveLocal wurde 2020 in Mumbai, Indien gegründet und ist aus dem Start-up m.paani hervorgegangen. Das Start-up hat sich auf die Digitalisierung und Organisation von lokalen Einzelhändler:innen spezialisiert, um das Einkaufserlebnis der Zukunft in der Nachbarschaft zu ermöglichen. LoveLocal ist seit seiner Gründung um das 40-fache gewachsen und bedient derzeit über 35 Städte in ganz Indien. In nur 18 Monaten haben sich mehr als 100.000 Einzelhändler:innen angemeldet und mehr als eine Million Bestellungen ausgeführt. LoveLocal verfügt über Indiens größten Online-Katalog für Artikel des täglichen Bedarfs mit 55.000 Produkten aus 145 Kategorien.

Henkel: Henkel investiert weiter in das Start-up LoveLocal aus Indien. Presseinformation. In: www.henkel.de, 28.10.2021

Start-up
Gründung eines Unternehmens mit einer neuartigen Geschäftsidee und viel Wachstumspotential

Direct-to-consumer
beschreibt den Verkauf durch Produzenten direkt an die Kund:innen, ohne Zwischenhändler wie Supermärkte oder Onlinehändler

Corporate Venturing
hier: Eine Abteilung beim Unternehmen Henkel, die Investitionen in Startups organisiert.

AUFGABEN

70079-405

1. Beschreibe, wie die Firma Henkel weltweit Umsatz erwirtschaftet (**M6**).
2. Erkläre, warum Henkel nicht nur in Nordrhein-Westfalen, sondern weltweit Produktionsstandorte besitzt (**M7**, **M8**).
3. Beurteile die Entscheidung von Henkel, in das Start-up „LoveLocal" in Indien zu investieren (**M9**).

Spezialisierung: Woher kommen unsere Waren?

Deutschland betreibt jedes Jahr Handel im Wert von hunderten Milliarden Euro mit fast allen Ländern der Erde. Aber wie entscheidet sich, welche Produkte in der ganzen Welt verkauft werden oder welche Waren nach Deutschland gebracht werden?

M10 Beispiel: Spezialisierung in der Wohngemeinschaft

Milan und Aaron haben ihr Studium begonnen und wohnen gemeinsam in einer Wohngemeinschaft. Als sie darüber sprechen, wie sie die nervige Hausarbeit aufteilen wollen, fällt ihnen auf, dass jeder seine eigenen Stärken hat:

Aaron staubsaugt das Wohnzimmer.

	Jeder macht seinen eigenen Haushalt			**Jeder spezialisiert sich auf das, was er besser kann**			
Arbeitsaufwand in Minuten	Staubsaugen	Bügeln	Staubsaugen + Bügeln	Staubsaugen	Bügeln	Staubsaugen/ Bügeln	Zeitersparnis
Milan	30	50		2 x 30	0		
Aaron	40	20		0	2 x 20		
Beide zusammen							

Weil beide merken, dass die Zusammenarbeit gut funktioniert, wollen sie auch bei anderen Tätigkeiten zusammenarbeiten. Allerdings stellt Aaron fest, dass er schneller kocht und abwäscht als Milan, obwohl er beides gleich gut erledigt. Sollen die beiden trotzdem zusammenarbeiten?

Milan wäscht ab.

	Jeder macht seinen eigenen Haushalt			**Jeder spezialisiert sich auf das, was er besser kann**			
Arbeitsaufwand in Minuten	Kochen	Abwasch	Kochen + Abwasch	Kochen	Abwasch	Kochen + Abwasch	Zeitersparnis
Milan	40	50		2 x 40	0		
Aaron	120	70		0	2 x 70		
Beide zusammen							

Idee basierend auf: Zandonella, Bruno: Wirtschaft für Einsteiger. Bonn, 2018, S. 8

M11 Was sind die wichtigsten Handelswaren von Deutschland?

Deutsche Exporte 2021 (in Mrd. €)		Deutsche Importe 2021 (in Mrd. €)	
Kraftwagen und Kraftwagenteile	211	EDV und elektron. Erzeugnisse	130
Maschinen	196	Kraftwagen und Kraftwagenteile	115
Chemische Erzeugnisse	138	Chemische Erzeugnisse	95
EDV und elektron. Erzeugnisse	122	Maschinen	92
Elektronische Ausrüstungen	96	Erdöl und Erdgas	73
...	...	...	...
Gesamt	**1.379**	**Gesamt**	**1.204**

Bearbeiter, Daten nach: Statista, 2022

Info zur Außenhandelsstatistik
Hier werden einzelne Produkte zu Warengruppen zusammengefasst.

EDV
steht für elektronische Datenverarbeitung

M12 2021: Die größten deutschen Unternehmen im Vergleich

Platz	Unternehmen	Umsatz	Gewinn (Verlust)	Beschäftigte
1	Volkswagen	250,2 Mrd. Euro	15,4 Mrd. Euro	672 800
2	Uniper	164,0 Mrd. Euro	-4,1 Mrd. Euro	11 500
3	Daimler	133,9 Mrd. Euro	23,4 Mrd. Euro	172 400

Bearbeiter, Zahlen nach: CIO.de: TOP-500. In: www.cio.de, Abruf am 10.03.2023

SPEZIALISIERUNG

Wirtschaftsakteure konzentrieren sich auf die Produktion eines Gutes oder bieten die Dienstleistung an, die sie besonders gut können. Spezialisierung und Handel können sich zwischen Unternehmen, zwischen Ländern, aber auch für Privatpersonen lohnen.
Dabei unterscheidet man zwischen absoluten und komparativen Kostenvorteilen.

- Wenn ein Wirtschaftsakteur in der Produktion eines Gutes besser als jeder andere ist, hat er einen **absoluten Kostenvorteil**. Z. B. ist Milan in **M10** besser im Staubsaugen, während Aaron schneller bügelt.
- Wenn ein Wirtschaftsakteur in der Produktion eines Gutes im Verhältnis besser ist, hat er einen **komparativen Kostenvorteil**. In **M10** besitzt Aaron beim Abwasch einen komparativen Kostenvorteil.

komparativ
vergleichend: Milan benötigt sowohl für das Kochen als auch für den Abwasch weniger Zeit als Aaron. Dabei ist er im Verhältnis aber beim Kochen effizienter: Dort benötigt er nur ein Drittel der Zeit von Aaron, während er beim Abwasch mehr als die Hälfte von Aarons Zeit benötigt.

M13 Köstlichkeiten aus aller Welt

INTRA-INDUSTRIELLER HANDEL

Weist ein Land in einer Branche sowohl hohe Ex- als auch Importe auf, so wird dies als intra-industrieller Handel bezeichnet.
Diese Art des Handels findet vor allem zwischen Ländern mit einem ähnlichen Entwicklungsstand, z. B. zwischen Deutschland und Frankreich, statt. Die Nachfrager dieser Länder haben ähnliche Produktvorstellungen, wünschen sich aber Abwechslung. Typische Beispiele sind hochwertige Konsumgüter wie Autos, aber auch Lebensmittel.

AUFGABEN

70079-406

1. Durch Spezialisierung und Handel können häufig Geld oder Zeit eingespart werden.
   a) Übertrage die Tabellen in dein Heft und berechne die Zeitersparnis, die Milan und Aaron durch Spezialisierung erreichen.
   b) Beschreibe den Unterschied zwischen den beiden Beispielen in **M10**.
   c) Erkläre, warum sich die Zusammenarbeit auch lohnt, wenn ein Akteur alles schneller erledigt.
2. Analysiere die Statistik der wichtigsten deutschen Im- und Exporte (**M11**).
   a) Erkläre die Warengruppen anhand von eigenen Beispielen.
   b) Deutschland importiert viel Erdgas und Erdöl. Nenne mögliche Gründe.
   c) Arbeite heraus, welche Bedeutung deine Ergebnisse aus Aufgabe 1 für den Außenhandel haben.
3. Erläutere mithilfe von **M11** und **M12**, auf welche Produkte sich Deutschland im internationalen Handel spezialisiert hat (**#Spezialisierung**).
4. Erkläre, warum die Käsesorten in **M13** in verschiedenen Ländern hergestellt werden.

F zu Aufgabe 4
Die Erklärung gilt genauso auch für andere Warengruppen, z. B. Automarken. Erkläre anhand von diesen, warum die Automobilproduktion nicht nur in einem Land konzentriert ist.

Spezialisierung bis in die Ewigkeit?

Im vorherigen Kapitel hast du gelernt, warum sich Länder auf verschiedene Waren spezialisieren. Aber bleibt diese Aufteilung auch für alle Zeiten bestehen?

M14 Was ist der Produktlebenszyklus?

Jedes Produkt durchläuft in seiner Lebenszeit fünf verschiedene Phasen. Die **Innovationsphase** findet überwiegend in hoch entwickelten Industrieländern statt, da nur hier das technische Know-How und das notwendige Investitionskapital gegeben sind. Das neue Produkt wird hauptsächlich in diesen Ländern verkauft. In der **Ausreifungsphase** steigen die Herstellungs- und Verkaufszahlen, da technische Entwicklungen eine günstigere Produktion ermöglichen. Durch die niedrigeren Preise werden die Produkte vielen Menschen zugänglich, da sie auch ins Ausland exportiert werden. Teilweise wird auch ein Teil der Fertigung ins Ausland verlagert. In der **Sättigungsphase** gehört das Produkt in der westlichen Welt zum Lebensstandard. Dadurch, dass die Produktion stark vereinheitlicht wurde, wird nur eine geringe Anforderung an die Arbeitskräfte gestellt. Daher besitzen Schwellen- und Entwicklungsländer aufgrund niedriger Löhne häufig Vorteile bei der Produktion. Die Produkte werden auch in das ursprüngliche Innovationsland zurück exportiert.

Raymond Vernon
(1913-1999)
US-amerikanischer Ökonom und Professor an der Harvard Universität, der die Produktlebenszyklustheorie entwickelt hat

M15 Käfer-Nachfolger wird in Mexiko verabschiedet

16 Jahre nach dem letzten VW Käfer ist auch das Nachfolgemodell des Kultautos, der Beetle, zum letzten Mal vom Band gelaufen. [...] Der Beetle hatte von Anfang an ein schweres Erbe, schließlich war der Käfer über Jahrzehnte ein Kultobjekt. Ein Auto, das weltweit für seine Zuverlässigkeit gerühmt wurde. Das es als „Herbie" mit Scheinwerfer-Kulleraugen zum Disney-Filmstar brachte. [...] Auch als Symbol des Wirtschaftswunders ging das Original in die deutsche Geschichte ein.

dpa: Käfer-Nachfolger wird in Mexiko verabschiedet, www.welt.de, 11.07.2019

AUFGABEN

70079-407

1. Beschreibe die Produktlebenszyklustheorie in eigenen Worten (**M14**).
2. Arbeitet zu zweit: Entscheidet euch für drei Produkte und recherchiert, in welcher Phase sich diese befinden. **MK**
3. Erkläre, warum der VW Käfer bis 1978 in Deutschland und anschließend bis 2003 in Mexiko hergestellt wurde (**M14 und M15**).
4. Diskutiert in der Klasse, welche Probleme sich ergeben könnten, wenn die Verteilung zwischen gewinnbringender Entwicklung in Industrieländern und einfacher Produktion in Schwellen- und Entwicklungsländern langfristig bestehen bleibt.

H zu Aufgabe 2
Findet heraus, welche Unternehmen die größten Hersteller des Produktes weltweit sind. Wo produzieren diese Unternehmen? Wie weit verbreitet ist das Produkt in verschiedenen Ländern auf der ganzen Welt?

WIE ENTWICKELT SICH DIE INTERNATIONALE WIRTSCHAFT?

M1-M7 → #
Kapitel 6.1

GLOBALISIERUNG

Als Globalisierung wird der Prozess der stetig zunehmenden Verflechtung von Ländern auf der ganzen Welt bezeichnet. Die Zunahme findet dabei in verschiedenen Dimensionen statt. Auf politischer Ebene entstehen Institutionen wie die EU, in denen Staaten zusammenarbeiten. Die Globalisierung auf kultureller Ebene bemerken wir in unserem Alltag, wir sehen amerikanische Serien und hören Musik aus Korea. Durch die günstigen und einfachen Kommunikationsmöglichkeiten wie Chats, Foren und Email entstehen auf gesellschaftlicher Ebene neue Gemeinschaften neben den bisherigen wie Familien oder Nachbarschaften. Auf wirtschaftlicher Ebene entstehen international agierende Konzerne, deren Produktionsstätten und Absatzmärkte über den ganzen Globus verteilt sind. Dadurch wächst auch die Menge an Waren, die über Ländergrenzen hinweg gehandelt werden. Dabei können aber auch Herausforderungen entstehen, z. B. wenn die Lieferketten aufgrund von Problemen in weit entfernten Ländern unterbrochen werden. Manchmal können dann Produkte entweder gar nicht oder nur mit großer Zeitverzögerung produziert werden. Das kann zu einer Preissteigerung bei den betroffenen Waren führen.

In Bezug auf die Umwelt zeigen sich globale Herausforderungen besonders deutlich. Ob Erwärmung der Erdatmosphäre, die Abholzung der tropischen Regenwäldern oder der Anstieg der Meeresspiegel: Immer handelt es sich um Probleme, deren Ursachen auf der ganzen Welt zu finden und deren Folgen weltweit erfahrbar sind.

M1-M5 → #
Kapitel 6.2

UNTERNEHMEN VOR DER STANDORTWAHL

Unternehmen müssen entscheiden, an welchem Standort sie sich ansiedeln möchten. Hierzu müssen sie die Standortfaktoren untersuchen, die in den verschiedenen Regionen gegeben sind. Dabei gibt es einerseits die sogenannten harten Standortfaktoren (z. B. Höhe der Steuern oder Verkehrsanbindung, schnelles Internet), die genau messbar sind. Außerdem gibt es die sogenannten weichen Standortfaktoren (z. B. Wohnumfeld oder Umweltqualität), die nicht genau gemessen werden können. Gerade durch die Digitalisierung wird die Verfügbarkeit von schnellem Internet für Unternehmen bei der Standortentscheidung immer wichtiger. Aus diesem Grund ist auch die Politik darum bemüht, schnelles Internet flächendeckend auszubauen.

INTERNATIONALISIERUNG VON UNTERNEHMEN

Viele Unternehmen sind nicht mehr nur in einem Land aktiv. Sie kaufen Rohstoffe dort ein, wo diese am günstigsten zu beschaffen sind, produzieren in Ländern, in denen Fachkräfte vorhanden sind und bieten ihre Produkte auf der ganzen Welt an. Die Gründe, warum ein Betrieb sich für ein bestimmtes Land entscheidet, sind dabei vielfältig. Eine große Bedeutung spielen dabei häufig geringe Kosten, z. B. durch Nähe zu Kund:innen oder Lieferanten, Arbeitslohn oder niedrige Zölle.

← M6-M9
Kapitel 6.2

INTERNATIONALER HANDEL

Im Lauf des letzten Jahrhunderts hat der weltweite Handel mit Waren und Dienstleistungen massiv zugenommen. Auf der ganzen Welt haben sich Länder auf die Produktion bestimmter Güter spezialisiert, dabei profitieren Sie von absoluten und komparativen Kostenvorteilen. Manchmal kommt es aber auch zu Handel, weil bestimmte Produkte nicht verfügbar sind, z. B. findet sich in Deutschland nur wenig Erdöl, auch wachsen viele Obstsorten aufgrund des Klimas schlechter als anderswo und werden importiert.
Die Produktion der Waren ist auf der Welt unterschiedlich verteilt. In Industrieländern werden überwiegend High-Tech-Produkte wie Autos hergestellt, während in Entwicklungs- und Schwellenländern einfachere Vorprodukte oder Haushaltsgeräte produziert werden.

← M10-M15
Kapitel 6.2

6.3 Unsere Verantwortung in der internationalen Wirtschaft MK

Mein Smartphone – mein Nutzen und meine Verantwortung?

Wahrscheinlich hast du ein Smartphone, das du in deinem Alltag häufig nutzt. Aber hast du auch eine Vorstellung, woher die Bestandteile deines Smartphones kommen, unter welchen Bedingungen es hergestellt wird und was daraus wird, wenn du es wegwirfst?

M1 Stationen im Leben eines Handys

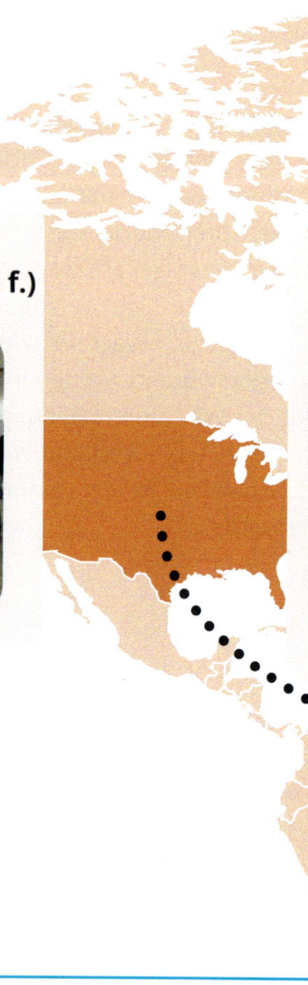

Station 1:
Entwicklung in den USA (S. 180 f.)

Station 4:
Entsorgung in Ghana (S. 184 f.)

1. a) Teilt eure Klasse in Vierergruppen auf. Erstellt auf einem Plakat eine Tabelle.
   b) Tauscht euch in der Gruppe über eure Smartphones aus: Welches besitzt ihr? Welchen Nutzen/Vorteil habt ihr dadurch? Welche Kosten entstehen euch? Haltet die Ergebnisse auf eurem Plakat fest.
2. Teilt euch in der Gruppe auf die Stationen 1-4 auf (S. 180-185) und bearbeitet die jeweiligen Arbeitsaufträge.

Deutschland: Nutzung des Smartphones und Verantwortung der Verbraucher:innen (S. 302)

Station 3: Produktion in China (S. 183)

Station 2: Rohstoffabbau im Kongo (S. 182)

AUFGABEN

70079-408

3. Bearbeitet gemeinsam Station 5 (S. 186).
4. Präsentiert eure Ergebnisse in der Klasse. Diskutiert anschließend, inwieweit ihr mit dem Kauf eines Smartphones Verantwortung für Menschen weltweit tragt.
5. Entwickelt Vorschläge, was politisch für bessere Bedingungen in der Smartphone-Produktion unternehmen kann. Unterscheidet dabei zwischen Möglichkeiten für Politikerinnen und Politiker in Deutschland und der EU.

H zu Aufgabe 1a Unsere Perspektive: Nutzung in Deutschland

Betroffener	Kosten	Nutzen
Ich		

Station 1: Entwicklung in den USA

Jedes Produkt beginnt mit der Forschung und Entwicklung. Viele Smartphones, Computer und digitale Technologien werden im Silicon Valley in den USA entwickelt.

Das **Silicon Valley** liegt im Westen der USA. Seit den 1960er Jahren haben dort viele der größten Technologieunternehmen weltweit ihren Firmensitz.

M2 Bei der Arbeit zu Hause

Nach Arbeit sieht es hier nicht aus. Schachfiguren thronen auf dem Tisch in der Küche. Hinter der nächsten Glaswand laden Kickertisch und Spielekonsole zum Daddeln ein. Im Vorraum liegen übergroße Spielwürfel als originelle Sitzgelegenheit auf dem Boden. Die Wand schmückt auf diesem Stockwerk ein überdimensionales Backgammon-Spiel. In den neuen Büros des Berufsnetzwerkes Linkedin in San Francisco sieht es aus, als hätte sich ein Spielefabrikant ausgetobt. [...]

Internetkonzerne im Silicon Valley

Im Wettbewerb um Nerds und Internetversteher zählt mehr als ein üppiges Gehalt, mit dem sich ein paar Quadratmeter Wohnfläche im immer teurer werdenden San Francisco und im Silicon Valley bezahlen lassen. Aufgabe, Aufstieg, Aufenthalt – irgendwie kommt es wohl auch auf das vertraute Umfeld in den Büros an. Zu freundlich, zu zuvorkommend oder zu lieb geben sich die amerikanischen Technikunternehmen nicht allzu oft. Aber was die Einrichtung der Büros angeht, kann man nur fragen: Wohnst du noch, oder arbeitest du schon? [...]

Am Hauptsitz von Google in Mountain View kann man Billard spielen und über eine große Rutsche gleiten. Drinnen bietet der Internetkonzern Sugar Snap Peas an oder auch Bananen, die von einer Regenwald-Allianz zertifiziert sind. Draußen sammeln sich gerade ein halbes Dutzend Mitarbeiter in Sportkleidung und laufen gemeinsam über die Straßen des Firmengeländes. Wem das zu unruhig ist: Es gibt auch einen Gebets- und Meditationsraum.

Hauser, Jan: Bei der Arbeit zu Hause. In: www.faz.net, 16.11.2016

Googles Hauptsitz im Silicon Valley

M3 Wann ist endlich wieder Montag?

1 All diese Annehmlichkeiten erleichtern unser Leben, so sind wir weniger abgelenkt. [...] Wenn wir nicht daran denken müssen, dass wir täglich drei Stunden unproduktiv im Auto im Stau stehen oder dass wir am Abend noch die Wohnung reinigen sollten, sind wir entspannter und können uns mehr auf die Arbeit konzentrieren.
Linda Kozlowski – Leiterin des internationalen Marketings bei Evernote

2 Die Konflikte zwischen der Arbeit und dem Privatleben sollen mit Angeboten wie alternativen Transportmöglichkeiten oder Mahlzeiten, die abends mit nach Hause genommen werden können, vermindert werden. Die Zusatzleistungen sollen die Produktivität und Kreativität erhöhen und werden als wichtiger Teil der langfristigen Zukunftsfähigkeit betrachtet.
Anne Weisberg – ehemalige Human-Resource-Managerin

3 Wenn meine Tochter krank ist und nicht in die Kita kann, rufe ich eine Nummer an und ein Facebook-Dienst schickt uns eine Kinderbetreuerin. All diese Leistungen geben mir das Gefühl, dass meine Familie eine natürliche Erweiterung meines Jobs ist.
Tom Stocky – verantwortlich für die Suchtechnologie bei Facebook

4 Jeder Aspekt meines Lebens ist mit der Arbeit verbandelt, inklusive meines gesellschaftlichen Lebens und der Partnersuche. [...] Jeder hier denkt, dass er die Welt revolutioniert, und diese Denke nimmt bei vielen das ganze Spektrum ein, über was anderes wird kaum geredet. [Meine Nicht-Google-Freunde haben mich] schon gar nicht mehr gefragt, ob [ich] mit zum Essen gehe. Sie wussten, dass ich abends satt oder mit einem von den Google-Köchen zubereiteten Essen aus dem Google-Bus steige.
Anonymer Ex-Mitarbeiter von Google

Laube, Helene: Wann ist endlich wieder Montag? In: www.spiegel.de, 23.04.2014

AUFGABEN

70079-409

1. Arbeite aus **M2** und **M3** Vor- und Nachteile eines Jobs im Silicon Valley heraus.
2. Nimm begründet Stellung zu der Frage, ob du dir vorstellen kannst, einen Job im Silicon Valley anzunehmen. Tauscht euch anschließend in der Gruppe darüber aus.
3. Ergänzt die Tabelle auf dem Plakat um eine weitere Zeile. Haltet darin die Vor- und Nachteile für eine Mitarbeiterin im Silicon Valley fest.

H **zu Aufgabe 1**
Am besten hältst du deine Ergebnisse in einer Pro-Kontra-Tabelle fest.

Station 2: Kobaltabbau im Kongo

Kinderarbeit in Afrika zur Rohstoffgewinnung für Smartphones

M4 Der hohe Preis für Elektroautos und Smartphones

Serge Nikumuzinga stapft durch das hohe Gras hinter seinem Dorf Mukoma. [...] Der junge Mann biegt das Grünzeug zur Seite und legt einen ungesicherten Schacht frei. Aus den bröckelnden Wänden ragen ein paar dickere Steine – ein wackeliger Halt für Hände und Füße beim Einstieg. [...] Mini-Minen wie diese gibt es überall im Süden der Demokratischen Republik Kongo. [...] Im Kongo lagert rund die Hälfte der weltweiten Reserven des wertvollen Rohstoffs. Die Nachfrage nach Kobalt ist natürlich riesig, erklärt Shiraz Virji, der Gründer des größten kongolesischen Bergbau-Unternehmens Chemaf. Das unscheinbar silbrig-graue Metall ist unverzichtbar für die Herstellung von wieder aufladbaren Batterien und damit für Handys, Laptops oder Tablets. [...]

Francois quetscht sich zwischen zwei dicken Holzbalken hindurch in ein dunkles Loch im Boden. Vorsichtig hangelt er sich in den schmalen Schacht – gerade breit genug, um sich hindurchzuzwängen. „Langsam", sagen seine Kumpel, bevor sie ihm in die Tiefe folgen. [...] „Wir wollen diese Arbeit nicht machen, aber wir machen sie, weil es keine anderen Jobs gibt." François bearbeitet das Gestein mit Hammer und Meißel – oft auf dem Rücken liegend in [großer] Enge unter der Erde. Die selbst gegrabenen Schächte sind zehn, 20, manchmal bis zu 50 Meter tief. Tödliche Unfälle sind Alltag, sagt Arcel. „Einige meiner Kumpel sind in diesen Löchern gestorben. Aus den Wänden fallen manchmal Steine auf einen runter. Man braucht Glück, um da wieder lebendig rauszukommen."

Staude, Linda: Der hohe Preis für Elektroautos und Smartphones. In: www.deutschlandfunk.de, 25.07.2019

M5 Pressemitteilung von Amnesty International

Amnesty International
Nicht-Regierungs-Organisation, die sich für Menschenrechte einsetzt

Es mangelt bei allen Unternehmen an Transparenz. Deshalb besteht die Gefahr, dass der Käufer eines Smartphones, Laptops oder E-Autos unwissentlich Kinderarbeit fördert. Keines der untersuchten Unternehmen erfüllt seine menschenrechtlichen Sorgfaltspflichten ausreichend.

Mathias John – Experte für Wirtschaft und Menschenrechte bei Amnesty International

Amnesty International: Pressemitteilung. In: www.amnesty.de, 15.11.2017

AUFGABEN

70079-410

1. Arbeite aus **M4** Ursachen und Folgen des Kobaltabbaus heraus.
2. Erkläre, warum Amnesty International Transparenz fordert (**M5**).
3. Ergänzt die Tabelle auf dem Plakat um eine weitere Zeile. Haltet darin die Vor- und Nachteile für die Minenarbeiter:innen im Kongo fest.

Station 3: Produktion in China

M6 Berichte chinesischer IT-Arbeiterinnen

a) Arbeitsbedingungen bei Foxconn

Im Laufe der vergangenen Jahre sorgten die Zustände in einem der großen Lieferunternehmen für Komponenten von Mobiltelefonen, in dem auch Endgeräte gefertigt werden, für Schlagzeilen: In chinesischen Produktionsstätten des taiwanesischen Herstellers Foxconn unternahmen binnen zwei Jahren mindestens 18 Beschäftigte Selbstmordversuche, wobei die meisten sich umbrachten, indem sie vom Dach der Produktionshalle sprangen. Darüber hinaus häuften sich Berichte über sehr niedrige Löhne, schlechte Arbeitsbedingungen, großen Druck auf die Beschäftigten, unmenschliche Behandlung durch Vorgesetzte und äußerst schlechte Unterbringung von Wanderarbeiterinnen und Wanderarbeitern in Massenunterkünften.

Hütz-Adams, Friedel: Apple in der Kritik. In: Von der Mine bis zum Konsumenten Die Wertschöpfungskette von Mobiltelefonen. südwind – Institut für Ökonomie und Ökumene, S. 13

Komponenten
einzelne Bestandteile

Massenunterkünfte
Schlaf- und Wohnräume, die von sehr vielen Menschen bewohnt werden

b) Li Jianguo, 26, aus der Provinz Hunan

„ArbeiterInnen hier kündigen oft nach zwei Monaten", sagt Li, „Leute kündigen die ganze Zeit weil das Gehalt zu niedrig ist und die Arbeit zu hart und ermüdend."

Er baut nun seit zwei Monaten Leiterplatten in der MSI-Fabrik zusammen und träumt bereits davon, was er nachher machen möchte: „Ich möchte den Führerschein machen und im Transportwesen arbeiten. Jetzt verdiene ich 2.500 bis 3.000 CNY (306 bis 368 Euro) pro Monat, wobei ich zwölf Stunden täglich, sechs Tage pro Woche arbeite. Es ist einfach zu wenig." Doch er wird vorerst nicht kündigen.

Stracke, Sophie et al., www.weed-online.org, 05.11.2013

Arbeiterinnen von Foxconn beim Zusammenbau von Leiterplatten

Leiterplatte
Träger für elektronische Bauteile

MSI/Micro-Star International
Firma, die Computer Hardware herstellt

AUFGABEN 70079-411

1. Beschreibe die Belastungen für die Arbeiter:innen (**M6a**).
2. Erkläre, warum Li Jianguo „vorerst nicht kündigen" wird (**M6b**).
3. Ergänzt die Tabelle auf dem Plakat um eine weitere Zeile. Haltet darin die Vor- und Nachteile für chinesische Arbeiter:innen fest.

Station 4: Entsorgung in Ghana

M7 Dem Elektroschrott auf der Spur

Kai Löffelbein
ist Fotojournalist und mit seiner Kamera auf der Suche nach deutschem Elektroschrott.

Trophäe
Auszeichnung, Siegespreis

Nach Schätzung der Vereinten Nationen produzieren die Deutschen jedes Jahr zwei Millionen Tonnen Elektroschrott. Nur 700.000 Tonnen gelangen jedes Jahr in das bundesweite Recyclingsystem. Was mit den restlichen 1,3 Millionen Tonnen passiert, weiß niemand so genau. Ein Großteil davon verschwindet offenbar nach Afrika. Mitten in Accra, der Hauptstadt von Ghana, werden bis heute deutsche Computer recycelt, obwohl die Ausfuhr von Elektroschrott nach EU-Bestimmung streng verboten ist. Die Werkzeuge der Recycler: Eisenstangen und Feuerzeuge. Kai Löffelbein erzählt von einem Jungen, der einen Fernseher wie eine Trophäe bei sich trug und ihn dann auf dem Boden zerschlug, um das Gehäuse auseinander zu knacken, um an die im Fernseher befindlichen Metalle zu gelangen. Für die Menschen auf den Elektroschrotthalden eine gefährliche Angelegenheit, denn beim „Recycling" werden [...] Giftstoffe wie Arsen, Blei oder Kadmium freigesetzt, die einen unsichtbaren Nebel über der Schrotthalde bilden. Obwohl er um die Gefahr für seine Gesundheit wisse und jeden Morgen mit verquollenen Augen aufwache, verrät der Junge Löffelbein, wolle er so weitermachen. Schließlich könne er nicht riskieren, dass ein anderer seine Kabel klaue. Löffelbein wird klar: Für die Suchenden ist jedes Metall ein Schatz.

Braun, Carolyn et al.: Wo landen unsere Schrottfernseher? In: www.daserste.ndr.de, 23.07.2014

Wagner, Dennis: Von Europa in die Dritte Welt. In: www.daserste.de, 26.02.2018

1

Abholung alter Geräte

2

Stichprobe am Zoll in Hamburg

3

Ankunft des Elektroschrotts in Tema (Ghana)

4

Entladen des Elektroschrotts in Accra (Ghana)

5

Reparatur und Verkauf

6

Wenn das Plastik weggeschmolzen ist, kann man das Metall verkaufen.

AUFGABEN

70079-412

1. Beschreibe den Weg, den nicht recycelter Elektroschrott aus Deutschland geht (**M7**).
2. Erkläre, warum für Suchende auf den Deponien in Ghana „jedes Metall ein Schatz" ist (**M7**).
3. Ergänzt die Tabelle auf dem Plakat um eine weitere Zeile. Haltet darin die Vor- und Nachteile für die Menschen auf den Elektroschrotthalden in Ghana fest.

Station 5: Mein Smartphone – meine Verantwortung?

In den Stationen 1-4 habt ihr gelernt, welche Schritte ein Smartphone in seinem Leben durchläuft. Mit eurer Kaufentscheidung wählt ihr also nicht nur ein bestimmtes Modell aus, sondern beeinflusst auch das Leben von Menschen weltweit. Habt ihr deshalb beim Kauf eine Verantwortung für diese Menschen?

M8 Mein Smartphone

Sari

Hey Nura, schau mal, ich habe ein neues Smartphone: Das XL 3000, das neueste Modell von pear!

Hi Sari, cooles Gerät! Was ist denn mit deinem alten passiert? Wieder runtergefallen?

Nee, aber das war doch schon total alt, das Modell aus dem letzten Jahr!

Nura

Bearbeiter

M9 ... meine Verantwortung?

Ich kaufe nur ein neues Smartphone, wenn das alte wirklich kaputt ist.

Ich achte auf die fachgerechte Entsorgung meiner alten Elektrogeräte.

Ich brauche ein Smartphone für meinen Alltag, ein schlechtes Gewissen habe ich deshalb nicht.

Ich spreche mit Freunden und Bekannten über das Thema Handyproduktion.

Ich denke beim nächsten Kauf über ein Fairphone nach.

Leider ist ein Fairphone sehr teuer für mich.

Bearbeiter

Fairphone
Smartphone, bei dessen Produktion besonders darauf geachtet wird, woher die benötigten Rohstoffe stammen und unter welchen Bedingungen es hergestellt wird

AUFGABEN 70079-413

1. Beschreibt die Ansichten von Nura und Sari in **M8**.
2. a) Erörtert in der Gruppe, welchen Aussagen aus **M9** ihr zustimmt.
   b) Begründet eure Entscheidung mit den Ergebnissen aus den Stationen 1-4.
3. Formuliert für die Präsentation ein Statement, in dem ihr die Ergebnisse eurer Gruppenarbeit zusammenfasst.

F zu Aufgabe 2b
Recherchiert online Test-Ergebnisse für das aktuelle Fairphone. Diskutiert, warum sich die meisten Menschen nicht für ein Fairphone entscheiden. MK

WAS IST UNSERE VERANTWORTUNG IN DER INTERNATIONALEN WIRTSCHAFT?

DEINE ENTSCHEIDUNGEN HABEN AUSWIRKUNGEN AUF DER GANZEN WELT

←·· M1-M9

Wir leben heute in einer globalisierten Welt, in der an der Produktion von vielen Gütern Menschen auf allen Kontinenten beteiligt sind. So werden zum Beispiel Kleider, Smartphones und manche Kraftfahrzeuge nicht in Deutschland produziert und auch Vorprodukte und Rohstoffe kommen aus anderen Teilen der Welt. Die Güter in verschiedenen Ländern der Welt zu produzieren schafft eine große Auswahl an neuen, hochwertigen Produkten. Die Produkte können günstig hergestellt und verkauft werden. Dabei entstehen Arbeitsplätze auf der ganzen Welt.

Gleichzeitig gibt es bei diesem Prozess Verlierer, für die große Nachteile entstehen. Damit die Produkte für uns günstiger werden, werden Arbeitskräfte in anderen Ländern oft ausgebeutet, da es häufig nur wenige Regeln zum Arbeitsschutz gibt. Sie haben lange Arbeitszeiten, arbeiten oft ohne Schutzkleidung mit gefährlichen Materialien und bekommen einen geringen Lohn. Auch kommt es beim Abbau natürlicher Ressourcen häufig zu großen Umweltschäden, da es nur wenige oder gar keine Standards zum Umweltschutz gibt.

Daher sollten wir bei unseren Kaufentscheidungen mit einbeziehen, was sie für Mensch und Umwelt in den Produktionsländern bedeuten und ob wir es verantworten können, das betreffende Produkt zu kaufen.

M1 BASF-Gruppe: Berichterstattung zum Geschäftsjahr 2022

Die BASF-Gruppe zeigte [...] Widerstandskraft in einem schwierigen Marktumfeld, das geprägt war von den Folgen des Kriegs in der Ukraine und insbesondere von den gestiegenen Rohstoff- und Energiepreisen. Wie BASF-Vorstandsvorsitzender Dr. Martin Brudermüller und Finanzvorstand Dr. Hans-Ulrich Engel bei der Vorstellung der Zahlen [...] erläuterten, steigerte BASF ihren Umsatz um 11,1 Prozent auf 87,3 Milliarden Euro. [...] Das operative Ergebnis der BASF-Gruppe wurde im Jahr 2022 durch zusätzliche Energiekosten von weltweit 3,2 Milliarden Euro gegenüber dem Vorjahr belastet. [...] Die hohen Unsicherheiten, welche das Jahr 2022 infolge des Kriegs in der Ukraine, hoher Rohstoff- und Energiekosten in Europa, steigender Preise und Zinsen, der Inflation sowie der Entwicklung der Corona-Pandemie geprägt haben, werden auch 2023 fortbestehen. [...]

„Die Wettbewerbsfähigkeit der Region Europa leidet zunehmend unter Überregulierung. Sie leidet auch immer mehr unter langsamen und bürokratischen Genehmigungsverfahren und vor allem unter hohen Kosten für die meisten Produktionsfaktoren", so Brudermüller. „All dies hat bereits über viele Jahre das Marktwachstum in Europa im Vergleich zu anderen Regionen gebremst. Zusätzlich belasten jetzt die hohen Energiepreise die Profitabilität und Wettbewerbsfähigkeit in Europa."

Das Kosteneinsparprogramm, das 2023 und 2024 umgesetzt wird, zielt darauf ab, die Kostenstrukturen von BASF in Europa und vor allem in Deutschland an die veränderten Rahmenbedingungen anzupassen. [...] Weltweit werden sich die Maßnahmen unterm Strich voraussichtlich auf rund 2.600 Stellen auswirken; diese Zahl beinhaltet neu zu schaffende Stellen, [...].

BASF: Berichterstattung zum Geschäftsjahr 2022. BASF zeigt Widerstandskraft in einem schwierigen Marktumfeld und setzt Maßnahmen zur Stärkung der Wettbewerbsfähigkeit um. In: www.basf.com, 24.02.2023

BASF in Ludwigshafen. Das Unternehmen hat u.a. weitere Standorte in Dortmund und Düsseldorf.

AUFGABEN

70079-414

1. Benennt die Herausforderungen, vor denen das Unternehmen BASF steht (**M1**).
2. Erläutert, welche internationalen Ereignisse Auswirkungen aus die Arbeit des Unternehmens haben.
3. Erklärt die Standortfaktoren, die für das Unternehmen relevant sind.
4. Recherchiert, wie sich die Bedingungen für BASF seit der Veröffentlichung geändert haben. **MK**
5. Entwerft in der Klasse Möglichkeiten, wie weiter auf die Herausforderungen reagiert werden kann.

H zu Aufgabe 5
Unterscheidet dabei zwischen dem Unternehmen, politischen Akteuren und den Arbeitskräften.

Im Laufe des vorangegangenen Kapitels hast du dich mit vielfältigen Aspekten der Internationalen Wirtschaft beschäftigt. Schätze ein, wie sicher du dich in den folgenden Bereichen auskennst.

Ich kann ...	Das klappt schon ...	Hier kann ich noch üben ...
... beschreiben, wie sich der weltweite Handel entwickelt hat.	👍 ✋ 👎	Kapitel 6.1: M1, Grundwissen
... erklären, welche Gründe es für die Entwicklung des internationalen Handels gibt.	👍 ✋ 👎	Kapitel 6.1: M2-M3, Grundwissen
... die Bedeutung globaler Lieferketten für Unternehmen erläutern.	👍 ✋ 👎	Kapitel 6.1: M6-M7
... Standortfaktoren benennen, die die Standortwahl eines Unternehmens beeinflussen.	👍 ✋ 👎	Kapitel 6.2: M3, #Standortfaktoren, Grundwissen
... beurteilen, welche Gründe für die Entscheidung von Unternehmen ins Ausland zu expandieren bedeutsam sind.	👍 ✋ 👎	Kapitel 6.2: M8-M9, Grundwissen
... erläutern, warum sich Länder häufig auf die Herstellung bestimmter Produkte spezialisieren.	👍 ✋ 👎	Kapitel 6.2: M10-M11, #Spezialisierung, Grundwissen
... erklären, welche Ursachen diese Spezialisierung hat.	👍 ✋ 👎	Kapitel 6.2: M13-M14, #Intra-industrieller Handel, Grundwissen
... beurteilen, welche Konsequenzen die weltweite Produktion für Arbeiter und Arbeiterinnen hat.	👍 ✋ 👎	Kapitel 6.3: M2, M4, M6, M7, Grundwissen
... beschreiben, welche Auswirkungen meine Kaufentscheidungen haben.	👍 ✋ 👎	Kapitel 6.3: M9, Grundwissen

A

Flagge der Europäischen Union

B

Freihandelsabkommen zwischen vier Staaten in Südamerika: Brasilien, Argentinien, Paraguay und Uruguay

C

Im Hintergrund ist das Logo der Organisation erdölexportierender Länder (OPEC) zu sehen.

D

FRIDAYS FOR FUTURE

Logo von Fridays for Future

E

Internationale Arbeitsorganisation

F

WORLD TRADE ORGANIZATION

Welthandelsorganisation

1. Wir kämpfen für eine lebenswerte Zukunft und fordern eine Politik, die die Bewältigung der globalen Klimakrise ernsthaft angeht.

2. Wir stabilisieren den weltweiten Ölmarkt und gewährleisten, dass alle Verbraucher:innen regelmäßig mit Erdöl versorgt werden.

3. Wir wollen einen möglichst reibungslosen, regelbasierten und freien Handelsablauf zwischen den Nationen gewährleisten.

4. Wir fördern einen gemeinsamen Markt des Südens und organisieren eine einheitliche Handelspolitik gegenüber anderen Staaten.

5. Unser Ziel ist es, den wirtschaftlichen, sozialen und kulturellen Zusammenhalt zwischen den EU-Staaten zu fördern und auszubauen!

6. Wir setzen uns weltweit für menschenwürdige Arbeit ein.

Bearbeiter

Was weißt du schon?

1. a) Ordnet die untenstehenden Ziele den Bildern begründet zu.
   b) Tauscht euch aus: Welche dieser oben angeführten Akteure kennt ihr bereits? In welchem Zusammenhang habt ihr sie kennengelernt?
2. Diskutiert, welche Zielsetzungen ihr besonders wichtig findet und warum.

7

#Internationale Akteure der Weltwirtschaft

Weltwirtschaft ist keine natürliche Ordnung, die vom Himmel gefallen ist, sondern sie wird von uns Menschen gestaltet. Kein Wunder also, dass überall auf der Welt verschiedene Akteure mit unterschiedlichen Möglichkeiten versuchen, Einfluss auf die wirtschaftlichen Prozesse zu nehmen und ihre Interessen durchzusetzen. Welche Akteure gibt es aber überhaupt und wie versuchen sie, die globale Wirtschaft mitzugestalten?

Was lernst du in diesem Kapitel?

... die Aufgaben und Interessen internationaler Akteure zu beschreiben.
... die verschiedenen Einflussmöglichkeiten internationaler Akteure zu analysieren.
... Merkmale von Freihandel und Protektionismus zu erklären.
... Chancen und Risiken von Freihandel und Protektionismus zu diskutieren.
... Einstellungen der internationalen Akteure zum Freihandel und Protektionismus zu vergleichen.

Ein **Lapbook** ist eine kreative Form eines Notizbuchs. Informationen werden dabei auf unterschiedlichsten Gestaltungselementen (Taschen, Klappkarten, Leporellos, Kärtchen, Klappbilder, Karten) festgehalten.

Lapbooks über den Einfluss internationaler Akteure gestalten MK

Bei der Vielzahl an internationalen Akteuren, die versuchen, Einfluss auf die Weltwirtschaft zu nehmen, kann man schnell mal den Überblick verlieren. Welche Akteure gibt es? Welche Aufgaben haben sie? Welche Interessen vertreten die verschiedenen Akteure und wie viel Macht haben sie eigentlich? Wie versuchen sie, Einfluss zu nehmen und gelingt ihnen das überhaupt? Vor welchen Problemen stehen die Akteure in der heutigen Zeit? Mit den Informationen aus diesem Kapitel könnt ihr ein Lapbook zu den internationalen Akteuren erstellen und ein kreatives Gedächtnis anlegen.

Geht dabei so vor:

Start

1

Bildet Vierergruppen und teilt die Arbeit in den Gruppen auf:

- Wer macht was?
- Gibt es ein Kreativ-Team und ein Recherche-Team?
- Machen alle alles und jeder hilft dem anderen?
- Teilt ihr die Inhalte und die kreative Arbeit jeweils auf?

Wichtig ist: Am Ende hat jeder ein eigenes Lapbook!

2

Informiert euch über die Gestaltungsmöglichkeiten und das Vorgehen bei der Erstellung eines Lapbooks im Internet über den Mediencode. Dort findet ihr auch Vorlagen, an denen ihr euch orientieren könnt.

Vorlagen zur Gestaltung eines Lapbooks

70079-426

Hier findet ihr Bilder eines Lapbooks als Beispiel

70079-427

3

Um euer Lapbook bestmöglich mit Informationen zum Thema zu füllen, entscheidet euch zunächst für die wichtigsten Aspekte des Kapitels. Unbedingt dabei sein sollten: M2, M7, M14, M17, M21, #Freihandel und Freihandelsabkommen, #Protektionismus

4

Organisiert einen Grundstock an möglichst bunten Bastelmaterialien. Allen voran benötigt ihr 4 DIN A3 Blätter (oder größer). Ihr könnt außerdem speziell zu den Inhalten passende Materialien, Grafiken etc. ergänzen.
Klebstoffe, Büro- und Musterklammern sowie ein Tacker können beim Verbinden der Materialien sehr hilfreich sein.

5

Überlegt euch, wie ihr die Inhalte in euren Lapbooks präsentieren könnt. Seid bei der Erstellung kreativ, aber denkt auch funktionell.

- Könnt ihr euch bildliche Eselsbrücken bauen?
- Kann man mit dem Lapbook gut lernen?
- Sind alle wichtigen Informationen enthalten?
- Sind die Informationen sinnvoll angeordnet?

Ziel

6

Präsentiert alle Lapbooks aus der Lerngruppe in einem Gallery Walk (→ **Methodenglossar**) in eurem Unterrichtsraum.

- Wer hatte die kreativsten Ideen?
- Welche Inhalte sind besonders gut aufbereitet?
- Lieber funktionell und praktisch oder lieber kreativ verspielt?

7.1 Internationale Akteure gestalten die Weltwirtschaft

Die EU: Grenzenlos unterwegs in Europa?

Ben hat seine Schullaufbahn beendet und möchte nun Europa näher kennenlernen. Aber kann er einfach so losreisen und sogar in anderen EU-Staaten leben und arbeiten?

M1 Bens Roadtrip nach Griechenland

Ben

1. Ben will sich ohne Reisepass auf einen Roadtrip von Nuorgam (Finnland) nach Kamari in Südgriechenland machen.
2. Zum Start in Nuorgam lädt er den Kofferraum mit getrocknetem Rentierfleisch voll. Er hat vor, es in alle neun Länder seiner Reise einzuführen.
3. In Dänemark reißt ihm die Windschutzscheibe. Zum Glück bietet ihm die Autoversicherung, bei der er in Deutschland Kunde ist, auch in Dänemark ihre Dienste an.
4. Kurz hinter Österreich bekommt er Zahnschmerzen und muss zum Zahnarzt. Dank der europäischen Krankenversicherungskarte wird Ben problemlos behandelt. Trotzdem muss er einen Teil der Kosten zunächst selbst tragen.
5. Um seine Reisekasse wieder aufzufüllen, arbeitet er eine Weile in Rumänien.
6. Bei seiner Ankunft in Kamari gefällt es ihm dort so gut, dass er beschließt, dort zu bleiben und eine Taverne zu eröffnen.

Bearbeiter

EUROPÄISCHE UNION

Die Europäische Union ist ein wirtschaftlicher und politischer Zusammenschluss zwischen 27 europäischen Staaten.
In der Europäischen Union haben sich seit 1952 27 europäische Staaten zusammengeschlossen. Ziel der EU ist es, durch eine enge wirtschaftliche und politische Zusammenarbeit, Frieden und Wohlstand in Europa zu sichern. So ist einer der größten und mächtigsten Wirtschaftsräume der Welt entstanden.

Stand 2022	EU	Deutschland
Fläche	4.381.324 km²	357.386 km²
Einwohner	447,7 Millionen	83,24 Millionen
Bruttoinlandsprodukt (BIP)	16,9 Billionen €	3,8 Billionen €
BIP pro Kopf	34.849 €	46.020 €

Bearbeiter, Zahlen nach: Eurostat, 2022, rundungsbedingte Differenzen bei BIP pro Kopf

M2 Der Europäische Binnenmarkt

Freiheiten des Binnenmarktes

Freier Personenverkehr
Jeder EU-Bürger hat das Recht, innerhalb der EU zu wohnen und zu arbeiten, wo er oder sie will.

Waren
Waren dürfen ohne Beschränkung von einem EU-Mitgliedsland in ein anderes überführt werden.

Dienstleistungen
Jeder Unternehmer, der eine Niederlassung in einem EU-Staat hat, darf seine Dienstleistungen auch in jedem anderen EU-Land anbieten.

Kapital
Geld und Wertpapiere dürfen in beliebiger Höhe zwischen den Mitgliedstaaten transferiert werden.

Bearbeiter

Binnenmarkt
ein einheitlicher Wirtschaftsraum, in dem z. B. freier Handel von Waren und Dienstleistungen ermöglicht wird

AUFGABEN

70079-429

1. a) Ermittelt zu zweit die EU-Staaten, die Ben bereist (**M1**).
   b) Tauscht euch aus, welche Länder ihr am liebsten bereisen würdet.
2. Ordne jeder Station von Bens Roadtrip (**M1**) eine der vier Freiheiten des Europäischen Binnenmarktes (**M2**) zu.
3. Gestaltet in Kleingruppen eure eigene längere Reise durch die EU mit dem sogenannten Interrail-Ticket (**Mediencode**): MK
   a) Erklärt die Funktionsweise von Interrail.
   b) Begründet, welche EU-Länder ihr mit dem Interrailticket bereisen und von welchen Regelungen des Europäischen Binnenmarktes ihr dort profitieren würdet.
   c) Entwickelt Ideen in der Klasse, wie ihr eine solche Reise finanzieren könntet.

Link zur Webseite von Interrail
70079-428

F **zu Aufgabe 3b**
Nehmt Stellung, ob ihr eine längere Reise durch die EU nach eurer Schullaufbahn sinnvoll findet und warum.

Welche Chancen bietet ein Freihandelsabkommen zwischen der EU und Mercosur?

Auf seiner Reise durch Europa fällt Ben auf, dass in vielen Nachrichtensendungen und Zeitungen immer wieder das EU-Freihandelsabkommen mit den Mercosur-Staaten thematisiert wird. Ben recherchiert daraufhin, was man unter einem Freihandelsabkommen versteht und welche Chancen sich die EU davon erhofft.

M3 Warum möchten die EU und die Mercosur-Staaten ein Handelsabkommen vereinbaren?

Mercosur umfasst als Wirtschaftsorganisation die Länder Argentinien, Brasilien, Paraguay und Uruguay. Die EU möchte mit diesen Staaten ein Freihandelsabkommen beschließen.

EU: Die Kund:innen erhalten durch das Abkommen eine große Produktvielfalt im Supermarktregal: Günstiger Zucker aus Brasilien, leckere Steaks aus Argentinien.

Mercosur: Das Abkommen schafft den zweitgrößten Wirtschaftsraum der Welt und bietet beiden Seiten Möglichkeiten für Wachstum, Beschäftigung und wirtschaftliche Entwicklung.

Bearbeiter

M4 Was ist das EU-Mercosur-Freihandelsabkommen?

Eine zusätzliche Gebühr, die auf die importierten Waren anfällt. Importierte Produkte werden dadurch teurer und von den Konsument:innen ggf. seltener nachgefragt als die einheimischen zollfreien Produkte.

Zoll
Eine zusätzliche Gebühr, die auf die importierten Waren anfällt. Importierte Produkte werden dadurch teurer und von den Konsument:innen ggf. seltener nachgefragt als die einheimischen zollfreien Produkte.

Nach 20 Jahren langen und schwierigen Gesprächen einigten sich die EU und die Mercosur-Staaten im Sommer 2019 auf ein Freihandelsabkommen, das den größten Freihandelsraum der Welt mit circa 770 Millionen Menschen schafft.

Das Abkommen wird den EU-Markt für Produkte aus den Mercosur-Staaten wie Nahrungsmittel und Tabak stärker öffnen. Im Gegenzug werden die Zölle für Industriegüter aus Europa abgeschafft. Bei Autos würden so Zölle in Höhe von 35 Prozent wegfallen, bei Pharmaprodukten in Höhe von 40 Prozent. Des Weiteren entfielen die Exportzölle für EU-Landwirte bei Wein und Milchprodukten in Richtung Mercosur, sodass sich für die europäische Landwirtschaft neue Absatzmärkte in Südamerika eröffnen.

Durch einen mehrheitlichen Wegfall der Zölle auf beiden Seiten könnten sowohl die EU als auch die Mercosur-Staaten mehr Waren und Dienstleistungen exportieren. Die Folge sind ein höheres Wirtschaftswachstum, die Sicherung von Arbeitsplätzen und eine größere Produktvielfalt für die 770 Millionen Konsument:innen.

Bearbeiter

M5 Freihandelsabkommen im Vergleich

Neues Handelsabkommen zwischen EU und Mercosur-Ländern

Vergleich der jüngsten Handelsabkommen	Bevölkerung inkl. EU in Millionen	Handel mit Waren	Handel mit Dienstleistungen in Milliarden Euro	Zollersparnis für EU-Firmen
Kanada	**550**	**72**	**35**	**0,6**
Japan	**639**	**135**	**53**	**1**
Mercosur (Brasilien, Argentinien, Paraguay, Uruguay)	**773**	**88**	**34**	**>4**

Nach: Erste Asset Management, Zahlen nach: EU-Kommission. In: Sparkasse: EU-Mercosur: Was das umstrittene Freihandelsabkommen bedeutet. In: www.newsroom.sparkasse.at, 17.01.2020

FREIHANDEL UND FREIHANDELSABKOMMEN

Der Freihandel ist eine Form des internationalen Handels zwischen Staaten oder Staatengemeinschaften, bei der auf Handelshemmnisse wie beispielsweise Zölle verzichtet wird, um einen uneingeschränkten Waren- und Dienstleistungsverkehr zu ermöglichen. Einen rechtlich verbindlichen Rahmen bieten Freihandelsabkommen.
Nach der Theorie des Freihandels könne nur ein unbehinderter Handelsverkehr und ein freier Wettbewerb zu einer bestmöglichen Produktion und größtmöglichem Wohlstand für alle beteiligten Staaten führen.

AUFGABEN

70079-430

1. a) Arbeite heraus, welche Chancen sich die EU von einem stärkeren Handel mit den Mercosur-Staaten erhofft (**M3**).
   b) Nenne weitere Vorteile, die sich die EU und die Mercosur-Staaten von einem Handelsabkommen versprechen (**M3**).
2. Erläutere die Merkmale eines Freihandelsabkommens am Beispiel des EU-Mercosur-Abkommens (**M4**, **#Freihandel**).
3. Vergleicht zu zweit das EU-Mercosur-Abkommen mit den Freihandelsabkommen zwischen der EU und Japan sowie Kanada im Hinblick auf das Handelsvolumen mit Waren und Dienstleistungen und auf die Zollersparnis für Unternehmen in der EU (**M5**).
4. Diskutiert in der Klasse, welche Bedeutung das Abkommen für die europäischen und südamerikanischen Staaten, Unternehmen und Konsument:innen haben könnte (**M3**-**M5**).

Die ILO – eine wichtige Stimme für Arbeitnehmende weltweit?

Ben stößt während seiner Recherche auf kritische Stimmen bezüglich des EU-Mercosur-Freihandelsabkommens. Beispielsweise sieht die Internationale Arbeitsorganisation (ILO) im Abkommen eine Gefahr für die Rechte von Arbeitnehmer:innen in Brasilien. Ist die Organisation in der Lage, sich weltweit für diese Rechte stark zu machen und eine mögliche Missachtung der Rechte zu bestrafen?

M6 Was ist der ILO wichtig?

Hauptsitz der ILO in Genf, Schweiz

Die Internationale Arbeitsorganisation (ILO) [...] verfolgt [das Ziel], in einem durch Freiheit, Gerechtigkeit, Sicherheit und Menschenwürde geprägten Umfeld für Frauen und Männer menschenwürdige und produktive Arbeit zu schaffen.

ILO: Die ILO auf einen Blick. In: www.ilo.org, S. 2, Abruf am 23.03.2023

M7 Was ist die ILO und welche Grundprinzipien hat sie?

Zwangsarbeit
Eine unter Zwang oder unter Androhung von Strafe zu entrichtende Arbeit

Link zu den Grundprinzipien der ILO

70079-431

ILO setzt sich für internationale Arbeitsrechte ein. Dazu arbeitet sie rechtsverbindliche Übereinkommen für die 187 Mitglieder aus, zu denen auch die Mercosur-Staaten zählen. Die Mitglieder müssen die Arbeitsstandards einhalten. Staaten, die das nicht tun, müssen erklären, warum das nicht möglich ist und wie sie die Standards trotzdem umsetzen können. Die ILO setzt sich zum Ziel, fünf Grundprinzipien in den Mitgliedsländern umzusetzen. Zu jedem Grundprinzip gibt es sogenannte Übereinkommen, in denen die Prinzipien konkretisiert werden. Jedes ILO-Mitglied verpflichtet sich zum Beispiel im Übereinkommen Nr. 29 Zwangsarbeit zu beseitigen und im Übereinkommen Nr. 87 das Recht auf die Bildung von Arbeitgeber- und Arbeitnehmervereinigungen (z. B. Verbände oder Gewerkschaften) umzusetzen.

Bearbeiter

Die fünf Grundprinzipien der ILO:

- Vereinigungsfreiheit/ Recht auf Kollektivverhandlungen
- Abschaffung von Zwangsarbeit
- Abschaffung von Kinderarbeit
- Verbot der Diskriminierung in Beschäftigung und Beruf
- Arbeitsschutz und Arbeitssicherheit

Bearbeiter

M8 Was wird am EU-Mercusor-Abkommen kritisiert?

Der Deutsche Gewerkschaftsbund befürchtet eine Missachtung der Vereinigungsfreiheit durch das EU-Mercosur-Abkommen in Brasilien. Denn laut ihr wurde es versäumt, eine verpflichtende Ratifizierung der ILO-Grundprinzipien zu verankern. Brasilien hat nicht alle Übereinkommen zu den Prinzipien ratifiziert. Es fehlt das Übereinkommen 87 zum Prinzip über Vereinigungsfreiheit für Arbeitgeber und Arbeitnehmer. Argentinien, Paraguay und Uruguay haben hingegen alle Übereinkommen zu den Prinzipien ratifiziert. Die Verpflichtung der Vertragsparteien, z. B. auf die Umsetzung grundlegender Arbeitnehmerrechte, steht zwar auf dem Papier, kann aber in der Realität nicht effektiv durchgesetzt werden.

[Laut] [...] ILO gehört Brasilien zu den Ländern, die gegen internationale Arbeitsnormen verstoßen, Tarifverhandlungen untergraben und die Arbeit der Gewerkschaften behindern. Die Internationale Gewerkschaftsunion hat Brasilien aufgrund gewaltsamer Repressionen gegen Streiks und Drohungen, die Mitglieder von Gewerkschaften erhalten haben, in ihre Liste der zehn schlimmsten Länder für Arbeitnehmer:innen aufgenommen.

Basierend auf: DGB: Position des Deutschen Gewerkschaftsbundes zum Handesabkommen der EU mit den Mercosur-Staaten. S. 3, In: www.dgb.de, 09.01.2020 // Müller, Bettina/Falgueyrac: Zusammenfassung der Analyse des Abkommens zwischen der Europäischen Union und dem Mercosur. Andere Elemente. Arbeitsstandards. S. 14, In: www.welt agrarbericht.de, Dezember 2019

Repression
Unterdrückung von Kritik oder politischem Widerstand

Ratifizierung
Ein von Regierungen ausgehandelter Vertrag wird wirksam, wenn u. a. das Staatsoberhaupt den Vertrag mit seiner Unterschrift bestätigt (=ratifiziert) hat.

M9 Welche Kontroll- und Sanktionsmöglichkeiten hat die ILO?

Kontrolle: Jährliche Berichtspflicht der Mitglieder, ob Übereinkommen umgesetzt werden > Bei Nichteinhaltung haben die Sozialpartner des entsprechenden Mitgliedslands die Beschwerdemöglichkeit > Regierung der ILO erklären, warum ein Übereinkommen nicht umgesetzt wird

Bei schwerwiegenden Verstößen eines Staates gegen die Kernarbeitsnormen:

Sanktionen: Schwerwiegende Verstöße des Staates werden öffentlich gemacht > Verhängung von Geldstrafen (bisher nur einmal angewandt)

Bearbeiter

Sanktionen
Maßnahmen, mit denen ein Verhalten bestraft wird.

Sozialpartner
Gewerkschaften und Arbeitgeberverbände

AUFGABEN

70079-432

1. Beschreibe in eigenen Worten, was du unter menschenwürdiger Arbeit verstehst (**M6**).
2. Ermittle, was die ILO ist und was ihre Grundprinzipien sind (**M7**).
3. Erklärt euch gegenseitig, was die Gewerkschaftsbünde und die ILO am EU-Mercosur-Abkommen kritisieren (**M8**).
4. Beurteile, ob die ILO im internationalen Wirtschaftsgeschehen Arbeitsrechte und Arbeitsstandards wirksam durchsetzen kann (**M6-M9**).

F **zu Aufgabe 2**
Recherchiert arbeitsteilig die Grundprinzipien der ILO mithilfe des Mediencodes neben **M7**. **MK**

Klimaaktivistinnen und -aktivisten – wie viel Klimaschutz ist international möglich?

Ein Freihandelsabkommen verspricht wirtschaftlichen Wohlstand, die Sicherung von Arbeitsplätzen und eine größere Produktvielfalt, aber schützt ein solches Abkommen auch das Klima und wer kann sich für Klimaschutz international einsetzen?

M10 Warum protestierten Klimaaktivistinnen und -aktivisten gegen das EU-Mercosur-Abkommen?

Demonstration vor der brasilianischen Botschaft gegen das Freihandelsabkommen zwischen dem Staatenbund Mercosur und der EU.

Klimaaktivistin Luisa Neubauer setzt sich für mehr Klimaschutz ein. Sie ist gegen das EU-Mercusor-Abkommen, weil es ihrer Ansicht nach weitere Anreize schafft, Regenwald in Brasilien abzuholzen.

M11 Brasiliens Exportschlager Soja – eine Gefahr für den Regenwald?

Regenwaldabholzung in Brasilien
Seit den 1970er Jahren sind in Brasilien ungefähr 700.000 Quadratkilometer Regenwald abgeholzt worden. Zum Vergleich: Deutschlands Gesamtfläche beträgt 357.588 km².

Zollfreiheit für Soja
Für Soja herrscht in der EU schon seit Jahrzehnten Zollfreiheit. Jedoch erheben die Mercosur-Staaten Exportsteuern, die durch das Abkommen abgebaut werden sollen.

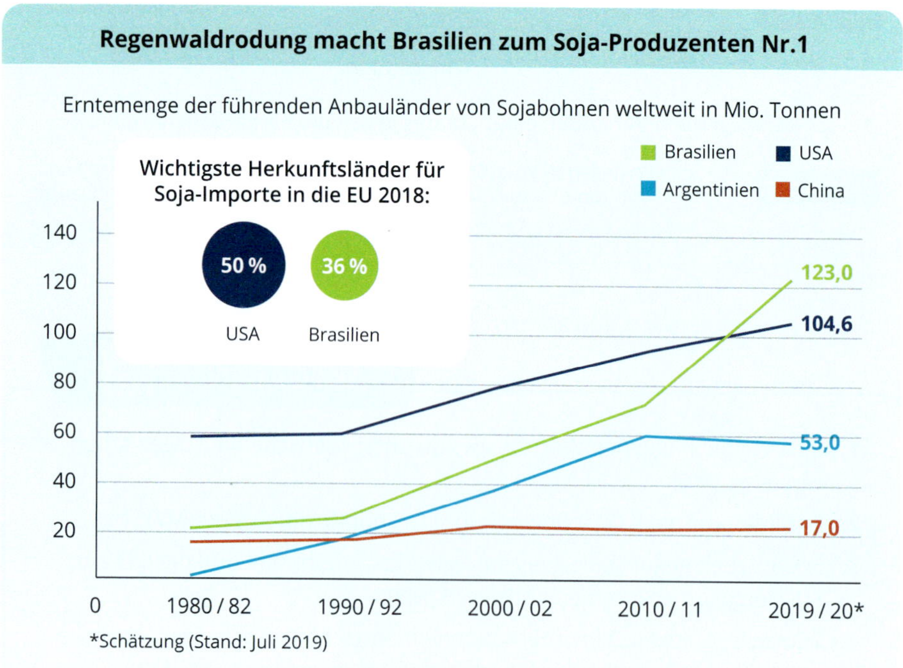

Nach: Statista 2019, Zahlen nach: Foreign Agricultural Service/USDA, EU-Kommission

M12 Wie beeinflussen Klimaaktivist:innen die Politik?

NGOs kritisieren öffentlich EU-Mercosur-Abkommen:
Mehr als 340 NGOs fordern von der EU einen Stopp der Verhandlungen. Die Unterzeichnung verstoße gegen alle Umweltrichtlinien der EU.
Basierend auf: Krüger, Anja: NGOs kritisieren EU-Mercosur-Abkommen für Missachtung der Umwelt- und Menschenrechtssituation in Brasilien. In: www.business-humanrights.org, 18.07.2019

↓

Klimaaktivist:innen fordern Merkel auf, Verantwortung zu übernehmen:
Greta Thunberg und Luisa Neubauer von Fridays for Future haben im persönlichen Gespräch mit Merkel gegen das EU-Mercosur-Freihandelsabkommen argumentiert, das zur Zerstörung des Amazonas-Regenwaldes führe.
Basierend auf: Anzlinger, Jana: Klimaaktivistinnen fordern Merkel auf, Verantwortung zu übernehmen. In: www.sueddeutsche.de, 20.08.2020

↓

Merkel zweifelt an Umsetzung des Mercosur-Abkommens:
Angela Merkel hat angesichts der Abholzung im Amazonas-Gebiet „erhebliche Zweifel" an der Umsetzung des [...] Handelsabkommens. Die Ratifizierung des Abkommens der EU mit [den Mercosur-Staaten] [...] stockt. Ein Grund ist auch die Debatte in der EU über die Abholzung des brasilianischen Regenwaldes.
Dpa: Merkel zweifelt an Umsetzung des Mercosur-Abkommens. In: www-sueddeutsche.de, 21.08.2020

↓

EU-Kommission will Mercosur-Handelsvertrag retten:
Kommissions-Vize Dombrovskis will mit den Mercosur-Staaten Zusatzvereinbarungen abschließen, welche die Bedenken der Klimaaktivst:innen aufgreifen: „[E]s geht um Zusagen zum Umweltschutz und zur Beachtung des Pariser Klimaabkommens, es geht um [...] Maßnahmen gegen die Abholzung am Amazonas", [...] [so Dombrovskis.]
Finke, Björn: Probleme mit den Protokollen. In: www.sueddeutsche.de, 02.05.2021

NGO
Nichtregierungsorganisation ohne Profitinteressen

EU-Kommission
ist das ausführende Organ der EU (Exekutive) und entspricht damit der Regierung in staatlichen Systemen.

Pariser Klimaabkommen
195 Staaten einigten sich 2015 in Paris darauf, den Klimawandel einzudämmen und die Weltwirtschaft klimafreundlich umzugestalten.

AUFGABEN

70079-433

1. Nenne Vermutungen, warum die Klimaaktivist:innen gegen das EU-Mercosur-Freihandelsabkommen protestieren (**M10**).
2. a) Analysiere die Infografik (**M11**): Was sind die wichtigsten Aussagen?
   b) Erläutere, warum das EU-Mercosur-Abkommen den Klimaschutz erschweren könnte (**M11**).
3. Analysiere, welchen Einfluss Klimaaktivist:innen auf den Entscheidungsprozess bezüglich des EU-Mercosur-Abkommens haben (**M10**, **M12**).
4. Diskutiert, ob und wie Klimaaktivist:innen auf politische Entscheidungen angemessen Einfluss nehmen können (**M10**, **M12**).

F zu Aufgabe 4
Entwickelt ein Streitgespräch zwischen den Klimaaktivist:innen und Olaf Scholz, bei dem es um das EU-Mercosur-Abkommen geht. Mit welchen Argumenten könnte Olaf Scholz überzeugt werden, das Abkommen nicht zu unterzeichnen? Was könnte er den Aktivist:innen entgegnen? Die Methode auf der nächsten Seite hilft euch.

Ein Pro-Kontra-Streitgespräch führen

Worum geht es?

Im Pro-Kontra-Streitgespräch wird ein konfliktreiches Thema von allen Seiten beleuchtet. Unterschiedliche Meinungen werden mit dem Ziel zusammengetragen, sich mit verschiedenen Sichtweisen auseinanderzusetzen. Ihr sammelt in zwei Gruppen zu einer These oder einer Frage Argumente, um euren Standpunkt zu begründen. Ernannte Vertreter der Befürworter und Gegner tragen dann ihre Argumente in einem Streitgespräch vor. Ein Moderator leitet als neutrale Person das Gespräch. Die Beobachter bekommen konkrete Beobachtungsaufträge. Sie sind Gruppenmitglieder, die nicht an der Diskussion teilnehmen.

Im Pro-Kontra-Streitgespräch wird ein konfliktreiches Thema von allen Seiten beleuchtet. Unterschiedliche Meinungen werden mit dem Ziel zusammengetragen, sich mit verschiedenen Sichtweisen auseinanderzusetzen. Ihr sammelt in zwei Gruppen zu einer These oder einer Frage Argumente, um euren Standpunkt zu begründen. Die ernannten Vertreter der Befürworter und Gegner tragen dann ihre Argumente in einem Streitgespräch vor. Ein Moderator leitet als neutrale Person das Gespräch. Die Beobachter bekommen konkrete Beobachtungsaufträge. Sie sind Gruppenmitglieder, die nicht an der Diskussion teilnehmen.

Geht dabei so vor:

1. Schritt: Vorbereitung

- Teilt eure Klasse in zwei Gruppen auf: eine Pro-Gruppe und eine Kontra-Gruppe
- Legt pro Gruppe die Vertreter für die spätere Diskussion fest.
- Bereitet eure Argumente mithilfe des ausgegeben Materials vor.

2. Schritt: Durchführung des Streitgesprächs

- Der erste Redner der Pro-Gruppe stellt in maximal drei Minuten seine Argumente zur These oder Frage vor.
- Der erste Redner der Kontra-Gruppe stellt ebenfalls seine Argumente zur These oder Frage in maximal drei Minuten vor.
- Es findet eine strikte Abwechslung der zwei Gruppen statt. Der Moderator achtet auf diesen Ablauf.
- Ein Redner jeder Gruppe trägt ein zusammenfassendes Schlusswort zum jeweiligen Standpunkt vor.

3. Schritt: Auswertung

- Die Redner sprechen über ihre Gefühle und Erfahrungen aus dem Gespräch.
- Die Beobachter bewerten das Streitgespräch.
- Zum Schluss stimmt ihr in der Klasse über die These oder Frage ab: Stimmt ihr zu oder nicht?

Bearbeiter

Protektionismus – des einen Freud, des anderen Leid?

Staaten entscheiden sich nicht immer für den Freihandel. In manchen Fällen versuchen sie auch, ihre Wirtschaft vor der ausländischen Konkurrenz zu schützen. Aber mit welchen Maßnahmen geling ihnen das und was hat das für Folgen?

M13 Zu harte Konkurrenz auf dem heimischen Markt?

Im Land Futurismien werden zwei Haushaltsroboter angeboten. Die Regierung sorgt sich um die Wettbewerbsfähigkeit seines einheimischen jungen Start-ups, das den Roboter „Futuri" herstellt, 120 Mitarbeiter:innen beschäftigt und wichtige technologische Errungenschaften hervorbringt.

Umweltauflagen
z. B. vom Staat vorgegebene Höchstwerte des Schadstoffausstoßes

Start-up
Ein neu gegründetes Unternehmen mit einer neuen Geschäftsidee, die viel Erfolg verspricht.

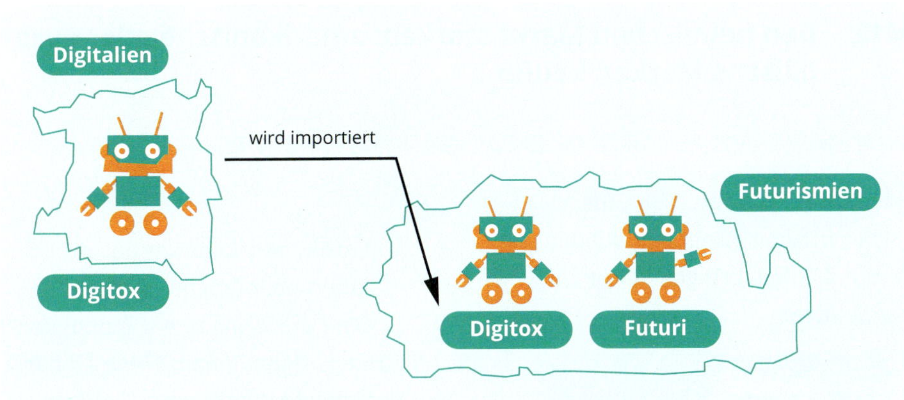

Die Haushaltsroboter im Vergleich		
Produktbezeichnung	Digitox	Futuri
Funktion	Säubert alle Räume blitzschnell	Säubert alle Räume blitzschnell
Produktionsort	Digitalien	Futurismien
Produktionskosten	Gering aufgrund niedriger Umweltauflagen	Hoch aufgrund hoher Umweltauflagen
Verkaufspreis	3000 Futuri-Dollar	8000 Futuri-Dollar

Bearbeiter

M14 Wie kann ein Staat seine einheimischen Unternehmen schützen?

Ein Staat kann auf zahlreiche Maßnahmen zurückgreifen, um seine einheimischen Unternehmen vor der ausländischen Konkurrenz zu „schützen":

Importzölle: Einführung einer zusätzlichen Steuer auf importierte Waren, sodass sie im Vergleich zu inländischen Waren teurer werden und weniger nachgefragt werden als die heimischen Produkte.

Subventionen: Durch staatliche Zuschüsse für einheimische Unternehmen können deren Produktionskosten gesenkt und ihre Wettbewerbsfähigkeit gestärkt werden.

Standards: Festlegung hoher Standards (z. B. Einhaltung von Menschenrechten, Sozial- und Umweltstandards bei der Produktion) als Voraussetzung für den Marktzugang ausländischer Produkte

Importkontingente: Der Import ausländischer Waren wird auf eine Höchstmenge oder auf einen Höchstwert beschränkt.

Bearbeiter

M15 Den heimischen Markt stärken: amerikanische oder europäische Marken kaufen?

Subvention
Staatlicher Zuschuss zur Unterstützung von z. B. Unternehmen

Kontingent
Menge, Anzahl

Handelskrieg
Konflikt zwischen Staaten, die versuchen, mit protektionistischen Maßnahmen die Wirtschaft des anderen Staates zu schwächen.

Gespräch zwischen zwei Politiker:innen in den USA am Tag zuvor:

Natalie: Wir müssen unsere US-Wirtschaft endlich wieder zum Laufen bringen! Hast du eine Idee?

Tarek: Wir könnten unsere US-Automobilbranche stärken, indem die Konsument:innen nur noch dann einen 7500 Dollar-Steuernachlass beim Kauf eines E-Wagens bekommen, wenn er auch wirklich in den USA zusammengebaut wird. Dann kaufen sie nämlich weniger die importierten europäischen Marken!

Natalie: Klingt nach einem verdammt guten Plan mit den Subventionen! Aber Achtung! Die Europäer werden nicht begeistert sein, wenn ihre Autos auf unserem US-Markt dadurch teurer sind und weniger nachgefragt werden.

Gespräch zwischen zwei Unternehmer:innen am Tag danach in der EU:

Luan: Hast du das gelesen?! Der Steuernachlass soll nur noch für E-Autos gelten, die in den USA hergestellt werden?! Wir werden dann dort viel weniger europäische E-Autos verkaufen! Was soll das?! Droht uns jetzt ein Handelskrieg?

Jeanina: Das können die doch nicht bringen?! Das können wir nicht auf uns sitzenlassen! Jetzt muss die EU mit erhöhten Zöllen auf importierte US-Produkte reagieren!

Bearbeiter

PROTEKTIONISMUS

Unter Protektionismus versteht man staatliche Eingriffe mit dem Ziel, inländische Produzentinnen und Produzenten vor der ausländischen Konkurrenz zu schützen. Damit gibt ein Staat z. B. der eigenen Industrie Zeit, technische Entwicklungen voranzutreiben, bevor Produkte aus dem Ausland den Markt erobern.
Neben tarifären Handelshemmnissen (Zölle) kann er auch nichttarifäre Handelshemmnisse (z. B. mengenmäßige Einfuhrbeschränkungen sowie die Einhaltung von Standards bei der Produktion, Subventionen) verhängen. Protektionistische Maßnahmen eines Staates können oft eine Gegenreaktion des benachteiligten Staates hervorrufen: Denn dieser könnte ebenfalls mit protektionistischen Maßnahmen reagieren. Es droht ein sogenannter Handelskrieg.

AUFGABEN

70079-434

1. a) Beschreibe die beiden Roboter (**M13**).
   b) Erkläre, warum sich die Regierung von Futurismien um die Wettbewerbsfähigkeit seines einheimischen Start-ups sorgt (**M13**).
   c) Stelle Vermutungen darüber an, welche Folgen eine Insolvenz des Start-ups hätte (**M13**).
2. Entwickelt zu zweit einen Maßnahmenkatalog, mit welchem die Regierung von Futurismien sein Start-up vor der ausländischen Konkurrenz schützen könnte (**M14**, **M13**).
3. Arbeite heraus, mit welcher protektionistischen Maßnahme die US-Regierung seine Industrie vor der ausländischen Konkurrenz schützen will (**M15**).
4. Diskutiert Chancen und Risiken von Protektionismus (**M13-M15**).

H zu Aufgabe 1b
Beachte dabei die Akteure Start-up und Arbeitnehmer:innen, die ausländischen Unternehmen, Konsument:innen und den Staat.

F zu Aufgabe 2
Erklärt, welche Folgen euer Maßnahmenkatalog für alle beteiligten Akteure hätte (M14, M13).

Wie kann die WTO freien Handel zwischen Staaten sicherstellen?

Ausländische Unternehmen können erhebliche Wettbewerbsnachteile haben, wenn Staaten gegen sie protektionistische Maßnahmen verhängen. Ist eine solche Vorgehensweise rechtmäßig und wer kontrolliert eigentlich, wie Staaten im Wirtschaftsgeschehen miteinander umgehen?

M16 Die EU droht den USA mit einer Klage bei der WTO

Schiedsgericht
Gericht, das von zwei Parteien bestellt wird, um einen Konflikt durch einen Schiedsspruch zu lösen, an den sich die Konfliktparteien halten müssen.

Streit um die US-Förderung von E-Autos

Die EU bewertet die protektionistischen Maßnahmen der USA als diskriminierend. Denn durch die zahlreichen Subventionen für US-Unternehmen und die Steuernachlässe für die Konsument:innen beim Kauf von in den USA hergestellten E-Autos erfahren europäische Automobilhersteller erhebliche Wettbewerbsnachteile. Ihre Produkte können im Vergleich nur teurer angeboten werden. Die bewusste Bevorzugung von US-Unternehmen verärgert deshalb die EU und widerspreche teilweise deutlich den Regeln der Welthandelsorganisation. Deshalb droht die EU den USA damit, vor ein Schiedsgericht der WTO zu ziehen.

Bearbeiter

M17 Welche Prinzipien hat die WTO?

Diskriminierung
Benachteiligung oder Herabwürdigung von Gruppen oder einzelnen Personen zum Beispiel aufgrund ihrer Herkunft

Link zu Infos über die WTO

70079-435

Die Welthandelsorganisation (World Trade Organization) ist ein Zusammenschluss aus derzeit 164 Mitgliedsstaaten (Stand 2022). Die USA und die EU sind auch Mitglieder. Das Hauptziel der WTO ist die Umsetzung eines freien Handels zwischen den Mitgliedern, weshalb ein Abbau von Handelshemmnissen angestrebt wird.

Die Prinzipien der WTO können nur durch eine Zustimmung aller Mitglieder verändert werden:

Meistbegünstigung	Alle Handelsvorteile, die einem Mitglied zugesichert werden (z. B. Zollsenkungen), stehen auch allen anderen Mitgliedern zu
Nichtdiskriminierung	Jede Art der Diskriminierung gegenüber einem Mitglied soll ausgeschlossen werden. So dürfen z. B. keine Sonderzölle aus politischen Gründen gegenüber Mitgliedern eingeführt werden.
Inländerbehandlung	Ausländische Güter müssen genauso behandelt werden wie vergleichbare inländische.
Transparenz	Alle Mitglieder müssen über Regelungen und Beschränkungen des Außenhandels informiert werden. Geheime Abkommen sind nicht erlaubt.

Bearbeiter

M18 Wie kann die WTO Konflikte schlichten?

Das Schlichtungsverfahren der WTO sichert die Umsetzung der Regeln für den internationalen Handel zwischen den Mitgliedern. Jedes Mitglied kann eine Beschwerde einlegen, wenn es sich benachteiligt fühlt. So schaffen es auch vermeintlich schwächere Staaten, gegen Handelsriesen vorzugehen. Die Entscheidungen des Schlichtungsverfahrens sind für die beklagte Partei bindend. Falls die beklagte Partei den Empfehlungen der Schlichter nicht nachkommt, kann die klagende Partei von der WTO die Erlaubnis bekommen, Strafzölle zu verhängen. Seit Ende 2019 ist das Streitschlichtungsgremium handlungsunfähig, weil ihm Richter fehlen. Die USA blockieren die Ernennung neuer Richter, weil sie sich durch die Schiedsgerichte systematisch benachteiligt fühlen. Durch diese Handlungsunfähigkeit drohen ausufernde Handelskonflikte.

Bearbeiter

Brasilien setzt sich gegen die EU durch
Mithilfe der WTO setzte Brasilien durch, dass die EU die eigene Zuckerproduktion nicht mehr so stark schützen darf. Brasilien ist selbst Anbauort für günstiges Zuckerrohr.

M19 Brot für die Welt fordert gerechten Handel

[Die Liberalisierung des internationalen Handels durch die WTO] [...] verläuft recht einseitig, da Handelshemmnisse vorrangig für die Export-Nationen im globalen Norden fallen. Die in der WTO vertretenen Entwicklungs- und Schwellenländer fordern deshalb [...], ihnen ebenfalls den Zugang zu ausländischen Märkten durch den Abbau von Agrarsubventionen und Protektionismus in den Industriestaaten zu erleichtern. [...] Erst bei der WTO-Ministerkonferenz in Nairobi 2015 wurde die Abschaffung von Export-Subventionen beschlossen [...]. Wenn zum Beispiel der afrikanische Markt mit überschüssigem Hühnerfleisch aus Europa überflutet wird, bricht der lokale Geflügelmarkt zusammen und viele Kleinbauern verarmen. Der Ansatz der internationalen Entwicklungszusammenarbeit ist so [...] einleuchtend: Do no harm! (Richte keinen Schaden an.) [...] Denn die Liberalisierung darf nicht auf Kosten von Mensch und Umwelt gehen.

Brot für die Welt
Eine deutsche Nichtregierungsorganisation (NGO), die sich für Menschenrechte und Umweltschutz international stark macht

Brot für die Welt: Ein gerechter Welthandel kann Armut beheben. In: www.brot-fuer-die-welt.de, Abruf am 04.04.2023

AUFGABEN

70079-436

1. Beschreibe, warum die EU den USA mit einer Klage vor dem Schiedsgericht der WTO droht (**M16**).
2. a) Erkläre die Prinzipien der WTO, die für alle Mitglieder gelten (**M17**).
   b) Ermittle, gegen welche Prinzipien die USA aus Sicht der EU verstoßen (**M16**, **M17**).
3. Erläutere das Schlichtungsverfahren der WTO (**M18**).
4. Ermittle, was sich aus Sicht von Brot für die Welt im internationalen Handel ändern sollte (**M19**).
5. Diskutiert, wie die WTO den freien Handel zwischen den Mitgliedsstaaten sicherstellen kann (**M16-M19**).

F **zu Aufgabe 2b**
Diskutiert, ob ihr eine mögliche Klage der EU gegen die USA gerechtfertigt findet.

F **zu Aufgabe 3**
Erkläre, warum im internationalen Handel Regeln benötigt werden, an die sich alle Staaten halten sollten.

Wie viel Einfluss hat die OPEC auf die Weltwirtschaft?

Ben muss auf seinem Roadtrip durch Europa immer wieder feststellen, dass das Benzin mal ganz teuer ist und mal wieder günstiger wird. Warum kann der Preis für Benzin so schwanken?

M20 Öl – die Grundlage unseres Alltags?

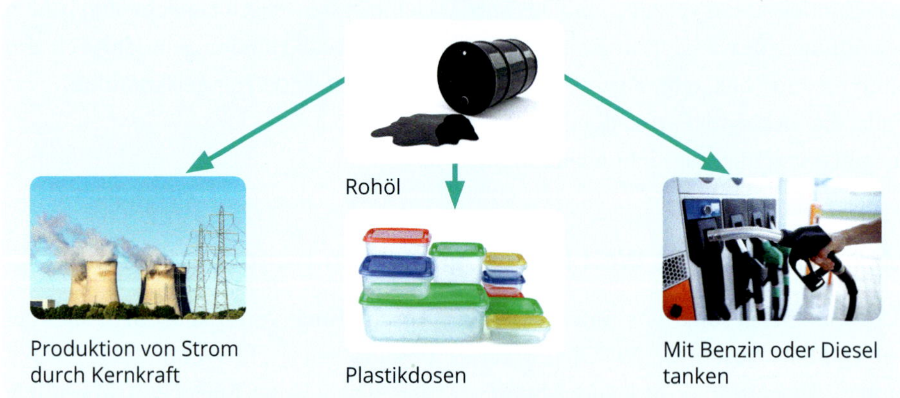

M21 Wie entwickelte sich der Preis von Rohöl?

Die „Organization of the Petroleum Exporting Countries" ist eine Organisation, die derzeit aus 13 Mitgliedern (Stand 2022) besteht (u. a. Irak, Iran, Saudi-Arabien). Da die OPEC-Mitglieder über 80 Prozent der bestätigten Erdölreserven verfügen, können sie mit ihren Entscheidungen den Weltmarktpreis für Rohöl kontrollieren.

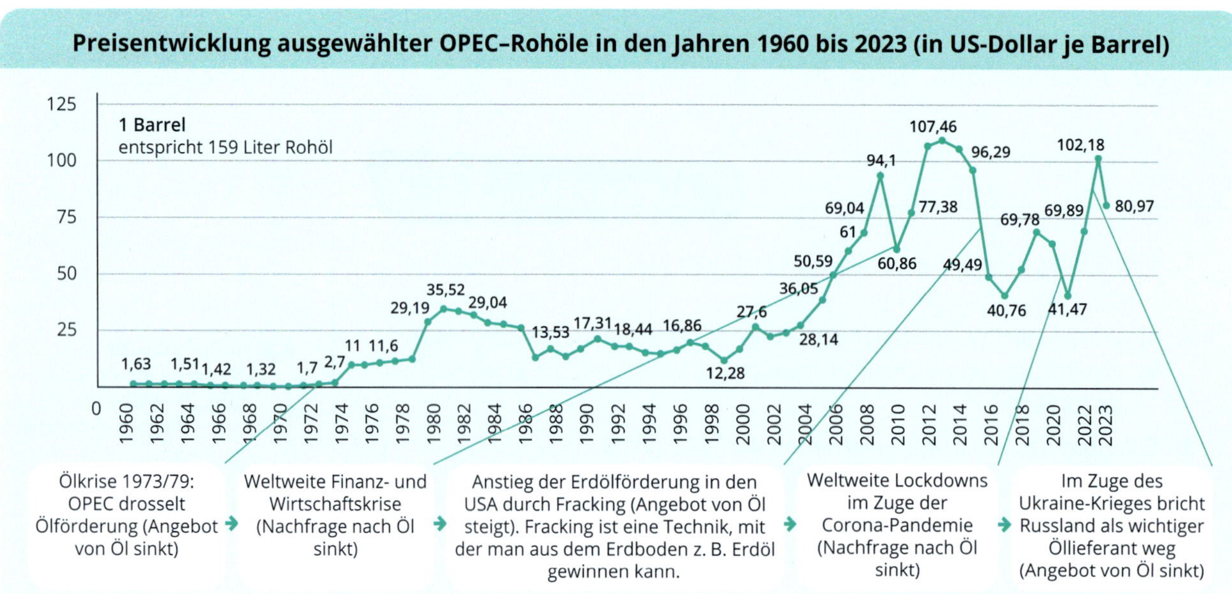

Nach: Statista, April 2023

M22 Wie viel Einfluss hat die OPEC?

Das OPEC-Kartell beschließt Drosselung der Erdölförderung
Die OPEC hat beschlossen, die Förderung um bis zu zwei Millionen Barrel pro Tag zu drosseln.
Die Entscheidung fiel kurze Zeit nach den Sanktionen gegen Russland durch die G7 aufgrund des Angriffskrieges gegen die Ukraine. Von der Entscheidung der OPEC profitiert Russland. Denn es exportiert Erdöl und ist Mitglied von OPEC-Plus.

USA kritisieren OPEC-Entscheidung
Mit der Entscheidung verbündet sich die OPEC-Allianz ganz offen mit Russland und treibt die Preise für Energie weiter nach oben. Unternehmen und Konsument:innen müssen Kosten- und Preissteigerungen in Kauf nehmen.

Basierend auf: Blume, Jakob: Kartell drosselt Öl-Förderung während Energiekrise. In: www.handelsblatt.com, 07.10.2022

G7
Gruppe der Sieben, ein informeller Zusammenschluss zwischen Industriestaaten seit 1975

OPEC plus
Kooperation zwischen den 13 OPEC-Mitgliedern und 10 weiteren Staaten mit dem Ziel, die Fördermengen von Öl abzusprechen.

Kartell
Gemeinsame Preisabsprachen zwischen Mitbewerber:innen

M23 Wie kann die Macht der OPEC eingedämmt werden?

Der Ökonom Justus Haucap plädiert für einen Zusammenschluss aller erdölimportierenden EU-Staaten, die aufgrund ihrer hohen Nachfrage nach Öl Einfluss auf die Preise nehmen könnten. Das neu gebildete EU-Kartell könnte sich im Vorhinein absprechen, welche Preisobergrenze es sich für Erdöl setzt und im Anschluss mit einer Stimme in die Verhandlungen mit der OPEC gehen. Dort könnte sie dann Fördermengen zu bestimmten Preisen durchsetzen.

Basierend auf: Haucap, Justus im Interview mit Tillar, Jannik: Kann ein Anti-Opec-Kartell funktionieren? In: www.n-tv.de, 31.05.2022

AUFGABEN

70079-437

1. a) Stellt Vermutungen darüber an, welche Produkte aus Erdöl hergestellt werden (**M20**).
   b) Erklärt die Bedeutung von Erdöl für unseren Alltag (**M20**).
2. a) Erläutere die Preisbildung der OPEC-Rohöle (**M21**).
   b) Diskutiert, welche Folgen ein fallender oder steigender Rohölpreis für die Unternehmen, die Konsument:innen und den Staat haben (**M20**, **M21**).
3. a) Erkläre, wie die OPEC die Preisbildung von Rohöl beeinflussen kann (**M22**).
   b) Arbeite heraus, welche Bedeutung die OPEC für die Weltwirtschaft hat (**M20-M22**).
4. Diskutiert, ob ihr die Etablierung eines EU-Kartells gegen die OPEC sinnvoll findet (**M22**, **M23**).

F **zu Aufgabe 2a**
Erstellt einen History-Podcast zur Ölkrise 1973: Welche Rolle hatte die OPEC? Welche Folgen hatte die Krise für Deutschland? Recherchiert dazu im Internet. Nutzt außerdem die **Methodenseite „Einen Podcast erstellen“.** **MK**

F **zu Aufgabe 3b**
Arbeite heraus, inwieweit die OPEC politischen Druck auf andere Staaten ausüben kann.

Einen Podcast erstellen MK

I. Worum geht es?

Podcasts erfreuen sich großer Beliebtheit und dienen mittlerweile vielen Nutzer:innen als Informationsquelle. Ein Podcast ist eine Audio-Datei, die über verschiedene Anbieter heruntergeladen und gestreamt werden kann. Die Nutzer:innen können also selbst entscheiden, wann sie den entsprechenden Podcast hören wollen.

II. Geht dabei so vor:

1. Schritt: Einen Podcast anhören und Eindrücke sammeln

- Damit ihr einen Eindruck erhaltet, wie Podcasts aufgebaut sind, solltet ihr euch einen Podcast für 10 Minuten anhören. Klärt während des Zuhörens folgende Fragen:
  1. Worum geht es inhaltlich?
  2. Wer spricht und wie wird das Gespräch geführt?
  3. Wie wird gesprochen? Achtet hierbei vor allem auf die Stimmlage, Lautstärke und die Ausdrucksweise der Gesprächsteilnehmenden.
- Sammelt außerdem eure individuellen Eindrücke. Wie hat euch der Podcast gefallen? Was fandet ihr gut? Was hat euch gestört?

2. Schritt: Informationen sammeln und recherchieren

Damit ihr euren Podcast mit Inhalt füllen könnt, braucht ihr ausreichend Informationen. Ausgehend von eurem gewählten Thema, müsst ihr im Internet die notwendigen Informationen suchen und herausarbeiten. Achtet während der Recherche darauf, was wirklich wichtig ist und welche Information weggelassen werden kann.

3. Schritt: Ein Storyboard erstellen

Ein Storyboard für euren Podcast ist wichtig, damit klar ist wer was wie sagt. Klärt dazu folgende Fragen und fertigt dann einen Verlaufsplan an:

1. Wo wollt ihr euren Podcast aufnehmen? Mit welchen Störungen ist zu rechnen und wie geht ihr damit um?
2. Wie lange soll euer Podcast dauern? Wie viel Zeit plant ihr für die Fragen und wie viel für die Antworten?
3. Wer von euch führt das Gespräch? Wer gibt die Antworten?
4. Was ist euer Thema und wie leitet ihr in das Thema ein?
5. Welche konkreten Fragen stellt ihr und welche Antworten gebt ihr?
6. Welche Informationen wollt ihr den Zuhörenden mitteilen?
7. Wie setzt ihr an welchen Stellen eure Stimme oder andere akustischen Signale ein?

4. Schritt: Merkmale beachten

Bevor ihr euren Podcast aufnehmt, solltet ihr auf folgende Merkmale achten:

- **Sprachliche Merkmale:** Gemäßigtes Sprechtempo, klare Sprache und Pausen, Vermeidung von Schachtelsätzen, zielgruppenorientierte Wortwahl und Sprache
- **Inhaltliche Merkmale:** Spannende Leitfrage, Lebensweltbezug herstellen, Sachverhalte verständlich erklären
- **Gestalterische Merkmale:** Akustische Signale einbauen, Sprecherwechsel, Spannungsbogen einhalten

5. Schritt: Den Podcast aufnehmen

Nun geht es endlich los! Mithilfe eures Storyboards und eines Aufnahmegerätes könnt ihr nun euren Podcast aufnehmen. Die meisten Tablets und Smartphones haben bereits eine App wie "Sprachmemos" oder "Sprachnotizen" vorinstalliert, mit der sich Audio-Aufnahmen machen lassen. Für das Mitschneiden von Gesprächen für Podcasts reichen diese Apps.

Bearbeiter

WIE GESTALTEN INTERNATIONALE AKTEURE DIE WELTWIRTSCHAFT MIT?

M1-M2 → #

DIE EU: VIER FREIHEITEN IM EUROPÄISCHEN BINNENMARKT

Der Europäische Binnenmarkt garantiert den EU-Bürger:innen vier zentrale Freiheiten: So dürfen sie innerhalb der EU reisen und arbeiten, wo(hin) sie wollen (Personenverkehrsfreiheit). Des Weiteren dürfen sowohl Waren als auch Dienstleistungen über Ländergrenzen hinweg ein- und ausgeführt beziehungsweise angeboten werden (Warenverkehrsfreiheit und Dienstleistungsverkehrsfreiheit). EU-Bürger:innen können zudem frei entscheiden, wo sie innerhalb der EU ihr Geld anlegen möchten (Kapitalverkehrsfreiheit).

M3-M5 → #

STAATEN ÖFFNEN IHREN MARKT: FREIHANDEL UND FREIHANDELSABKOMMEN

Staaten oder Staatengemeinschaften (wie die EU) können miteinander politische Abkommen schließen, um freien Handel zu fördern. Dann verpflichten sie sich beispielsweise dazu, Zölle für importiere Waren abzubauen, sodass die Produktpreise sinken und die Waren somit von den Konsument:innen mehr nachgefragt werden. Freihandelsabkommen wie zwischen der EU und den Mercosur-Staaten ermöglichen zudem Produktvielfalt für die Konsument:innen. Durch den größeren Absatzmarkt für die exportierenden Unternehmen können außerdem Arbeitsplätze gesichert werden.

M6-M9 → #

INTERNATIONALE ARBEITSORGANISATION (ILO)

Die ILO setzt sich weltweit für die Einhaltung von Arbeitnehmerrechten ein. Ihre Mitglieder verpflichten sich dazu, fünf Grundprinzipien umzusetzen: die Vereinigungsfreiheit, die Abschaffung von Kinderarbeit und Zwangsarbeit, das Diskriminierungsverbot im Beruf sowie die Einhaltung von Arbeitsschutz und -sicherheit. Die ILO kontrolliert die Mitglieder, ob diese Grundprinzipien auch wirklich umgesetzt werden. Bei einer Missachtung kann die ILO diese Staaten auch sanktionieren, wobei die Wirksamkeit dieser Sanktionen hinterfragt werden kann.

M10-M12 → #

KLIMAAKTIVISTINNEN UND -AKTIVISTEN

Klimaaktivist:innen, zu denen NGOs wie Greenpeace oder soziale Bewegungen wie Fridays for Future zählen, setzen sich weltweit für den Klimaschutz ein, indem sie versuchen, auf den politischen Entscheidungsprozess Einfluss zu nehmen. Sie verlangen von den Politiker:innen, dass verbindliche Gesetze zum Erreichen der Klimaziele verabschiedet werden. Da der Klimaschutz von elementarer Bedeutung für die Menschheit ist und die Klimaaktivist:innen sehr viele Unterstützer:innen haben, kann die Politik die Forderungen nach mehr Klimaschutz nicht ignorieren.

STAATEN SCHÜTZEN IHREN MARKT: PROTEKTIONISMUS

M13-M15

Staaten können mit protektionistischen Maßnahmen ihre inländischen Produzenten vor der ausländischen Konkurrenz schützen. So können sie tarifäre Handelshemmnisse (Zölle) auf ausländische Waren verhängen, damit die inländischen Produkte einen Preisvorteil haben und stärker von den Konsument:innen nachgefragt werden. Ein Staat kann aber auch auf nichttarifäre Handelshemmnisse zurückgreifen (z. B. Steuererleichterungen für die einheimischen Unternehmen oder eine Festlegung von Mindeststandards, die für importierte Produkte gelten). Ein Risiko von Protektionismus ist unter anderem, dass Handelskriege entstehen könnten.

WELTHANDELSORGANISATION (WTO)

M16-M19

Die WTO setzt sich für die Einhaltung eines freien Handels zwischen ihren Mitgliedern ein. Demnach sollen möglichst alle Handelshemmnisse abgebaut werden. Ihre Mitglieder verpflichten sich dazu, zum Beispiel die Prinzipien der Meistbegünstigung oder der Nichtdiskriminierung einzuhalten. Verletzt ein Mitglied ein solches Prinzip, kann das Schiedsgericht der WTO angerufen werden, das versucht, den Handelskonflikt zu schlichten. Die WTO steht allerdings vermehrt in der Kritik zunehmend handlungsunfähig zu sein oder auch negative Auswirkungen auf die Länder des globalen Südens zu begünstigen.

ORGANISATION ERDÖLEXPORTIERENDER LÄNDER (OPEC)

M20-M23

Die aus derzeit 13 Mitgliedern bestehende OPEC verfügt über 80 Prozent der bestätigten Erdölreserven. Deshalb kann sie mit ihrer Entscheidung, wie viel Öl gefördert wird, den Weltmarktpreis für Rohöl maßgeblich beeinflussen. Ist zum Beispiel die Nachfrage nach Öl groß, aber das Angebot von Öl aufgrund einer von der OPEC beschlossenen Drosselung der Erdölmenge gering, steigt der Preis. Die Preissteigerungen haben wiederum Auswirkungen auf die Unternehmen und Konsument:innen, weil Öl für die Herstellung vieler Produkte noch immer von elementarer Bedeutung ist.

M1 Bundestag stimmt für das Freihandelsabkommen CETA

Kanada und die EU haben sich auf ein Freihandelsabkommen geeinigt.

CETA
Comprehensive Economic and Trade Agreement: Umfassendes Wirtschafts- und Handelsabkommen zwischen der EU und Kanada

Fossile Energie
u. a. Kohle, Erdgas und Erdöl

Deutschland hat nach jahrelangem Zögern das CETA-Freihandelsabkommen der EU mit Kanada ratifiziert. Die deutsche Wirtschaft reagierte erleichtert und bezeichnete das Abkommen als überfälligen Schritt. "Er muss der EU jetzt neuen Schwung in der Handelspolitik verleihen. Deutschland und die EU bräuchten offene Märkte, gerade in Zeiten des zunehmenden Protektionismus, heben Vertreter der deutschen Wirtschaftsverbände hervor.

Denn durch CETA würden für europäische Unternehmen pro Jahr rund 500 Millionen Euro an Zollgebühren wegfallen. „Wir verdanken dem Abkommen, dass die Ausfuhren nach Kanada in den letzten fünf Jahren um mehr als ein Viertel gestiegen sind", sagte der Präsident des Großhandelsverbandes BGA.

Aktivisten und Sozialverbände hatten sich im Vorfeld bereits kritisch geäußert. Mit dem Abkommen würden Sonderrechte für ausländische Investoren geschaffen sowie Firmengewinne über Klima- und Umweltbedürfnisse gestellt. CETA stehe in grundsätzlichem Widerspruch zum Ziel, den Klimawandel zu bekämpfen. Es schützt alle Investitionen, also auch klimaschädliche Investitionen wie die Förderung fossiler Energien.

Tagesschau: Bundestag stimmt für CETA. In: www.tagesschau.de, 01.12.2022

AUFGABEN

70079-439

1. Fasse die Reaktionen der Verbände und Aktivist:innen auf die Zustimmung des Freihandelsabkommens durch den Bundestag zusammen.
2. Erkläre, warum es sich bei CETA um ein Freihandelsabkommen handelt.
3. Vergleicht die Freihandelsabkommen CETA und Mercosur miteinander im Hinblick auf die wirtschaftlichen Vorteile sowie auf die Reaktionen durch die Aktivist:innen und Sozialverbände.
4. Diskutiert die grundsätzlichen Chancen und Risiken von Freihandelsabkommen.

SELBSTEINSCHÄTZUNG

In diesem Kapitel hast du dich mit verschiedenen internationalen Akteuren der Weltwirtschaft und den außenwirtschaftlichen Leitbildern Freihandel und Protektionismus beschäftigt. Mithilfe des Selbsteinschätzungsbogens kannst du überprüfen, was du kannst und weißt.

Ich kann ...	Das klappt schon ...	Hier kann ich noch üben ...
... die vier Grundfreiheiten der Europäischen Union erklären.		M1, M2, #Europäische Union, Grundwissen
... die Merkmale eines Freihandelsabkommens erläutern.		M3-M5, #Freihandel, Grundwissen
... die Aufgaben der Internationalen Arbeitsorganisation erklären.		M6-M9, Grundwissen
... die Einflussmöglichkeiten von Klimaaktivist:innen auf den politischen Entscheidungsprozess erläutern.		M10-M12, Grundwissen
... die Chancen und Risiken von Protektionismus erörtern.		M13-M15, #Protektionismus, Grundwissen
... die Aufgaben der WTO erklären.		M16-M18, Grundwissen
... den Einfluss der OPEC auf die Preisentwicklung von Rohöl erklären.		M19-M22, Grundwissen

Karikaturen analysieren MK

Worum geht es?

Eine Karikatur (ital. caricare = „übertreiben", „verzerren") ist eine Darstellungsform, bei der ein Zeichner gesellschaftliche, politische und wirtschaftliche Sachverhalte bewusst überspitzt darstellt. Dabei soll die betrachtende Person nicht nur unterhalten, sondern auch zum Nachdenken über die dargestellten Ereignisse, Entwicklungen, Zustände oder Personen angeregt werden. Um die Aussageabsicht einer Karikatur zu entschlüsseln, muss diese zunächst genau analysiert werden. Für eine vollständige Entschlüsselung von Karikaturen empfiehlt sich folgendes Vorgehen:

Geht dabei so vor:

1. Schritt: Beschreibung

- Wie ist die Karikatur aufgebaut? (Bild-/Textelemente ...)?
- Wen oder was zeigt die Karikatur?
- Was wird thematisiert?
- Welche Darstellungsmittel werden gewählt?

↓ ↓ ↓

2. Schritt: Deutung

- Welche Bedeutung haben verwendete Symbole?
- Was ist die Kernaussage?
- An wen richtet sich die Karikatur?
- Welchen Standpunkt nimmt die Karikaturistin oder der Karikaturist ein?

↓ ↓ ↓

3. Schritt: Bewertung

- Worin stimmt ihr zu?
- Was seht ihr anders und wie?
- Wird die Kernaussage der Karikatur deutlich? Begründe.

Bearbeiter

Präsentation in einem Galeriespaziergang

Worum geht es?

So könnt ihr aus eurer Schule eine Galerie machen: Einzelne von euch oder Gruppen stellen Ergebnisse aus, die sie zuvor in einer Arbeitsphase erarbeitet haben. Die anderen haben die Möglichkeit, einen „Galeriespaziergang" zu unternehmen. Dabei könnt ihr an den ausgestellten Ergebnissen vorbeispazieren, die Ergebnisse betrachten und vielleicht auch Fragen dazu stellen.

Geht dabei so vor:

1. Schritt: Vorbereitung

- Nummeriert eure Bilder, damit ihr sie in der Auswertungsphase gut auseinanderhalten könnt.
- Wählt dazu einen Gruppensprecher, der in der Nähe von eurem Bild steht und es bei Bedarf erklären kann. Wechselt euch zwischendrin ab, damit jeder auch die anderen Ergebnisse anschauen kann.
- Verabredet eine Zeit, z. B. 20 Minuten, die ihr für euren Galeriespaziergang nutzen wollt. Haltet diese verabredete Zeit unbedingt ein, damit ihr anschließend gemeinsam ein Auswertungsgespräch führen könnt.

2. Schritt: Eindrücke notieren

Damit ihr im Anschluss an euren Galeriespaziergang nicht alles vergessen habt, ist es sinnvoll, sich ein paar Notizen zu machen (siehe Tabelle in der Randspalte). Ihr könnt weitere Kriterien ergänzen.

	Bild 1	Bild 2	Bild 3	…
Layout	Bitte			
Idee / Originalität	ins			
Aussage	Heft!			
…				

3. Schritt: Bilder ausstellen

Hängt nun eure Bilder im Klassenzimmer oder zum Beispiel im Flur eurer Schule aus. Ihr solltet den Platz so wählen, dass er frei zugänglich ist, d. h. jeder sollte sich problemlos davorstellen und die Bilder betrachten können. Der Galeriespaziergang kann beginnen.

4. Schritt: Bilder beurteilen

Nun könnt ihr auf der Basis der eigenen Notizen entscheiden, welche(s) Poster in Bezug auf die Aufgabenstellung besonders gut gelungen ist bzw. sind. Bedenkt, dass einem Urteil immer eine sachliche Begründung zugrunde liegen sollte.

Bearbeiter

Eine Mindmap erstellen

Worum geht es?

Eine Mindmap (englisch: mind map; auch: Gedanken[land]karte, Gedächtnis[land]karte) erstellen, ist eine Technik, die für das Erschließen oder das visuelle Darstellen eines Themengebietes oft zum Einsatz kommt. Hierbei sollen Gedanken freien Lauf erhalten und so die Fähigkeit des Gehirns zur Kategorienbildung genutzt werden.

Geht dabei so vor:

1. Schritt: Das Thema bestimmen

Zuerst gilt es, ein möglichst konkretes Thema bzw. einen bestimmten Begriff zu bestimmen. Schreibt dieses Thema/diesen Begriff in die Mitte eines Papiers.

2. Schritt: Hauptäste setzen

Zieht Linien/Hauptäste von dem Thema/Begriff in verschiedene Richtungen. Schreibt dann Oberbegriffe in Großbuchstaben am Ende der Hauptäste. Mit diesen Oberbegriffen strukturiert ihr das Thema/den Begriff grundlegend, überlegt hier also genau, welche Begriffe ihr für die Hauptäste wählt.

3. Schritt: Erweiterung und Abschluss

Ergänze nun Nebenarme mit einer zweiten (und evtl. dritten) Gedankenebene.

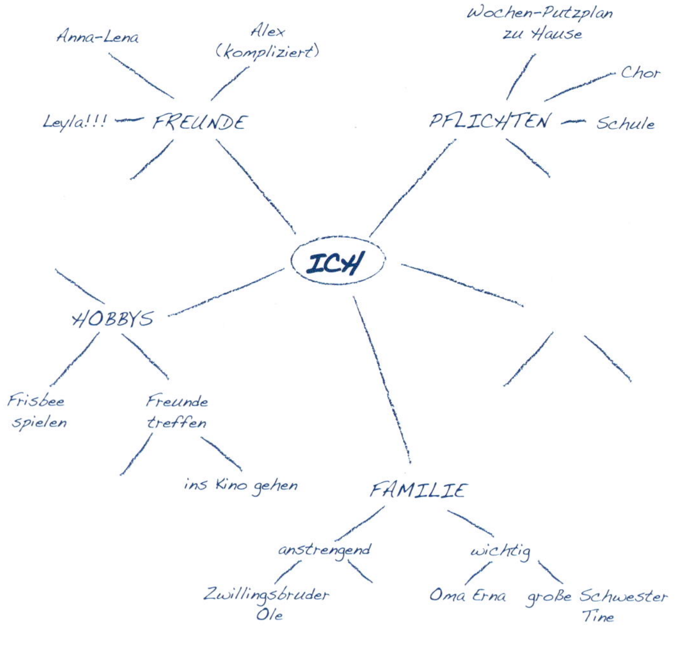

Bearbeiter

Ein begründetes Urteil bilden

Worum geht es?

Zu vielen kontroversen tagespolitischen Fragestellungen werden spontan Meinungen gebildet. Dabei lassen wir uns oft von Emotionen leiten und urteilen „aus dem Bauch" heraus.
Um wirklich mitreden zu können, reicht ein solches Bauchgefühl meist nicht aus. Fundierte Urteile entstehen durch Information und Abwägung, durch Auseinandersetzung mit dem jeweiligen politischen Problem. Dieser Prozess wird durch das Wort „Urteilsbildung" beschrieben. Wie genau eine Urteilsbildung funktioniert, erfahrt ihr hier.

Geht dabei so vor:

1. Schritt: Spontanurteil bilden

Formuliert euer „Bauchgefühl" zur Problemfrage und begründet es kurz und knapp in maximal einem Satz. So verdeutlicht ihr eure erste Meinung zur Problemfrage.

2. Schritt: Informationen finden

Für eine fundierte Urteilsbildung braucht ihr mehr Informationen. Um diese zu ordnen, bietet es sich an, dass ihr zunächst gemeinsam in der Klasse nach bedeutsamen Kennzeichen (Kriterien) für die Urteilsbildung sucht.
Geeignete Kriterien für ein Urteil könnten sein:

- Vereinbarkeit mit dem Grundgesetz,
- eigene Wertvorstellungen (Freiheit, Solidarität, Umweltschutz ...),
- soziale Gerechtigkeit,
- Kosten- / Nutzen-Verhältnis,
- Durchsetzbarkeit ...

3. Schritt: Sachverhalte prüfen

Eure Kriterien sollen jetzt mit „Leben" gefüllt werden, d. h. ihr müsst Sachwissen erarbeiten und den Kriterien zuordnen.
Was spricht innerhalb eines Kriteriums für bzw. gegen die aufgestellte Problemfrage? Achtet darauf, stets beide Seiten zu betrachten, damit eure Urteilsbildung ausgewogen ist.

4. Schritt: Detailurteile bilden

Innerhalb jedes Kriteriums solltet ihr jetzt abwägen, welcher Seite (dafür / dagegen) ihr eher zustimmt. Stellt dabei die Argumente beider Seiten gegenüber und überlegt, was euch wichtiger ist oder für euch überzeugender scheint.

5. Schritt: Gesamturteil bilden

Betrachtet alle Detailurteile und bringt sie in eine persönliche Reihenfolge, indem ihr sie nach Relevanz (Wichtigkeit) durchnummeriert. Das soll euch ermöglichen, ein Gesamturteil zu bilden.
Dabei ist es wichtig, dass dieses Gesamturteil nicht dem Detailurteil im für euch wichtigsten Kriterium entsprechen muss. Auch die Anzahl der Pro- bzw. Kontra-Entscheidungen muss nicht ausschlaggebend sein.
Abschließend gilt es, euer Gesamturteil (innerhalb einer Erörterung) zu verschriftlichen.

6. Schritt: Bewertung der Urteile

- Stellt euch abschließend der Kritik eurer Klasse, indem ihr eure Urteile gegenseitig bewertet. Dabei sollte der Weg der Entscheidung im Mittelpunkt stehen, nicht die Entscheidung selbst.
- Reflektiert euer Urteil, indem ihr benennt, wie es zu eurer Entscheidung kam. Weicht sie vom Spontanurteil ab? Welche Kriterien hatten besonderen Einfluss auf eure Urteilsbildung und warum? Welche Argumente waren entscheidend? Fehlen euch noch Informationen für ein abschließendes Urteil?

Nach: Sander, Wolfgang: Fair Urteilen. In: www.egora.uni-muenster.de, Abruf am 01.03.2017

Formulierungshilfen für das Urteil:

- „Die Maßnahme ... mag zwar wirksam sein, sie ist aber abzulehnen, da sie gegen den Grundwert ... verstößt"
- „Würden die Maßnahmen umgesetzt, hieße dies ..."
- „Ich stimme der Forderung nach ... zu / nicht zu, da durch diese vor allem der Grundwert ... gesichert / nicht gesichert wird, der mir am wichtigsten erscheint."
- „Die Behauptung ... trifft zu / nicht zu, da ..."
- „Daraus folgt, dass ..."
- ...

Ein eigenes Erklärvideo erstellen MK

Worum geht es?

Ein Erklärvideo ist ein zwei- bis dreiminütiger Film, der dem Zuschauer – meist mittels animierter Illustrationen, Grafiken oder Icons – ein bestimmtes Thema erklärt. Genutzt werden Erklärfilme für die Vermittlung von Wissen. Sie stellen komplexe Sachverhalte verständlich dar.

Geht dabei so vor:

1. Schritt: Informationen und Ideen sammeln

- Wählt ein Thema für euer Video.
- Recherchiert die Fakten zu eurem Thema.
- Sammelt Ideen und entwickelt daraus eine Geschichte. Hierfür solltet ihr euch Zeit nehmen, denn eine gute Story ist das Herzstück eures Videos.

2. Schritt: Den Sprechertext aufnehmen

Schreibt den Sprechertext. In dem Text erklärt ihr kurz, interessant und motivierend die Animationen im Film. Nehmt anschließend den Sprechertext – am besten in Etappen – auf. Achtet darauf, nicht zu monoton zu sprechen.

3. Schritt: Ein Drehbuch erstellen

- Haltet alles in einem Drehbuch fest und teilt die Szenen ein.
- Sucht passende Grafiken (Schaubilder, Diagramme) zu eurem Thema.
- Ordnet die Szenen eurem Sprechertext zu, sammelt Bildideen und überlegt euch passende Übergänge zwischen den Szenen.

4. Schritt: Das Erklärvideo fertigstellen

- Baut alles mit der geeigneten Software (z. B. My Simpleshow, Rawshort oder Powerpoint) zusammen.
- Fügt außerdem Musik und Soundeffekte hinzu.

5. Schritt: Das Video veröffentlichen und präsentieren

- Präsentiert euer Erklärvideo der Klasse.
- Ihr könnt das Video auch in Absprache mit eurer Lehrkraft auf einer geeigneten Seite online zur Verfügung stellen. Achtet dabei aber auf Datenschutzbestimmungen und das Urheberrecht.

Videotutorial zum Videodreh
Hier findet ihr ein 7-teiliges Videotutorial, in dem ihr Schritt für Schritt erfahrt, was ihr beim Drehen eigener Videos beachten müsst.

70079-520

Bearbeiter

Lexikon für Wirtschaft

A

Arbeit
Der Begriff umschreibt in erster Linie Erwerbsarbeit. Diese sichert die Lebensgrundlage der Arbeitnehmerinnen und Arbeitnehmer und ihrer Familien. Wurde sie in früheren Zeiten vor allem als Mühsal und Plage empfunden, so ist die Arbeit heute ein wichtiger Bestandteil der Identität, denn in der Arbeit kann der Mensch seine Fähigkeiten unter Beweis stellen. Arbeit verleiht dem Leben einen Sinn.

Arbeitsteilung
Aufspaltung der Güterproduktion. Dabei wird ein Produkt nicht mehr von einer Person hergestellt, sondern die Produktion wird in Teilverrichtungen zerlegt, die dann von verschiedenen Personen erledigt werden. Diese Personen können innerhalb eines Betriebes, in verschiedenen Betrieben oder gar in verschiedenen Ländern an der Erstellung eines Produktes arbeiten (innerbetriebliche, zwischenbetriebliche, internationale Arbeitsteilung). Die Arbeitsteilung führt zu einer Steigerung der Produktivität.

Armut
Von absoluter Armut spricht man, wenn eine Person weniger als 1,25 US-Dollar (ca. 1 Euro) pro Tag zur Verfügung steht. Von relativer Armut spricht man, wenn das Einkommen weniger als 50 % des Durchschnittseinkommens in einem Land (Staat) beträgt.

B

Beruf
Tätigkeit, die ein Mensch in der Regel gegen Entgelt erbringt bzw. für die er ausgebildet, erzogen oder berufen ist. Oft dient die Ausübung eines Berufes der Sicherung des Lebensunterhaltes.

D

Dienstleistung
Eine Dienstleistung ist eine Arbeit, die für den Kunden ein Problem löst oder ihm eine Aufgabe abnimmt. Diese Arbeit dient nicht der Produktion von materiellen Gütern. Die Arbeit wird direkt am Kunden gegen Bezahlung geleistet. Die Kindertagestätte ist z. B. ein Dienstleister, weil die Betreuer auf die Kinder aufpassen, während ihre Eltern arbeiten.

E

Einkommen
Allgemein meint man damit das Arbeitseinkommen für Erwerbstätigkeit (Lohn, Gehalt, Gewinn). Darüber hinaus gibt es auch Einkommen als Entgelt für die Bodennutzung (Miete, Pacht) oder als Entgelt für die Nutzung von Kapital (Sparzinsen, Kreditzinsen). Einkommen, die der Staat ohne Gegenleistung bezahlt, nennt man Transfereinkommen.

G

Geld
Geld ist ein anerkanntes und gültiges Zahlungsmittel, mit dem man Waren oder Dienstleistungen erwerben kann. Geld ist Tauschmittel, Wertaufbewahrungsmittel, Wertübertragungsmittel und Recheneinheit.

J

Jugendschutzgesetz
Eine Sammlung von Gesetzen, die zum Ziel hat, Kinder zu schützen. Dazu gehört z. B. das Jugendarbeitsschutzgesetz, das in fast allen Fällen verbietet, dass Kinder unter 15 Jahren arbeiten.

M

Markt
Der reale oder virtuelle Ort, an dem Angebot und Nachfrage nach Gütern und Leistungen aufeinandertreffen und Preise gebildet werden (z. B. Automarkt, Börse). Das Grundprinzip des Marktes ist der Tausch.

Marktwirtschaft
In der Marktwirtschaft steuern Angebot und Nachfrage, Wettbewerb und freie Preisbildung den Wirtschaftsprozess. Das Privateigentum an den Produktionsmitteln wird garantiert.

N

Nachhaltigkeit
Der Begriff bedeutet, dass man nicht mehr von einem Rohstoff (der Natur) verbrauchen soll, als nachwachsen kann. In Bezug auf die Umwelt heißt das, dass man den Ausgangszustand für die folgenden Generationen bewahren soll und die Umwelt nicht durch Abgase und Müll irreparabel schädigen darf.

P

Preisbildung
Prozess, in dem sich in einer Marktwirtschaft auf den Märkten die Preise bilden. Preisbildung ist abhängig von Marktform und Anzahl der Anbieter und Nachfra-

ger. Sie vermittelt zwischen Produktion und der Befriedigung bestehender Bedürfnisse.

Produktionsfaktoren
Dies sind Güter und (Dienst-)Leistungen, die eingesetzt werden, um andere Güter und (Dienst-) Leistungen herzustellen bzw. zu erbringen. Die klassischen Produktionsfaktoren sind Arbeit, Kapital und Boden. Im betriebswirtschaftlichen Fertigungsprozess unterscheidet man diese Produktionsfaktoren: Betriebsmittel (z. B. Maschinen), Werkstoffe (werden verarbeitet), Arbeit und Informationen.

Produktion
Bezeichnet den Prozess der Herstellung von Produkten durch den Einsatz betrieblicher Produktionsfaktoren. Dies können im weiteren Sinne auch Dienstleistungen (Haarschnitt beim Friseur) sein.

S

Soziale Marktwirtschaft
Die Soziale Marktwirtschaft ist eine Wirtschaftsordnung, die den Grundsatz der Freiheit auf dem Markt mit dem des sozialen Ausgleichs verbindet.

Sozialstaat
Bezeichnung für einen Staat, der seinen Bürgern ein Existenzminimum sichert, wenn sie in Not geraten sind, und für einen gerechten Ausgleich zwischen Reichen und Bedürftigen sorgt. In Deutschland geschieht dies z. B. durch staatliche Unterstützung, wie die Sozialhilfe, Kindergeld oder Ausbildungs- und Arbeitsförderung.

Steuern
Steuern sind Zwangsabgaben, die der Staat von seinen Bürgern und Unternehmen ohne eine spezielle Gegenleistung erhebt. Sie sind die Haupteinnahmequelle des Staates.

Subsidiaritätsprinzip
Prinzip, nach dem ein Problem auf der Ebene gelöst werden soll, auf der es entsteht. „Was der Einzelne tun kann, sollen nicht andere für ihn tun." Erst wenn auf dieser Ebene keine Abhilfe möglich ist, soll die nächsthöhere Ebene sich des Problems annehmen (Familie, Gemeinde, Land, Bund, EU).

T

Transfereinkommen
Das ist ein Einkommen, das durch den Staat oder andere Institutionen bereitgestellt wird. Dabei gibt es keine konkreten Gegenleistungen. Transfereinkommen sind zum Beispiel Sozialhilfe, Arbeitslosengeld II, ...

V

Verbraucherschutz
Maßnahmen zum Schutz der Gesundheit der Verbraucher und zur Stärkung ihrer Rechte als Konsumenten. Mit bestimmten Gesetzen (z. B. zur Kennzeichnung von Lebensmitteln oder zur Gewährleistung), aber auch durch eine verbesserte Information und Aufklärung (z. B. durch Produktsiegel und Warentests) soll die Position der Verbraucher gegenüber den Anbietern verbessert werden.

W

Wirtschaftssektoren
Die Wirtschaftswissenschaften unterteilen die Produktionsbereiche einer Volkswirtschaft in drei Wirtschaftssektoren: Der primäre Sektor beinhaltet die Produktgewinnung der Land- und Forstwirtschaft sowie Fischerei. Im sekundären Sektor werden Produkte hergestellt oder verarbeitet (Industrie und Handwerk, Bergbau und Baugewerbe). Der tertiäre Sektor umfasst die Dienstleistungen, zum Beispiel Handel, Verkehr, Kultur, Bildung und Gesundheitswesen.

Register

Bildnachweis

123RF / AnupongSakoolchai – S. 184; - / bennymarty – S. 180; - / Leon Swart – S. 185; AdobeStock / Robert Kneschke – Cover; akg-images – S. 24; Alamy Stock Photo / 360b – S. 190; - / Belga News Agency, Dirk Waem – S. 84; - / Mike Goldwater – S. 179, 182; - / Greenpeace, Kristian Buus – S. 185; - / Matthew Horwood – S. 12; - / Imaginechina Limited – S. 179, 183; - / NurPhoto SRL – S. 200; - / Peter Probst – S. 190; © Comatch.com – S. 88; (c) Deutscher Zukunftspreis / Ansgar Pudenz – S. 88; Fotolia / EvrenKalinbacak – S. 158; Getty Images Plus / iStock Editorial, diegograndi – S. 198; - / iStockphoto, airdone – S. 186; - / iStockphoto, ajr_images – S. 67, 81; - / iStockphoto, Alexander_Photo – S. 44; - / iStockphoto, AlexRaths – S. 81; - / iStockphoto, Antonio_Diaz –S. 12; - / iStockphoto, AntonioGuillem – S. 138; - / iStockphoto, Iam Anupong – S. 172; - / iStockphoto, ASIFE – S. 79; - / iStockphoto, Stephan Behnes – S. 158; - / iStockphoto, Nicola Bilic – S. 143; - / iStockphoto, bizoo – S. 208; - / iStockphoto, Sabrina Bracher – S. 20; - / iStockphoto / Caiaimage, Robert Daly – S. 16; - / iStockphoto, Cristina Canton – S. 204; - / iStockphoto, ChayTee – S. 37; - / iStockphoto, Anne Coatesy – S. 208; - / iStockphoto, coolvectormaker – S. 45; - / iStockphoto, Coprid – S. 208; - / iStockphoto, daboost – S. 190; - / iStockphoto, designer491 – S. 214; - / iStockphoto, dima_sidelnikov – S. – S. 16; - / iStockphoto, DMEPhotography – S. 65; - / iStockphoto, dragana991 – S. 205; - / iStockphoto, DSLucas – S. 122; - / iStockphoto, fermate – S. 44; - / iStockphoto, fizkes – S. 168; - / iStockphoto, GANNAMARTYSHEVA – S. 102; - / iStockphoto, ghoststone – S. 56; - / iStockphoto, gopixa – S. 148; - / iStockphoto, Halfpoint – S. 77; - / iStockphoto, hansenn – S. 168 (3); - / iStockphoto, iprogressman – S. 18; - / iStockphoto, jacoblund – S. 186; - / iStockphoto, JosephJacobs – S. 208; - / iStockphoto, Kerkez – S. 204; - / iStockphoto, Kiuikson – S. 138; - / iStockphoto, Koldunov – S. 69; - / iStockphoto, koosen – S. 161; - / iStockphoto, Liubomyr Vorona – S. 205; - / iStockphoto, Ljupco – S. 164; - / iStockphoto, MarianVejcik – S. 190; - / iStockphoto, master1305 – S. 109; - / iStockphoto, MathieuLphoto – S. 152; - / iStockphoto, metmorworks – S. 148; - / iStockphoto, monkeybusinessimages – S. 12, 22, 54, 66; - / iStockphoto, Morrison1977 – S. 190; - / iStockphoto, MXW Photo – S. 161; - / iStockphoto, Yazid Nasuha – S. 67; - / iStockphoto, nobtis – S. 148; - / iStockphoto, Vanessa Nunes – S. 18; - / iStockphoto, PeopleImages – S. 97; - / iStockphoto, piovesempre – S. 56; - / iStockphoto, pixelheadphoto – S. 18; - / iStockphoto, Pogonici – S. 148; - / iStockphoto, Poike – S. 96; - / iStockphoto, Prostock-Studio – S. 18, 77; - / iStockphoto, Rawpixel – S. 83; - / iStockphoto, richcarey – S. 158; - / iStockphoto, Ridofranz – S. 96; - / iStockphoto, robertmandel – Cover; - / iStockphoto, Saadetalkan – S. 41, 42, 92; - / iStockphoto, SeventyFour – S. 78, 156; - / iStockphoto, standret – S. 16; - / iStockphoto, stockfour – S. 18; - / iStockphoto, SunnyVMD – S. 164, 194; - / iStockphoto, ucpage – S. 37, 41, 47, 92; - / iStockphoto, Valeriy_G – S. 65; - / iStockphoto, Sergey Volkov – S. 148; - / iStockphoto, Wavebreakmedia – S. 172; - / iStockphoto, William_Potter – S. 190; - / iStockphoto, Drazen Zigic – S. 12; - / Moment, Kryssia Campos – S. 79; - / Stockbyte, Amos Morgan – S. 81; - / Wavebreakmedia – S. 22; Horst Haitzinger, München – S. 142; Michael Hüter, Bochum – S. 46; - / Quelle: Stiftung Jugend und Bildung – S. 82; imago images / Fernando Baptista – S. 184; - / Funke Foto Services, Arnulf Stoffel – S. 115; iStockphoto / AzmanL – S. 44; - / gopixa – S. 158; - / Portra – S. 12; - / Weekend Images Inc. – S. 12; Mauritius Images / Alamy Stock Photo, Schoening – S. 188; - / Alamy Stock Photo, Friedrich Stark – S. 178, 185; - / Alamy Stock Photo, ZUMA Press, Inc. – S. 126; picture-alliance / Bildagentur-online, Schoening – S. 147; - /dpa, Horst Galuschka – S. 88; - / dpa, Sebastian Gollnow – S. 88; - / dpa, Felix Kästle – S. 88; - / dpa, Annette Riedl – S. 200; - / dpa, Bernd Weissbrod – S. 24; - / Geisler-Fotopress, Christopher Tamcke – S. 88; - / Alfred Hofer – S. 93; - / REUTERS, Erin Siegal – S. 178; - / SVEN SIMON, Malte Ossowski – S. 151; - / SPA – S. 115; - / Martin Schroeder – S. 141; Pixabay / 13902 – S. 148; Prognos AG (2021): Studie zur Leistungsfähigkeit der NRW-Industrie und ihrer Transformation, im Auftrag des Ministeriums für Wirtschaft, Innovation, Digitalisierung und Energie des Landes NRW. © 2022 / MWIDE22-001 – S. 166; Shutterstock / Maxx-Studio – S. 143; Statista GmbH, Hamburg – S. 27, 71 (2), 77, 80, 81, 83, 163, 200, 208; © Steiff – S. 92, 93 (2); takeaway.com – S. 99; Universitäts- und Landesbibliothek Münster, N. Schöpper K12,057 – S. 137; Andree Volkmann, Berlin – S. 180.